彭兆荣 —— 著

生命中的田野

上海社会科学院出版社

本书的出版得到卓先基金会的大力支持

前　言

人类学素以"田野作业"（fieldwork）为标志。简单地说，就是到一个陌生的人群中去"参与观察"（participation and observation）："参与"要求你尽可能地成为"他们中的一员"（insider），"观察"表明你是一位"外来者"（outsider）。作为一种调研范式，无论是介入其中还是冷眼旁观，都是体验、认识和理解生活的方式。既是"客观"的，又是"主观"的，更是主客相融的。因此人类学是一门特殊的"田野学"。

人类学有一个特点，就是侧重于对"他文化"（other culture，也译为"异文化"）的深度体验和深入了解。人类学并不是不研究自己，而是通过"他文化"反观自己，就像照镜子一样。建立"我—他"之间的相互兼容和彼此观照。中国自古就有"知己知彼，百战不殆"的说法，颇为契合。因此人类学是一门特殊的"知彼学"。

人类学家要花大量的时间到"原始的"、边远的部落、氏族、乡村去体验，他们不以量化说话。翻开经典民族志，罕见有数字。这也是人类学与社会学的差别。后者要用统计、数字说话，是一门"量化"学科。作为"孪生兄弟"，人类学则通过长时间、深度的对对象的了解来把握其性质。因此人类学是一门特殊的"质性学"。

人类学从诞生之日起，学科上分为体质、文化两个板块，以配合人类具有生物属性的"动物性"和社会属性的"文化性"两种基本品质。规范地划分为四个方面：体质人类学、考古人类学、语言人类学和文化人类学。四个分向组合跨越了"自然科学"和"人文社会科学"的学科边界，因此人类学是一门特殊的"整合学"。

人类学是一门适应性极强的学科。特别是20世纪中期以来，人类学在学科发展中更加自觉地强调"人类学在行动"（anthropology in action）的特点；应用人类学也呈现蓬勃态势。这一"重大转型"与传统的人类学有了很大差别，人类学家也逐渐自觉、自主地以"行动"介入对象之中。因此人类学是一门特殊的"应用学"。

人类学研究建立在"田野作业"基础上。建立关系成了人类学家的基本方式：关系是单向的，也是双向的；是简单的，也是复杂的。一切尽在关系中：人类与自然的关系，族群与族群的关系，我们与他们的关系，男人与女人的关系，老人与孩子的关系，现在与过去的关系，这里与那里的关系等。因此人类学是一门特殊的"关系学"。

人类学家需要参与到自己不熟悉的"异文化"中，而人类学家作为外来者又有自己的文化背景，这决定了人类学家需要观察不同的文化景观，要"生活在他处"，要面对各种文化事项：既有客观事实的"多样"，也有从不同视角对待、看待事实的"多样"，还有在不同语境中解释、解读事实的"多样"。因此人类学是一门特殊的"多样学"。

人类学家在田野中接触最多的是"地方知识"与"民间智慧"。许多部落、村落民众不谙文字。一个事件，在神话、传说、仪式的累叠中呈现"活态叙事"。一个故事，在不同群体中有不同的版本。"历史"（history 就是"他说故事"his-story）原本如此鲜活，人类学家也大多学会了"讲故事"的本领。因此人类学是一门特殊的"八卦学"。

人类学家在田野中所遇到、见到、听到的事情和事物大多是生活小事，却不妨碍体现和呈现鲜活的生命样态。我记录"田野中的生命"，也是我"生命中的田野"。我努力挖掘自己在田野中所遇见的各种事物、事务、事情背后的道理，尤其是那些小人物的小事情。我们相信"小事"中有"大道理"。

这不是简单的"回忆录"，没有时间上的序列，没有事件、事情、事实"大—小"的编列，"杂乱无章中的生活次序"正是生活的本来与本真。今日的全球化，人们越来越"活在他处"，"移动性"使人们寓于一地的生活发生了改变。所有的既往伦理都受到新语境的挑战和检验。"文化变迁"是人类学研究不变的课题，生活中如果真有放之四海而皆准的真理，那只是、只能、只有在特定语境中人言言殊背后的道理。但我相信，无论时空如何转换，无论历史如何变化，有一个准则不会变：任何时候，任何情况下，善待——善待天地、善待万物、善待生命、善待应该善待的人们。也只有善待才能"被善待"——无论是人类中的你和我，还是与人类共生的其他生命种群。其实这就是民间自古传来的老话：善有善报。

我所记录的似乎都是一些信手得来的生活琐事，可是谁说那里没生命感动和感悟呢？生活到处是田野，生命时时在闪光。早在抗战时期的"魁阁时代"（魁阁原名"魁星阁"，位于昆明市呈贡区的一座古建筑。魁星是古代天空中二十八星宿之一奎星的俗称，即北斗七星第一星——天枢。民间认为魁星为主宰文运之神），一批社会学、人类学家因学术结缘于魁阁，费孝通就提出"普天之下处处是田野"的口号。他在后来的许多场合也重复"生活处处是田野"的主张。费先生的一生正是这一原则的践行者。

我对"生活处处是田野"的理解是：在日常中发现异常与非常，在平凡中体会不凡与非凡。生活中的田野大多是平常事、平凡事，衣食住行、吃喝拉撒，都是小事，但也都是大事。没有小人物，便没有大人物。"群众是真正的英雄"，这不是官话，不是宣传口号，是生活，是本真。

几十年的田野，辛苦、幸福；我的生命就在田野中。我真

重归魁阁

诚地把这一束"野花"送给你！它并不耀眼，没有雍容，不显富贵，你把它放在书架上的一个角落，闲暇时读一章，睡觉前看一段。无论给你开心、喜乐，还是思考、启发，都是我的心愿。我希望你能够从中看到生活、看到生命，也看到你自己的身影。总之，只要你有收获，哪怕只一小点儿，我都会很高兴。

我把自己的"田野中的生命"送给你，作为生命的礼物；或许我们并不相识，但我相信我们有缘相识，因为我们都经历过"生命中的田野"，我们都能体验田野中的生命快乐。

让我们交个朋友吧，就像我们在田野中的一次偶然邂逅，我们挥挥手，打个招呼，然后会心一笑。

彭兆荣
2022年1月1日

目 录

前言 / i

田野中的生命

小宝，你还好吗？ / 003

人非草木 / 010

当我们眼光对视时 / 014

向企鹅致敬！ / 020

田野辙迹

"田野"大师的田野 / 027

田野中邂逅 / 036

在沙溪的日子里 / 049

阿细祭火 / 056
玫瑰蜜　云南红 / 063
茶道　茶战 / 073
饮食忠诚 / 079
《摆贝》后续："偶遇"百裊衣 / 087
青海田野五观 / 094

异域田野

旅游中的田野 / 113
萨瓦迪卡 / 119
酒神 / 126
去班夫看水 / 138
祖国在我们身后 / 148
体习旅游：埃及，我来了 / 163
英伦，我轻轻的…… / 187
再见，夏威夷 / 223

田野随想

铭刻生命 / 261
我的小说"得罪了人" / 279
我与故乡有个约定 / 289
听话听音　看人看相 / 295

泡池里的童真 / 302

普通话不"普通" / 307

来而不往非"理"也 / 317

我们的下水道"生病"了 / 327

喀秋莎：超越时空的记忆 / 334

喜乐田野

扎西德勒，你好！ / 343

小幺教我"摸摸哒" / 349

厦门版的"马拉松" / 356

"给这哑巴来碗面" / 361

"逆风尿三丈" / 366

"反走"的妙趣 / 374

"杀鸡给人看" / 381

后记 / 389

田野中的生命

小宝，你还好吗？

前年夏天，到昆明度假，遇到小宝，从此拨动了我的心弦。

小宝是条流浪狗，出生不久就被遗弃。它的身世再无人知晓。

说起与小宝邂逅，并无新奇：一天早上我到楼下的小超市买东西，在那间不大的小超市里看到一只小狗。第一次相见，它抬着头望着我，尾巴摇个不停。它的眼光满是忧郁，看着令人怜惜。

超市经营者是两口子，几年前从贵州安顺到云南昆明，开个小店，生计下来，看上去不贫不富，心地却是善的。

他们告诉我："这条狗是前些日子来到我们店里的，挺可怜的，我们给了些剩饭喂它，在外面放了个旧纸箱，它就不走，把这里当家了。我们吃饭时就喂它一点，反正也不差那两口。给它起了个名，叫小宝。"

我不能确定小店老板对小宝如此这般，是否含着"同是天涯沦落人"的同情。这不能说，更不好问。

了解了小宝的身世，我便动了恻隐之心。我为它买了一根火腿肠，它踊跃着、跳跃着。我将火腿肠一小块一小块地掰开，一小块一小块地喂它。小宝必定是饿的，吃得急，才吃两口就噎住了，眼睛一翻一翻的，把眼白全给翻出来。我轻轻地在它的脖子处往下揉着，刚咽下去，就又贪婪着……看着小宝的幸福快乐，我好感动。

它是那么小，那么无助，它还没有能力去觅食。换作人，定然还在襁褓中啊。多需要关照的时候，竟被遗弃。

小宝的眼睛里充满泪水。我不会自作多情地认为是因为喂了它一根火腿肠，它就感恩戴德到如此这般。

我注意到小宝的眼泪是因病而来。什么病，我不懂，我将我的发现告诉店主，看有什么办法能帮助小宝治疗。

看着小宝病中的快乐，好生心痛。我决定每天买一根火腿肠给它吃，一直买到我离开昆明那一天。

第二天我又去看小宝，询问了店老板，店老板说小宝可能是感冒上火，说是给它吃了些药。我把小宝抱在怀里，看它的眼睛是否有好些。

它很脏，很臭。

我决定把它抱回去给它洗个热水澡。征得内子同意后，我把它抱着回家。

我把小宝放在浴盆里，调好水温，开始给它洗澡。

小宝忐忑不安，当热水淋湿它全身时，它的心脏怦怦地跳。它用两只前脚紧紧地抓住我的手,我知道,那是它的"救命稻草"。

它很乖,即使害怕至极,也不叫出声,只是"嘤嘤"地低吟。

它真的很脏,我给它洗了三遍,用的是我专用的沐浴液。

洗好后,我给小宝擦拭干净。

它很冷,哆嗦着,走起路来歪歪扭扭的。

我用我的浴巾将它包裹起来,抱在怀里温暖它。

它好惬意。

我就这样抱着它,一直到它身上彻底干透。

晚上喂了些好吃的,然后送它回去。

从此,我与小宝的感情更深。

当我外出回来,只要叫一声"小宝",它准会从某一个角落飞奔而来。它的耳朵随着步伐在风中颤动,帅极了,萌极了。

跑到我的跟前,它会很习惯地把肚皮翻起来,要我给它挠。它的那个舒服啊,真是享福死了。

小宝懂事,懂得感恩。或许是流浪狗,备受世人冷眼,深知生计艰辛,所以,一旦它得到了一点儿,便可以分享,哪怕它再

小宝在我怀里

小宝,你还好吗? 005

饿。越是这样,我越善待它。

小超市的隔壁是一家干洗店,店主养了一只狗,名叫"冰激淋",是只洋狗。我不喜欢,也不讨厌。每当我喂小宝的时候,"冰激淋"也来凑热闹,我偶尔也分一点给它。小宝全然不嫉妒,不像大多数的狗,得到食物便占为己有,若有同类前来,必出示较劲之态,做"誓死捍卫"状。小宝的豁达出人意料。它从来不与"冰激淋"争抢。

我每天与小宝相处,无论时间长短,它都表现得很开心,生病时也竭力为之。每天与它短暂相处,离开时它总是不舍。它会跟着我跑一小段,但不会太远,它的"家"要在它视线内。它毕竟小,活动范围就那么点大。通常我叫它回去,它会依依不舍地停下来,用目光相送,然后径自回家。

在我要离开昆明返回厦门的那一天,它竟然感受到了,这一天的离开可能是我们的"生死诀别"。那天,喂完它火腿肠后,我装着若无其事,径自离开。它一直跟着我跑了好远好远。我把它抱回去,快步离开,它又飞奔而来,紧紧地跟在我的后面。一个多月以来,它从不这样。

我要走了,而且会很久很久,小宝必定是知道的,它什么都知道。

它这是来送我,我也知道。

我把它拥在怀里,它又很脏了,而且身上有跳蚤。我让它把肚皮翻出来,它很明白,立即翻身四脚朝天,让我为它抓跳蚤,为它挠痒痒。

"小宝，或许这是最后一次了。"我在内心说。

我走了。再没见它。但心是放不下的。

后续

去年的四月份，我有事再回昆明。

快到家时，我的心莫名地紧张起来。小宝还在吗？还健康吗？

车到"荷塘月色"（我住的小区名）门口，我迫不及待打开车门，喊："小宝、小宝。"

几秒钟的寂静……

小宝出现了！它循着叫声小跑过来，神色略带迟疑。时间过去了八个月，这叫声显然还存储在它的记忆中；虽然悠远，但还在。

当它确认是我时，又翻身把肚皮亮出来，一派很没羞的样子。

小宝长大了，它的小鸡鸡开始有了萌动力，偶露峥嵘，又有点踉跄。

它照样把那眼白翻着，做出无所谓的样子，有点恼人的。

青春期好像都这样无耻。

它只管惬意。

感受到小宝的惬意，也是我的惬意。那个时候才明白，惬意原来是相契的。

朋友在告别的时候常说"再见"，那是礼貌；而当他们真的"再见"时，就不再是礼貌，是心的动摇。

再次相见

再续

又是一年过去，时间在春去秋来中穿行。

又回到昆明，行李未放下，就大声喊"小宝"；"小宝"没有出现。"当是大了，玩去了。"我在心里解释。

第二天一早，我来到大门口，想着吃饭的时候小宝总在周围吧。我喊，它没有像往常那样出现。我有了不祥的预感，跑去询问店老板，她说："小宝死了。"

她的声音中流露惋惜。

"怎么死的？"

"可能遭人打死了。有一天晚上有一个面相很凶的人来店里，小宝冲他不停地叫。客人用脚踢小宝，小宝叫得更厉害。第二天，小宝就不在了。"

我默默地离开了小店,强忍住眼眶的泪水。

小宝走了,永远不会再回来了。

小宝,你还好吗?

记于2018年10月

人非草木

阳台上有几盆花，邋邋遢遢的，看上去有些营养不良。

这要怪我用心不够。

说没有费心，也有些委屈我。这些花都不是我买的，因没有时间养育花草，所以在过去从来不买，它们大多是亲戚朋友弟子们逢年过节送来的。

我虽不谙养花术，但还算努力，尽心照料；毕竟都是生命，不管它们的来历。

不过，阳台上有一盆君子兰，我总把它带着，百般呵护。

前些年搬新家，阳台上的几盆花草，我唯独带上了它，其他都"放归"大自然。那些野放的花草，或许怨我偏心，怎么下得了如此狠手。

嗨，由它们去吧。

带君子兰的原因，不在它高雅，不是它名贵，也不因为它的气质。大凡送来的花木，都是上好的品种，只是说不出名目。唯独那盆君子兰与我神交。

我重情。根骨里就注定了的。

人常说"有心栽花花不开",后一句就省了。这话不全对。至少我们不能说园丁没心没肺吧;也有"无心栽花花自开"的,比如我和我的君子兰。

几年前,我的学生在春节时送来一盆花,就是这盆君子兰。送来的时候,鲜花盛开,艳丽非常。过了些日子便谢了。我虽无黛玉葬花的感时伤怀,却也有些怅惋伤感。再美好的事物也总有不再时。花开花谢,生命常理。

其实,我对它并无特别,与众花草一视同仁。平日忙,没有挤出时间去关照它们。一遇出差,关照的任务就托给定期清洁房屋的阿姨。

定时清洁的阿姨没有我的矫情,按时浇它,一周一次。

每当我外出归来,看着阳台的败落,多少感到自己有些失职。于是尽力弥补,浇水施肥。

兰花娇气,干干湿湿。我先时不谙,只管给水,它总烂根。几度濒危中拯救,换来重现生机。只是从此不再开花。

我一如既往,只要在家,便关爱有加。

或是善待,或是回报,

花开只在应该时

人非草木　011

仿佛灵河边的那棵绛珠草,以泪报答浇花人。

在我六十岁(厦门过虚岁)生日时,它竟盛开。

数年的养育和关怀,它一直记得。谁说"人非草木,孰能无情"?

后续

2016年的4月26日,我六十周岁的生日。一早起来,我到阳台,竟然又看到它开花!这情形完全是一年前的复制。

我震撼了!我几乎不相信自己的眼睛。

它有记忆吗?它能记得这一天吗?记得这一天是我的生日吗?记得这一天要把自己打扮得漂漂亮亮来为我贺喜吗?

断然是的,断然是的!不然怎么就在这一天又来献花了呢?

我知道了,生命原来一直就在相互感动。

弗雷泽在《金枝》中所说的"交感",列维-布留尔在《原始思维》中说的"互渗",用白话说就是"同情",原来如此。

今天,那盆君子兰还在门厅的台桌上。

闲下来的时候,我会为它打理,打个招呼什么的。

那是生命的照应。

它能感受到。

人的生命每每少不了"感悟",人的感悟常常与"时辰"相契合。当你与你的爱人无意中相逢,你会感叹天命中的"偶遇",

如果由此签下了生命的"契约",我们就会把那偶然说成"缘分"。生活中的生命绚丽难道不经常是这样的吗?

记于2016年4月

当我们眼光对视时

2018年的冬天,我和弟子张颖带着一群四川美术学院的师生到贵州务川仡佬族苗族自治县的一个村寨做调查。

务川调查

时值寒冬，天冷地冻。喀斯特地貌上的树木倔强地撑着。天是灰蒙蒙的，地也是灰蒙蒙的。

我们一群人前前后后沿着通往村寨的山路走着。

当我们走进村寨时，一只大黄狗站在通往村子的路口。它虎视眈眈，眼光充满着敌意；有点"一狗当关万夫莫开"的架势。

我知道，这是狗的本能。看门，是它的职责。

它冲你露出凶相，因为不认识，因为是陌路人。

怎么才能让它卸下对我们的敌意，让它知道我们可以成为朋友？

很简单，善待。

狗通人性没人质疑。

我曾经养过狗。狗不会说话，什么都懂。有的时候，人可能被骗，但要骗狗，难。因为忠诚。

怎么才能够让它感受到来者是朋友？眼光！

狗判断来者主要是通过行为和眼光。行为是否有"侵略性""伤害性"是很容易判断出来的，"友好""善意"的最好表达却是眼光——这是我在田野中发现和体验到的。

狗的眼睛黑多白少，人的眼睛白多黑少。小说中如果描写某人眼睛特别的"白多黑少"，通常指这个人不厚道，至少肚量小，斤斤计较；有时也用来比喻色鬼。钱钟书的《围城》中有这样的描写。

"眼睛是心灵的窗户"绝对不是虚词。

那只大黄狗盯着我们，它在判断来者是否有敌意，是否可能伤害——伤害它的主人、它的家、它的村子,伤害它自己。

面对它的目光,我们没有太多选择,或者折道回去,或者把它打跑,冲过去。

这二者都是下策。

我决定采用第三种应对:眼光交流。告诉它,我们是它的朋友。

我走在队伍的前面,没有任何忐忑。我知道善待的道理,我相信这个道理。

我向它走去,慢慢地。我的眼睛与它的眼睛对视。

它的眼睛半眯着

我微笑,我眼睛流露着善意。

它把眼光轻轻地转了一下旁边,像在判断。

当它的眼光转回来的时候,我看到眼光在转变,从凶狠到迟疑,还带着一点迷茫。它轻轻地眯了一下。

我慢慢地向它伸出了手,它的眼光开始出现温和、友善。

我再走近,它开始摆动起它的尾巴,但幅度很小。

我知道,它已经放下了敌意。

我大着胆子走到它的身边，用手轻轻地摸它的额面，它的眼睛半眯着，尾巴摇的幅度更大了。大家也围了上来，与大黄狗亲热。

我们通过了。

离开时，它的眼光还在注视着我们，它在目送。它知道，这一群人没有恶意。

寒风中，我回过头，远远地看着它。它还站在那棵孤兀的"保寨树"下。

再见，忠诚的卫士。

这件事情让我再一次体验到眼光的力量。

其实，人与其他动物有一样的属性。人类学知识告诉我们，人有两种属性：动物性与社会性。动物性是首先的，首要的。大家去看一看恩格斯《在马克思墓前的讲话》，这位忠诚的战友对马克思的一生做了总结，他将马克思主义原理中的生物性置于"基本"和"基础"的层面。

人原本就是动物中的一类，现在大家都把人类当作"宇宙的精华，万物的灵长"，这是文艺复兴时代的产物。这话是莎士比亚说的，后来被当作"人的座右铭"。其实这句话只说对了一半。今天世界上一些生物灭绝、生态危机、生物多样性锐减，罪魁祸首正是人类。"宇宙的精华，万物的灵长"使"人类优先"成为世界原则。这与所谓"美国优先"的调子其实是一样的。

人类学知识同时告诉我们，人类在曾经过去的时代，与其他动物、植物,与自然相处得非常和谐,人类学有一个专用词汇:"图腾"(totem),意思是"他的亲族"。人类在原始时代普遍存在一种将某种(些)动物、植物当作自己部族的"亲属"的思维。在那个阶段,人类与自然界的所有生物都处在同一个层面的关系中,没有"被精华""被灵长",也没有"人类优先"。他们和睦相处,互为你我,相互同情。人类学家把这种关系称为"互渗"(participation)。用白话说就是:我中有你,你中有我,相互同情。

后来,人类慢慢地变了,变得越来越不可理喻。

在我国,许多的少数民族在这些方面做得比汉族好,在他们的文化中还保留着一些原始文化中"互渗"的元素。

苗族的鼓(牯)藏节

其实道理很简单,大家都是"生命体",只看有没有相互善待。

在日常生活和生命的交流中，发现"善待"最好的方法是什么？眼光。眼光可以帮助还原本真。我在田野中经常尝试，屡试不爽，无论是和动物、植物，还是和人类。

眼睛是心灵的窗户

用心灵的窗户观察生命的田野，体验田野的生命。

向企鹅致敬！

以前，从电视上看企鹅，最逗的是它们趟起路来，摇摇摆摆的，憨态可掬；只是无法产生亲近感，因为这种小生灵的栖息地在极地，感觉好遥远。

此次澳大利亚游有安排去看企鹅，心理上的遥远感陡然被拉近。

据说澳大利亚的企鹅是全世界最小的品种，身高只有大约三十厘米。人们戏称它们为"神仙小企鹅"。

我不知道为什么叫它们"神仙"，神仙总是悠哉游哉的，我看到的企鹅倒像"牛马"，辛劳无比。

澳大利亚的企鹅主要栖息在"企鹅岛"。这个岛本名为菲利普岛，因为企鹅，被俗称为"企鹅岛"。岛上栖息的企鹅超过三万只。

企鹅岛位于墨尔本东南约一百三十公里处，驱车两小时。我们早早便到达，企鹅要到晚上才回来。据说它们有一种天生的感应力，以太阳落下为回返的时辰，无论能否看到太阳，它们都能"准时"回家。这大致属于"天物感应"吧。

因为早到，我们便在海边悠游，看海、看景、看物、看人，也像澳大利亚人一样，做出慢悠悠的样子，心里却猴急。

游客多，大家都来看企鹅。

岛西南面的萨摩兰海滩（Summerland Beach）是企鹅回家的通道。到了预计的时间，大家都拥到观台上，像看足球比赛的样子。来自世界各地的人们慕名来到菲利普岛的自然公园。自然公园为大家搭建好了观台及栈道，让大家静静地观察企鹅归巢。为使企鹅的栖息习惯不至于被打扰，每年只能有五十万人前来观看。

企鹅岛保护区（Penguin Parade）是目前世界上最大的野生企鹅保护基地。在这里有大批的野生动物专家从事企鹅的研究和保护工作，他们中有不少志愿者。

太阳下山，望不到边的黑暗渐渐袭来，伴着大海的汹涌澎湃，摧残蹂躏着人类的狂傲、自大。

海风吹着，冷。北半球是夏天，在澳大利亚人们穿上了羽绒服。

在等待这些小生灵回来的时间里，从听到、想到、看到的各类资料和信息的整理中，得知企鹅具有超常的本领，它们可以在海上长时间地生活，最长达到三四个月，而且可以深入大洋深处。

它们看上去如此"悖论"，甚至"荒谬"！身体那么小，姿态很笨，在狂风暴雨中却悠然自得，玩弄大海如此任性。这是什么样的力量对比啊！比起来，高尔基笔下的海燕也相形见绌。

企鹅是群体性动物，它们有着强烈的群体意识。专家介绍，企鹅的天敌是狐狸，所以，当企鹅快到岸边时，常会有一两只先上岸，像侦察兵；确定无险，便发出信号，大部队才陆续登陆。看过盟军诺曼底登陆的资料片，终于明白，原来是从企鹅那儿学的。

但，企鹅从来不缺乏个体生活和个性风格。它们各自有家，回来的企鹅多是因为家里有待哺的孩子。

下午的时候，我们看到在许多企鹅洞穴口，小企鹅站着期盼爸爸妈妈回来的样子，令人怜惜。

企鹅具有超常的辨别能力，纵然岛上洞穴千千万，纵然它们离家很久，都能够顺利地找到自己的"家"。偶有误闯者，必定被主人顶出去。

人类学家擅长研究社会关系，人类社会中的"集体—个体"秩序比起它们，真的该汗颜。

企鹅在大海里不仅需要自己觅食，更要为家里嗷嗷待哺的孩子带回足够的食粮。所以它们从海里回来时，肚子通常是滚圆滚圆的。本来走路就不顺畅，还腆着个大肚子，但笨拙的身体和体态却表现出惊人的力量——原来爱能产生无尽的能量和超常的力量。

我径自遐想。

"Look！"有人喊。人们争相伸长脖子。在保护区专家的指引下,大家看到暗色的海浪尖上,出现了隐隐的黑色群体。它们向岸边游来,靠近、靠近,上岸。

它们摇摇摆摆,匆匆忙忙,唠唠叨叨。

它们照例回家,只是走起路来相当吃力。我看到一只企鹅,肚子滚圆,走几步就得爬着歇息,慢慢地向山坡上摆去……

我好想对它们说:"加油!快到家了。可以休息了。累坏了吧。"

一批又一批的小企鹅结队上岸,一摇一摆地返回自己的巢穴。据说小企鹅在岛上安家已有千年,它们在沙丘中筑巢,即使伸手不见五指,也总能回到自己的巢穴。

为了不打扰企鹅返家,保护区实行灯光管制,沿海边只设几盏瓦数极小的白炽灯。游客严禁拍照和摄像。我相机随身,却没有照一张照片,完全遵守规则。

游客被要求不能打扰它们,但可以静静地跟着它们、观察它们。

暮色中看着这些小生灵晃晃悠悠的身体,为了让自己有足够的脂肪和能量,它们要到很远的地方找食,把自己喂得饱饱的,然后回来喂养自己的宝宝。

看着眼前这些凯旋的小生命,看着它们与风雨搏斗的气度,看着它们与大海相映成趣的怡然,看着它们艰难跋涉的行旅,看着它们吃苦耐劳的拼搏,看着它们精诚团结的合作,看着它们颐享天伦的惬意,看着它们喜乐萌萌的样子……

我把右掌心放在了左胸前,久久地。

田野辙迹

"田野"大师的田野

对于建筑,我是完全的外行。但建筑作为人类文化遗产的相关知识,我有一点涉猎。也就是说从文化遗产的角度看待传统建筑,我算是知道一些。

我写建筑与建筑行业、营建技艺无关,却与建筑师有关,特别是梁思成、林徽因。大家知道我们国家的国徽、人民英雄纪念碑的设计与他们伉俪有关。国徽和人民英雄纪念碑远远超出了设计建筑的范畴。

国徽是一个国家的标志。我国的国徽图案中间是五星照耀下的天安门,周围是谷

国徽设计案底陈列于梁思成纪念馆

穗和齿轮，象征以中国共产党领导、以工农联盟为基础的人民民主专政的形象。1950年6月18日，中国人民政治协商会议第一届全国委员会第二次会议通过中华人民共和国国徽形象图案。

传统建筑作为有形与无形"合璧"的文化遗产，是一种文明体系的重要标志，也与后来的"民族国家"有着直接的关联。大家知道，现在的"世界遗产名录"诞生于法国大革命期间，以梅里美、雨果、圣佩韦为代表的法国公共知识分子为了保护文化遗产，以"名录"的方式登记下了重要的遗产和遗址。后来联合国采用、沿用了"名录"方式，用于保护世界文化遗产。

梁思成、林徽因夫妻对中国文化遗产的保护起到了重要的作用。早在战争时期，梁思成就力主关注文化遗产的安全。

1945年，他主持整理了《战区文物保存委员会文物目录》，编制了中国日占区文物古迹目录和地图。1948年又主持整理了《全国文物古建筑目录》。这两份目录极大保障了战争中古建筑的安全，也为20世纪50年代的文物普查和第一批全国重点文物保护单位制度的建立奠定了基础。

1961年颁布的《文物保护管理暂行条例》《国务院关于进一步加强文物保护和管理工作的指示》正式将恢复原状或者保存现状的原则纳入国家文物建筑保护政策中。《革命纪念建筑、历史纪念建筑、古建筑、石窟寺修缮暂行管理办法》（1963年）重申了这一原则。

梁先生提出的"保持现状或恢复原状"原则在政策层面被确定了下来。这些历史工作堪为至重。

但是，对我而言，我更看重、侧重于梁、林二人在我国建筑遗产的保护上所起到的人格力量。加之林徽因是福州人，她曾经与福州市的"三坊七巷"有着特殊的关系，而"三坊七巷"与我童年居住地为同一区域："三坊七巷"在福州西湖的这一头，我住的福建农学院在西湖的那一头，每次进城都要路过"三坊七巷"。现在的福建农林大学搬到了洪山桥一带，我每次回福州也还要路过那熟悉的街巷。看来那"三坊七巷"要"缠绕"我一辈子了。

不管怎么说，反正有亲切感就是了。

我喜欢他们，几乎读遍了书市上可以购得的所有他们写的和写他们的书籍。

不过，光有亲切感而没有"故事"，不足记；光是喜欢而没有"事故"，也不足记。

2012—2014年间，我数度前往山西，还专门带着团队在山西做过一段时间的田野调查（有关情况可参阅我的《师说人类学·怀念乔健先生》）。其间我们去了大同。去大同，除了看石窟外，还有一个重要的原因，那里曾是大师经历的田野。梁思成、林徽因曾经在那一带做过大量的田野调查。此前，我也两次去过四川的李庄，感受到了大师留下的生命感动。

在大同，我追踪了二人的田野辙迹。今天的大同交通已经很发达，从城内的华严寺、善化寺到附近的云冈石窟，再到百余公里外的应县木塔，最后以北岳恒山的悬空寺结束，现已是一条十分成熟的旅游线路。

1933年9月，第一次到山西调查古建筑的梁思成和林徽因也是沿着这条路线走的；但他们不是旅游，而是记录下了大量中国重要历史古迹和建筑遗产。我们的大同之行除了应县木塔没有到现场外，其他的地方都走过。我们仿佛看到了大师当年走过的辙迹。

我在恒山的悬空寺

梁思成、林徽因当年的田野调查

在大同，我们去看了梁思成纪念馆。大同市以"大师·大同"之名设立了纪念馆，以大量的实物、文物记录下了梁、林的历史故事。

"大师·大同"博物馆

在大同逛古城，参观"梁思成纪念馆"，必然会连带出有关梁思成为保护北京古都所做出的历史贡献，为此，他还专门向中央、向北京市市长写了书信。此外，还有著名的"梁陈方案"，这些在纪念馆里都有完整的材料保留。

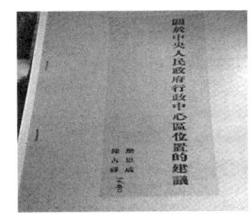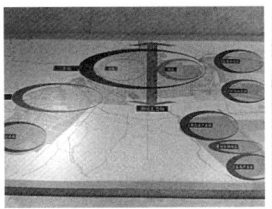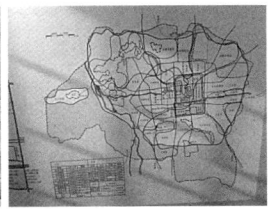

纪念馆中信件的手迹，纪念馆中的"梁陈方案"

可惜，我们北京古城的完整形制最后并没有被保护下来。没有被保护下来的原因不是三言两语可以讲清楚的。记得我看过一段记录，说是当年在拆除北京古城的外城墙时，梁思成趴在城墙上哭了。

我国传统的古都城建制，依据《淮南子·原道训》记载："鲧（禹的父亲）筑城（内城）以卫君，造郭（外城）以居人，此城郭之始也。"这也是后来古代王城延续的"内城以卫君，外城以守民"的形制由来。王城、都城只有内城和外城合为一体，才算得上完整的形制。可惜，我国现存的都城已经没有完整的形制了，原因是外城没有了。

有关北京城的历史记录，相关的学者有许多回忆文章，罗哲文、楼庆西、崔勇等都有专文。读者可以找来阅读。

梁思成帮助保护住了日本的古都城遗产。这同样也有案可稽。日本人甚至把"古都的恩人"送给梁思成先生。

一日看电视，仿佛是巧合，无意中看到中央新影纪录片，片名为"营造学社最后的日子"。我摘录其中一段以飨读者：

1944年夏天，抗战胜利的前夕，梁思成接受了一项来自盟军的重要任务，就是在盟军飞行员轰炸敌占区的地图上标出需要保护的文物古迹。

在重庆朝天门附近的一个小房间里，罗哲文跟着老师梁思成埋头苦干了很多天，可是这项工作究竟是在做什么，他的老师却只字未提。罗哲文回忆说："1944年大概是6月，我记得天气挺热，他就叫着我一块儿到重庆去。当然我也挺高兴，那时候可能二十来岁吧。我还没有到过大地方呢。到重庆去，关在一间小房里头，是中央研究院的一个小楼，我在三层，很小的一个房间。他就每天拿着一捆图纸，蓝图啊，来标明哪些地方不要轰炸。那时候反攻嘛，日本人还没有投降，比如说当时北京、南京，所有被日本人占领的地方，很多古建筑要保护。这样有两个文件，一个是目录，目录王世襄也还有一本，一个就是要落实到图纸上头的文件。但是目录没有标明日本，图上有。我当时也不清楚，怎么图上还有日本的地方，我也（没问）就过去了。后来说他（梁思成）有一封信，建言书，日本人现在正在找，没有找到，几十年了。他建议要保护日本的京都、奈良。当时我就给他画这个图，因为他要复印，一张不行，他要发到空军里头。他用铅笔标好了，我用鸭嘴笔、用墨水给他上了，完了之后拿去，晒蓝图吧，复印，这样发到军队里头。"

梁思成之子梁从诫说："我父亲的弟弟，炮兵，就是国民党的炮兵，是'一·二八'事件的时候，上海淞沪会战的时候死在前线的。我母亲的弟弟，国民党的空军，1940年在成都上空让日本飞机击落。所以我父亲和我母亲建议说不炸毁京都和奈良，可不是一个简单的决定。我在日本讲演的时候，我说这个话，下边鸦雀无声。日本右翼到现在不承认南京大屠杀，不承认对中国的侵略，像我父亲这种在战争中间做出牺牲的人，怎么对待你们的文化的？你们有什么资格用这副面孔来对待我们？"

主持人说："一晃四十多年过去了。1985年，罗哲文出访日本，一位日本专家无意间谈起的一件事重新勾起了他的回忆。原来，战后的日本人吃惊地发现了一个现象，在东

这是日本《朝日新闻》1985年3月29日的报道，称梁思成先生为"日本古都的恩人"（转自崔勇《日本古都的恩人——罗哲文先生谈梁思成在"二战"期间保护日本古建筑的事迹》一文）

京、大阪等许多大城市遭遇轰炸几乎被夷为平地的同时，保存古建筑文物最多的京都和奈良却毫发无损，得以幸免。这一定是有'高人'在背后为保护古都进言，然而究竟是谁，众说纷纭。

罗哲文于是想到了在重庆度过的那个夏天，想起了梁先生让他标注的日本地图。当真相大白以后，日本人感激地把'古都的恩人'这样一个称号送给了梁思成先生。"

中国有着悠久灿烂的古城文化遗产，为人类留下了丰富独特的城市建筑技艺。然而，在我们自己的土地上，迄今已经没有留下哪怕是一座完整形制的古都城了，特别是外城部分都已毁坏和被毁坏。现在，要完整地、实景地、现场地了解与中国古城有关的形制，只能到日本的京都和奈良去观赏。虽然，日本的古城与中国的古城并不完全一样，但基本形制是从大禹的父亲鲧那儿学去的。

或许这样的故事不应该由我来讲；但是，不讲的故事还是故事。

这一段故事如果能够在未来对保护我们自己的文化遗产有所帮助的话,我即使有所"犯忌"(超越我的专业),也值得。

田野中邂逅

2019年冬天,我带着一个小组去往东北的大兴安岭地区调查较少民族(人数较少的少数民族)。我国东北有所谓"三小民族",主要集中在黑龙江,他们是赫哲族、鄂伦春族和鄂温克族。我们这次的调查对象是鄂伦春族。

我所以选择这一民族,一个重要的原因是我的一位弟子尤明慧曾经生活在大兴安岭地区,她在攻读博士研究生期间就选择鄂伦春族为调研对象;论文最初的题目是《最后一杆猎枪》。弟子已经毕业多年,作为她的导师,当年我除了指导她的论文外,大兴安岭的鄂伦春人的"印象"还停泊在我的脑海里。只是从东南的厦门去往东北的大兴安岭,那完全就是"在那遥远的地方"。再说,我几十年研究的主要对象是西南少数民族,跑到东北那旮旯,说什么也得有一个理由。

这些年,这"理由"终于浮现。我主持一个国家艺术类重点课题"中国特色艺术学体系研究",其中我设计了少数民族手工艺的田野调查内容。这下可算是逮到了机会，名正言顺，把滞留在脑海里去大兴安岭的夙愿给还了，也算把"亲身"到弟子的田野点走一趟的承诺再一次兑现。

于是，事先联系在哈尔滨一所大学当副教授的明慧，叮嘱她联系相关的"非遗"传承人。这样，我们一行人就行动了。在哈尔滨与明慧，以及分别从重庆、厦门、北京、贵阳赶来的学者集结后，我们一起出发前往我国的更北、最北。

我们去了漠河，去到中国最北的北极村，在冰封的天地中放眼对岸的俄罗斯，邻邦整个裹在银装中。那条相隔流淌的河流是黑龙江的一条支流，当地人把它叫作北极村河。我站在中俄界碑旁久久地凝望，心潮澎湃。这白雪皑皑的下面覆盖着多少历史的悲喜故事。

对于生长在南方的人来说，到无边无际的桦树林踏雪，那脚下"咔嚓咔嚓"的声响似乎是内心快乐的"蹦跶"声，把喜悦弄

狩猎民族

漠河界碑

桦树林踏雪

出响来。心想这南方人原就欠着寒冬的债，这下好了，还上了。

我们住在具有俄罗斯风格的酒店，走访了当地的俄罗斯人，目睹陌生的景色，倾听历史的故事，触摸当年知青留下的印迹。我当过知青，到了东北，很自然就想起曾经看过的一个电视连续剧《北风那个吹》中描绘知青的场景和画面。

离开漠河我们去了鄂伦春人的现居住地。鄂伦春族是中国东北部地区人口最少的少数民族之一，是传统狩猎民族。他们的衣食住行及歌舞等方面都显示出狩猎的特点。在过往，他们总是把猎枪背在背上。现在他们都搬下了山，到镇子里来住了。

由于长期生活在寒冷的山岭，用桦树皮搭架帐篷，用狍皮制作衣帽成为他们生存的本领。可以说，鄂伦春人的手工艺制作能力是天然的，尤以桦树皮、狍皮制作工艺为擅长。我们参观了加格达奇当地一些特色的博物馆和鹿驯养场。

此次前往鄂伦春人居住地，对我们来说最重要的是去约会一位"非遗"传承人满古梅，一位狍皮工艺制作的行家。"非遗"传承之所以重要，是因为社会发展太快，手工艺丢失太多。

我们在鄂伦春人居住的小镇拐来拐去，最终找到了满古梅的家。她的丈夫，一位老实巴交的长者站在门口，把我们迎了进去，见到了满古梅。

满古梅是内蒙古自治区非物质文化遗产兽皮制作技艺代表性传承人、鄂伦春民间工艺师。这里需要做一点说明，我国的大兴安岭地区主要跨着两个省区：黑龙江省和内蒙古自治区。他们居住地属于黑龙江，"非遗"传承人的荣誉证书却是内蒙古自治区颁发的。

我们一行造访了满古梅的家和她的家庭作坊。满古梅有着东北人的喜乐，见人三分熟，尤其是她那"迷人"的笑容，见了就受不了，忘不了。

我们很快聊开，仿佛老朋友见面，没有任何拘束。

她是"烟枪"，很能抽烟。我虽然也能烟，但在她面前就只是个"小巫"，我一包烟抽三天，她大概三包烟一天抽。这样，除了交流，我还不停地递烟、点烟。满古梅好客，加上遇到了我这一帖"狗皮膏药"，两下就混得烂熟，无所不谈，有点相见恨晚的样子。这可不是夸张，我们俩人刚认识就像老朋友。

她知道我们的来意，一边示范着狍皮帽的手艺，一边与我们聊天。她很喜乐，能侃，与我们这一群处长、教授、研究员、主编、博士后、博士交流一点不生分。在她面前，那些身份、职称、学位无影无踪，剩下的只是人与人的交流，痛快、不掩饰。在学校待久了，被职称、学位外加"人类灵魂工程师"教师身份这"三座大山"压得喘不过气来，田野就是翻身解放；尤其在满古梅家里。同行的女性奋不顾身地穿戴起鄂伦春人的装饰，那pose有点让人受不了。真正的原因是，工艺大师的手艺确实好。

我们还到她家庭作坊的仓库里看桦树皮、狍皮的原材料。这些原材料过去是他们自己打猎、割树皮得到的，现在要到市场上去买。

中午，我们在当地一家馆子请他们夫妻吃饭，她坐在我的旁边，拉着我的手说我的手像女孩子的手。知识分子的手和人家做手工的手比，那必然泾渭分明。"肩不能挑，手不能提"，"四体不勤，五谷不分"说的都是知识分子。不过我其实要好一些，我毕竟做过知青，当过生产队队长。要是在知青年代，我的手可以与她比，现在不行了，"拿粉笔"（其实现在连粉笔都不用了）的手与持刀锉的手——我被她搞得有点窘。同行的潘处长笑着掷上一句"撩妹不成反被撩"，加上那重庆方言说起来既铿锵还有点婉转，真是绝！

在满古梅家里"撩妹不成反被撩"

家庭作坊狍皮原料

同行的潘召南是四川美术学院科研处处长，他有一个天生喜乐的性格，把本真全都掏出来。

下午满古梅陪我们去看了当地新建的博物馆。显然，她是当地名人，人缘好。我们也因此省了许多联系单位的事务和联络感情的工夫。

博物馆前的广场是当地人跳广场舞的地方，我们从博物馆出来，满古梅就拉着我们上广场去跳。我面皮厚，也就与她翩翩起舞。跳得好与不好都其次，主要是投入。我干什么都投入。这也算是个优点吧。

一整天的参观、交流，大家已成朋友。

要离别了，双方都是不舍。

我突然心生一个主意，把满古梅请到四川美术学院去当一回真正的老师。一来我们可以再见，二来让我们这些当了半辈子老师的人都来当她的学生。这就是"非遗传承人进校园"。我征得潘处长的同意和认可，正式邀请她到四川美术学院去待十天，给大家上课，教学生做手工。同时，让弟子明慧全程陪同。费用由我们出。

于是，也就有了后续的故事。

不久，我们又在重庆见面。我请她真真正正地在大学讲堂上当一回真真正正的老师。这也是她有生以来的第一次。为此，我们还邀请了几位同领域的专家，北京的、南京的都有。大家都端端正正、认认真真地坐着听她讲课。

满古梅在四川美术学院的讲座，因要做海报，就要有题目，弟子张颖为此取名"艺术遗产：一曲生命礼赞"。

讲座在晚上举行，由张颖主持。我们做了全程录音：

海报和讲座现场

大家晚上好，我叫满古梅，来自内蒙古呼伦贝尔市鄂伦春自治旗阿里河，我是鄂伦春族。今天呢，我来讲讲我们鄂伦春历史和文化。来到四川美术学院我特别紧张和激动。有的同学知道《高高的兴安岭》这首歌，在这里我先给大家唱一首汉语和鄂伦春语的歌曲……

　　高高的兴安岭一片大森林
　　森林里住着勇敢的鄂伦春
　　一呀一匹猎马一呀一杆枪
　　翻山越岭打猎巡逻护呀护森林
　　高高的兴安岭一片大森林
　　森林里住着勇敢的鄂伦春
　　一呀一匹猎马一呀一杆枪

翻山越岭打猎巡逻护呀护森林

……

大家看我这一身行头，我是内蒙古自治区的区级兽皮工艺非物质文化遗产传承人。不过在我们那里，我的名称是兽皮工艺大师。这个兽皮是我妈妈、爷爷，祖祖辈辈传下来的，是我们鄂伦春民族的手工艺。全中国的鄂伦春民族才八千来口人，而在阿里河就有两千六百多人。

我们鄂伦春历史文化保存到现在的样子，其实已经算很好了。鄂伦春族人口少，像我这样岁数的人就更少了。在上个世纪四几年五几年还在山里生活的时候，鄂伦春族人口还要更少。那时候我们住在大兴安岭的深处，生活条件比较艰苦，雪很厚，环境也很恶劣，有些地方连马走路都很费劲。过去鄂伦春人以狩猎为生，打猎打不到东西是会挨饿的。我们的主食是狍子肉，蔬菜和粮食很少。不过在夏天五六月份的时候，山里有野菜，比如柳蒿芽、山芹菜、野韭菜，还有很多很多……

那时候家里的生活过得很辛苦。在小时候我见过爷爷和奶奶，我的爷爷是我们部落的"穆昆达"，"穆昆达"的意思是一个部落的头领。那时候打一只狍子不只是一家人吃，而是全村的人一起吃。如果打猎过后不把狍子分给村里其他人，那么就会被逐出鄂伦春族，所以全村所有人都特别团结，这也说明了"穆昆达"领导的重要性。我们的房子就代

表一个部落，冬天用狍子皮围起来，夏天用桦树皮围，桦树皮是我们的工具，生活中用到的盆也是桦树皮。过去很少有面粉，在上世纪五十年代的时候，大米和小米的面都是在桦树皮上和的。

鄂伦春人狩猎的时候有很多规矩：母狍子不打、狍子交配期不打、幼狍子不打。在打了狍子之后"穆昆达"头领就会拿去换粮食然后再分给大家。在喝酒方面，鄂伦春人其实不是像别人说我们离不了酒那样的，在满山的厚雪中，如果没有火又不带两口酒是不行的，是会挨冻的。过去鄂伦春人打猎使用弓箭，用苏联制作的一种枪叫"比乐丹"，再自己做子弹和火药，打猎时百发百中，而且鄂伦春人就算喝了酒之后再去打猎也可以百发百中。平时出门翻过一座山，回家的时候还能找到回去的路，不会迷山。如果有人在山里遇见黑瞎子了，那他一个人不会去打它，因为它肉很厚，心脏打不透，也很容易伤人。它伤人的时候不会咬人，要是扑向你那可能就没命了。

鄂伦春人在山里的时候不是随便想干吗就干吗的，是分部落的。有一个姓阿的部落，他们的语言和我们的语言有些地方不一样，鄂伦春族没有文字只有语言。在没有文字的情况下，很多文化也就消失了，直到后面有了政府，有了自治区，也有了我们自己民族的文化。我小时候是在山里出生，没有在高楼大厦里享受过，是跟爸妈一起在山里生活，虽然很艰苦但我觉得很幸福。那时候鄂伦春人有人难产或者小孩子生病了、骑马骨折了，就会请萨满去跳神。这个方法有时候很灵，但有时候生病太严重就没有办法了，有时候还会有传染病或是发热症，等等。那时候不懂科学，也没有专业的医生，所以这也是鄂伦春族人口少的原因之一。

在冬天，居住的地方不能随便打个地铺就睡，得让"穆昆达"去找合适的场地。一般是找有小河或者山坡上有泉水的地方，而且这些都是男人们说了算，女人是不管的。过去的鄂伦春女人特别辛苦，不像现在大家都很幸福，她们要照顾公公和婆婆，还有自己的老公和孩子，要能干活，还要能歌善舞。

到了过春节或过元旦的时候，都会举行庆祝活动，特别热闹。春节时，这边的部落拿着东西来串门，对面那边的部落也来串门，五六十个人开始篝火、唱歌、喝酒、赛马，干什么的都有。在年三十的时候，对鄂伦春族人来说就是大型活动，初一就开始磕头，不行礼只磕头。之后还有正月十五抹黑节，如果你想和谁谈恋爱搞对象，就抹黑他，现在我们文化传下来的也就是抹黑节。

男人去打猎前会把家里的人都安顿好，才骑马出去打猎。打猎时没有十天半个月是回不去的，特别是打鹿的时候，半个月不回来，中途还要带着鹿肉做成的肉干。把鹿肉晒干，这就成了女人的活。打猎的时候很可能遇到狼群，狼一叫狼群就会围过来，这时候不能害怕，把火点亮就没有事，因为狼怕火，是不会靠近的。还有野猪、熊瞎子这些动物会伤人，其他的比如鹿等动物不会伤人。

看我手上拿的这顶帽子，这是男人戴的，女人不戴这个。上面有四个叉，就说明戴帽子的人很了不起，也就是"摩尔根"。说明这个男人在打猎时能百发百中，就可以戴这顶帽子。其他没有叉或者比较短的就是小孩子戴。

桦树皮是我们国家的第一批传承技艺，狍子皮是第二批。这些艺术文化是需要传承的，现在我是狍皮制作传承人，我也正在做这个工作。我们看这个红色狍皮为什么是这个颜色呢？因为它是五月份用狍子做的皮，所以它是红色。在狍皮里面需要穿小衫，如果不穿会特别扎人。但是这种有点柔软的是冬天的皮，穿上就不会感到扎人。狍皮被就是用夏天的皮做的，手套是用冬天的皮做的，特别暖和。这个手套在我们的历史保护博物馆中是有记载的。

过去在桦树皮里装粮食，装肉干，还有小孩手套，这个桦树皮，它里面是这种颜色，因为它是狍子筋缝的。如果用其他线缝，遇水的时候会漏水，而用狍子筋缝的话一开始在水里也会漏，但是三四天后就不会漏了。因为它已经泡涨，把窟窿眼堵死，就不漏水，于是就可以随便用了。这上面的花纹是用工具压的，不是随随便便用什么贴片贴的，如果是贴片就会把桦树皮破坏。我们做这个布都是一针一线缝的，定的双疙瘩也是自己系的。这些图案都是鄂伦春的图案，也就是云转花，还有其他很多很美的图案。如果你看到穿这样服装的人，你就知道他是鄂伦春族。

鄂伦春族人结婚的时候是有仪式的,有许多的规矩,不是我愿意嫁给谁就嫁给谁。需要超过五代亲属,比如我姓何就不能嫁老何家,就得嫁给老白家或者嫁给老阿家。在家里,长辈的床在北边,所有的儿媳妇或者侄儿媳妇,不能随便去上床坐。这边是爷爷辈的,那边是叔父辈,都是平辈住一个"撮罗子"里,晚辈是不能住的。小姑娘必须得自己旁边有一个"撮罗子","撮罗子"需要自己打,那时候没有那么多礼仪,而现在讲究的比较多。

桦树皮随便乱拔是犯法的,现在我们都是花钱买,平时林业局收集桦树皮有剩余的就卖给我们。我们是1957年下山。现在我们大部分都种地,一年挣得也不少。有一个商场叫俄罗斯商场,我们平常去那买狍皮,一般价格在两三百。现在我们鄂伦春族宣传鄂伦春文化保护还是存在一定的问题,希望以后能发展得更好……

满古梅的讲座赢得了长时间的掌声。学者和学生们难得遇到这样的老师。有这样的行头,能讲自己民族的历史,还能唱歌跳舞,听众自然会喜欢。

之后,大家做了专题讨论。

在四川美术学院的日子里,满古梅还到设计学院纤维艺术实验班给学生上课,教他们做手工,受到师生们的好评。

到了要离开的日子,叙别却是不舍。

离开后的一段时间,我们大家常在手机中交流。

与满古梅在川美交流　　　　　　满古梅在课堂上教学生手工

我们是朋友,没的说。

保重,满古梅。

忘不了你那迷人的笑和那粗糙的双手。

在沙溪的日子里

又到了暑期,又是个炎热的夏天。厦门的凤凰花还是那样的火红,美得让人"发烫"的感觉。

我又要去远方,照例带着团队去田野。这已成我的习惯。记忆中几十年都是这样,屈指算来,从20世纪80年代末到现在,有三十多年了。即使是在国外,假期也多半在田野。只是年轻时大多是自己一个人做田野;到厦门大学后,多数是带着弟子们做田野。

2015年8月我们到云南剑川沙溪古镇做田野调查,参加人数十一人。我们的目标是对盐矿历史与古镇的关系、"古镇复兴计划"、祭火仪式等进行集中调查。

沙溪镇隶属剑川县,地处大理、丽江、香格里拉中间,但这与我无关。任何地方都有经纬度,都可以在地图上标出来,只是一个符号而已。

沙溪是美的,但也与我无关。世界上美的地方很多。

沙溪现在成了一个旅游热点，但这也与我无关。我带团队去不是旅游，不是慕名；我虽也研究旅游人类学，却从不"攻略"。对于我，即使是旅游，我也不想"攻略"，游客走的线路不是我要走的线路。

沙溪被联合国誉为"茶马古道上唯一幸存的集市"。这有点像广告，百度上的摆渡，"摆人"的，姑且听之。但与我此行也无关。

选择沙溪的原因仅仅是为了兑现我的一个诺言：每一位弟子的田野现场我都亲临。我带了博士、博士后有了七十余众，他们的田野点我现在还没有到场的大概只有四五个吧。

沙溪是我一位云南弟子的田野点，于是去了。

沙溪是一个古镇，今天还可能感受到一些古风的味道。

沙溪古镇得以保存，与一群瑞士人有关。他们在十几年前来到沙溪，就在沙溪搞了个保护古村落的行动计划，"修旧如旧"。于是有了今天的沙溪。

故事梗概是这样的，2002年沙溪寺登街被列入世界纪念性建筑基金会（WMF）值得关注的一百个世界濒危遗址名录，由此拉开了沙溪古镇修复的序幕，由瑞士联邦理工大学和剑川县人民政府共同发起了沙溪古镇的保护工程。

也就是说，沙溪的"旧"是这些老外们搞起来的。

这些外国人虽然今天已经离开，但我们需要记住他们；否则，沙溪的一些"旧"遗址也可能被圈上"拆"字，或者有可能在建设中毁于一旦。不少地方把村落修成一模一样。结果新是新的，只是看了令人摇头。

中国人现在都喜欢"新"，什么都"新"；不喜欢"旧"。

这种"喜新厌旧"的价值其实谈不上好与坏，要看事情和对象。车子、手机是新的好，但如果与遗产有关，就一定是旧的好。因为"遗产"就是祖先留下来"旧的东西"；我们经常爱说"传统"，其实就是"旧"。为什么要"修旧如旧"？就是因为旧的比新的好。这没的说，就像博物馆里的文物摆件，同样的东西，一件是晚清的，一件是先秦的，哪件值钱？同样的东西，岁月值钱！

从特色上说，沙溪古镇因建在茶马古道上，所以汉、白、彝、傈僳、纳西等民族的人都有，其中以白族为主体民族，占总人口85%。建筑样式都是白族的，也是白的。

就这样，我们来了。

就这样，我们在村子里住了下来。

我把团队分为几个组，有调查仪式的，有调查古镇的，有调查民宿的，有调查民俗的，有到周边调查自然生态的，特别是盐矿的；每天大家分别去调查。

我，这个被称为"师父"的人，每天除了到不同的点去检查他们的工作外，晚上还要集中在一起听汇报和讨论。

这是我的工作。

我还有一件工作，就是到菜市场买菜。我们的早、中餐都是简单的，早上喝点豆浆，搭上面包、油条什么的；中午就随便在小餐馆吃一碗米线、面条什么的。

晚餐认真一点。

为了这一点的"认真"，我，也就经常认领买菜的任务。

其实，我喜欢逛菜市场。到一个新的田野点，集市、赶墟、菜场是我爱逛的地方，也是必去的地方。这可以让我在最短的时间里了解地方的生活、物产、民情。美国有一位人类学家，中文名叫施坚雅（G. William Skinner），曾经对成都平原的民间集市做过研究，他的市场理论很有名，提出了以市场为基础的区域研究理论。

施坚雅的集市理论中最为生动的是所谓"蜂房模型"，大意是说中国农村的集市是以农民早上步行去，晚上步行回家这样的空间距离为计量模型，所以村落与市场之间的空间距离自然形成了如"蜂房"一样的空间格局。虽然这种模型在不同的地理环境下并不准确，但他把研究的注意力放在农民生活常态中的集市则值得称道。

人类学其实就是一门关注和关心人民日常生活的学问。

这下明白了，到一个乡土村落，菜市场是要看的。何况，我不仅要看，还要买。弟子们都在调查，我成了他们的半个后勤部长。

那些天，我背着一个背篓，像当地民众那样，一早就上菜场。

夏天是云南上各种菌类的时候，特别是松茸。当地的松茸又好又便宜，但去晚了就买不到好的，于是我会早些去。

那松茸，那大餐，啧啧

松茸炖鸡是上等菜。

为了犒劳弟子，也犒劳自己，有一个周末，我们准备大撮一顿。我一早起来就与弟子们去买了上好的松茸，然后到邻居家买一只鸡。嚯嚯，那个带劲！

不料因此得罪了老乡家的狗。

我们住所的邻居，由于我们天天出入都要打他家的门前过，于是就熟了。那天我到他家买鸡，主人就抓了一只母鸡。这下坏了，谁知道那老乡家的小母鸡与大公狗是相好。这我哪儿知道啊，田野做得再细也细不到调查人家鸡与狗的隐私吧。结果，我把人家的相好弄走了，那狗就怀恨在心，记恨了。

后来的几天，只要我从那门前过，那狗就狂吠，怒不可遏。好在那狗是用铁链子拴着的，要不然它真会攻击我。

嗨，真想对它说"对不起"。

可是，晚了。那小母鸡已经被我们吃掉了。

每次它发野，我就觉着不公平，又不是我把你的相好弄走，是你的主人卖给我的，你不冲你主人发火，冲我发什么火。

人家狗可不管，反正是你把它的"相好"拎走的。

后来，我就在心里盘算，为了弟子得罪了狗，总是不能求全责备吧。

于是心里就开解了。

沙溪是美的。溪水从村边流过，入眼是远远近近的田野、山峦，还有白族白色调的建筑。

"悠悠"客栈

在沙溪待久了，与当地人就混熟了。首先当然是客栈小老板娘，她的名字唤作"悠悠"，其实我不知道是"尤尤"，还是"优优"，反正好记。"悠悠岁月欲说当年好困惑"，那《渴望》的主题歌还是记着的。

还跟当地的一家小餐馆的主人也熟了。她是当地的小学老师，平时也开个餐馆。我们中午大多在她的餐馆吃米线。

当她知道我们是厦门大学

的师生时，便是格外热情。或许都是老师的缘故，她对我就另眼相看了。有一次当我们到的时候，她的小馆子里已经坐满了人，她硬生生地就把人家给赶走！说是"厦门大学的老师来了，你们就先让一下"。

这道理真是说不通。什么叫"先来后到"。可是谁让人家看上我们呢？

而且，给我的米线又是大碗，肉又是多。

一位弟子就戏言，好像还夹着一点酸："唉，当好人类学家不错，可以骗吃骗喝！"

这没良心的东西！

"'骗吃骗喝'没关系，只要不骗人就好。"我回，认真的。

沙溪的日子已经远去，那边陲的秀丽景色、白族的村影，都还在脑海里存着。

记下她，为了那份美好的纪念。

阿细祭火

从2008年到2010年，前后跨度两载，我带着一个十几人的团队在滇越铁路这条窄轨铁路上来来回回跑了好多趟。团队成员中没有一个铁路专家，何以把铁路也当作"田野"？不了解的人或会认为这一拨人的"脑子坏了"。

那就先讲讲个中原委吧。

滇越铁路跨越中国和越南，具体的线路是：从中国云南昆明到越南的海防，全长八百五十四公里。中国云南段全长四百六十五公里，从昆明到河口；越南段三百八十九公里，从老街到海防。铁路于1903年动工，历经八年，1909年竣工，1910年全线通车。滇越铁路由法国出资修建，法国人勘探设计，法国人主导路权，法国人获取最大利益。滇越铁路属于"殖民＋工业遗产"。

我在这条铁路线上跑这么长的时间，原有一个大的项目规划，具体细节我在《师说人类学》（上海社会科学院出版社2021

年出版）中有过详细记述。

项目虽然夭折，却有意外的收获。我的三位弟子在调查中以铁路沿线及周边的民族村寨、社会文化为调研对象，完成了三本博士论文：吴兴帜的《延伸的平行线——滇越铁路与边民社会》、郑向春的《葡萄的实践——一个滇南坝子的葡萄酒文化缘起与结构再生产》、路芳的《火的祭礼——阿细人密祭摩仪式的人类学研究》。三篇博士论文后来都收录在我主编的"田野归去来——人类学实证研究丛书"中，2012年由北京大学出版社出版。

弟子中的三本博士论文有两个选题集中在弥勒，就先讲弥勒吧。

滇越铁路线上有一座城市叫作弥勒。弥勒这个地名与佛家的弥勒并无瓜葛，只是当地族群方言的"音译"，却与那位憨态可掬而又神奇无比的大肚佛的名字一字不差。当地原有一座弥勒寺，后来在旅游开发中，地方政府也就附会佛家的弥勒形象，建起了一尊巨大的弥勒佛塑像，招来一批又一批的香客和游客。

弥勒可爱，不是因为它有一个神奇的符号，也不是因为与弥勒佛相同的名字，而是它着实是一个可爱的地方。这个地方很美，有多元文化，你要是去了应该会喜欢，尤其是艺术家。2020年年末，我还带着一个以四川美术学院的艺术家、艺术系研究生为主体的团队到那儿感受、体验艺术。弥勒的温泉也好。

弥勒还有一个惊心动魄的彝族族源故事和仪式：阿细祭火。

"阿细"是生活在云南弥勒的一个彝族支系。也就是说，阿细人是生活在弥勒这个地方的彝族。彝人崇尚火，这已经成了文化常识。你即便没有亲身体验过彝族的火把节，相信也是听说过的。

只是阿细祭祀格外撩人，唯弥勒有。我做了半辈子的田野作业，跑了无数的民族村落，独独阿细祭火仪式最为古朴，也最为震撼。我先"秀"一张当地电视台拍摄并在官方网站公开的照片，读者只需上网搜"阿细祭火"就能看到。

阿细祭火（图源网络）

祭火是彝族神圣的仪式。弥勒阿细祭火节于每年农历二月初三在一个叫红万村的地方举行。阿细人视火为万物之灵，自古就有神秘庆典。祭火神节是祖辈留传下来的古老传统，相传已有近千年的历史。在当地，阿细人把神圣的祭火仪式称为"密祭摩"，祭仪在当地的神山密枝山的密枝林中举行。

2013年2月下旬到3月中旬，我带领调研成员一行八人到云南田野，红万村彝族阿细人祭火活动是我们主要的调研内容。这也是弟子路芳的田野点。我们详细地观察和了解了阿细祭火的过程。如果读者意犹未尽，可以去读一读云南民族大学路芳教授的著作《火的祭礼——阿细人密祭摩仪式的人类学研究》，书中对这一祭火仪式有详细的记录。

祭火场面

祭祀仪式

彝人崇拜火、祭祀火，也把火的色彩转化为生活的色彩，红红火火。彝族的生活中处处见得到那种火红的颜色，家具是，餐具是，器具是。那颜色的搭配很特别，无论混合什么颜色，"火红"一定是底色。那颜料是从植物中提取的。我有一位彝族弟子李春霞，现在是四川大学的教授。她是四川凉山的彝族，也在滇越铁路调研团队中。从她那儿证实，彝族都喜欢以这种方式表现自我，只是不同地方的彝族在色彩和造型上有些微的差异。

看看阿细人身上的色彩就能明白为什么阿细人要以这种方式、这种颜色来装点自己，表现自己。

依照传统，阿细祭火仪式原有严格的规矩和禁忌，只有男人能够参加，而且全寨每家每户的男子都要参加。女人不能去。

现在不同了，时代发展了，仪式也发生了变化，变得令人瞠目结舌：不仅本族的女性可以参加，甚至外来的游客都可以参加。我们团队就完整地观摩了仪式的过程。这翻天覆地的变化把人看花了，也看傻了。反正，面目全非。

在村寨口举行欢迎仪式

大众旅游的出现除了有

漫山遍野的围观者

主人与游客狂欢之夜

全球化的背景外,在中国这样一个农耕传统深厚的国家实在有些"怪异"。大家的脑海里一定还响着娓娓诉说了千百年"父母在,不远游"的伦理口号,突然之间就成了"父母在,也远游"。这文化因子到底是什么?没人说得清楚。

但是,如果"传统"如此脆弱,如此经不起诱惑,那就麻烦了。

大众旅游把传统文化中很多的神圣变成了世俗,阿细祭火就是一个典型例子:彝族传统的"神圣"仪式转成为"世俗"活动,仿佛只在一夜之间。当地政府也把阿细祭火作为一个招徕游客的"品牌",大力宣传,搞起了招商活动。在当地我们也听到一些不同的声音。

吾非彝人,欲说无语,无语又想说,却是一言难尽。

大众旅游宛若一个魔方,它的逻辑依据是"发展":挡不住的风雨交加,掩不住的悲喜交集。

"发展",如果理解为"变化快""变迁大",那并不是在任何地方都需要做"正面宣导"的。我们在电视上、报纸上听多了、看多了,也知道"发展才是硬道理"。不过,那是有语境的,有范畴的,毕竟,不能一句话把天下的道理都"包圆"。我们强调"发展的道理",主要表现在经济、科技、军事、建设等方面;而在其他许多方面,比如传统、文化、仪式、伦理、知识、遗产、礼节、手工、技艺、节庆、习俗等,发展太快,就会丢失。所以,在有些领域要"缓慢发展";这些方面,欧洲和邻国日本做得比较好。

我做了二十多年的旅游人类学研究，面对这样的现象，只能是"一声叹息"。当然，也因为阿细祭火"被旅游化"，我们也才有幸看到如此壮观的场面。

所以，我提醒自己，不要得了便宜还卖乖。原还有一些话要说，还是打住好。道理并不总是说，还要靠悟。

玫瑰蜜　云南红

在所有的饮食文化中,"酒"最难言传、最难言明。

西方有一个名气很大的酒神,名字叫作狄奥尼索斯,在奥林匹亚山上十二大主神系统中占据一席,说明他的地位无可替代。

酒神与日神(即太阳神阿波罗)经常被西方的哲学家、人类学家用于分析人类的两种基本形态:野性与理性。酒神代表野性,日神代表理性。其实,说成欲望与理智也可以。它符合人类的两种基本属性:动物性与社会性。在社会生活中,人类本性中的欲望是狂野的,要压抑;相反,理性被张扬。可是,有压迫就有反抗,野性欲望总要宣泄,没有宣泄的渠道,就要得病——弗洛伊德《梦的解析》是这样说的。

那么,又不要得病,又要有排遣,媒介是什么?酒。

这下知道了,酒原来还有治疗作用。

酒神代表的正是人类最原始、最躁动却又最本真、最自然的一面。

我研究过古希腊的酒神,也了解西方文明之所以会在酒神身上附会那么多的东西,一个重要的原因,是"葡萄生计"。古希腊希西阿德的《田功农时》、希罗多德的《历史》、荷马的《荷马史诗》中都对葡萄和葡萄酒有过许多记述,举几例:

> 春天刚刚开始,燕子还未到来之前就要修剪葡萄藤,这样做最好。而当移家者(指蜗牛)由地里爬上树梢躲避普里阿普斯时,就已经不再是挖掘葡萄园,而应是磨利你的镰刀了……这时应当赶快干活,要起早,把你的葡萄果实拿到家,使你的生计有保证。(《田功农时》)

这是一幅古代希腊人民的生活图景。没有葡萄,无以生计。论及葡萄,必言酒。古希腊社会,不仅是神祇、英雄、国王和贵族纵酒成风,就是低贱的人甚至奴隶们也经常喝酒。希罗多德在《历史》中提到:

> 希腊人非常喜欢酒,并且有很大的酒量……他们通常都是在饮酒正酣的时候才谈论最重大的事件。

> (希腊人)在准备战斗的时候,所有的人都立刻应当尽情地饮酒狂欢。

> 狄奥尼索斯的这个祭日的庆祝(埃及——笔者注)几乎

和希腊人的狄奥尼索斯的祭日完全相同的，所不同的只是埃及人没有伴以合唱的舞蹈。他们发明了另外一种东西来代替男性生殖器，这是大约有一佩巨斯高的人像，这个人像在小绳的操纵下可以活动，它给妇女们带着到各个村庄去转。这些人像的男性生殖器，和人像本身差不多大小，也会动。一个吹笛的人走在前面，妇女们在后面跟着，嘴里唱着狄奥尼索斯的赞美诗。至于为什么人像的生殖器部分那样大，为什么又只有那一部分动，他们是有宗教上的理由的……可以说，几乎所有的神的名字都是从埃及传入希腊的。

在这一个祭日里所消耗的酒比一年剩下的全部时期所消耗的酒还要多。参加祭日的人，单是计算成年男女，不把小孩计算在内，根据当地人的说法，就约有七十万人。

我去过希腊三次，其中两次是专门对葡萄、葡萄酒、酒神祭祀仪式、圆形剧场做调查。我将在本书"异域田野"部分记述这些故事。

而去弥勒的一个原因，就是葡萄酒。或许有缘，似乎无意，弥勒这地方我去了差不多有十次。弥勒离昆明不太远，有朋友好酒的就往那儿带，大家喝了还要买。单是2020年我就去过两次。

我去弥勒不是因为嗜酒，而是因为那里有葡萄、葡萄园、葡萄酒和葡萄品种的传奇故事。

那儿也是弟子郑向春的田野点，她的博士论文专门研究红酒，现在已然成为专家。

喜欢酒的人大多知道，"云南红"（红酒）就出在那。听上去就有点醉意。

"云南红"葡萄酒近三十年在中国"窜红"（插一句，近些年青海的红酒"窜红"得厉害），人们餐桌上的觥筹交错也不时闪现它的风头。我不擅酒，葡萄酒倒偶尔为之。品不出高低好坏，只用心品味，扬言"品尝酒文化"。

来到农庄的葡萄园。斜阳穿过云层喷薄而出，阳光的线条透过葡萄园密密的叶片闪闪发光。我们坐在坡地上的葡萄架下品着葡萄酒，景色与法兰西波尔多很相像，画一般铺在丘陵上。

我曾经两度留学法国，在法国的西南部也有驻足；不是旅游，而是做田野。法国的西南部靠着大西洋，丘陵地理形貌很适合葡萄种植。波尔多就是法国葡萄种植和葡萄酒生产的基地，举世闻名。在法国农村体验生活，我也曾经摘过葡萄。对于一个年轻的留学生来说，那种感受很"法兰西"。

到弥勒，才发现，这里也很"法兰西"。

从当地的葡萄酒行家那儿听到这样一个故事——他曾经接待过法国驻华大使馆的文化参赞。据那位法国文化参赞说，弥勒这地方与法国波尔多的自然生态非常相像。怪不得那株从法兰西移植到中国，又通过滇越铁路来到弥勒的葡萄种能在中国西南找到适合的土壤。

这是法国的葡萄农庄吗?

在地球上找相同或者相似的地理条件并不困难,地理学家很容易做到。说中国的弥勒与法国的波尔多有着这样那样地理上的相似,我们听着只管点头就是。

人类学家不怎么管地理上的事情,喜欢了解地方上的事情。

说人类学家喜欢故事,喜欢摆故事,喜欢编故事,真是有些道理。记得有一次美国人类学家赫兹菲尔德来厦门时我请他吃饭,餐桌上我们聊起了人类学家擅长各种各样的"故事"时,他脱口说了一个词:"八卦人类学。"赫氏的汉语说得不好,"八卦"二字倒是拼读得十分准确。弟子葛荣玲可以作证。

"八卦人类学"不太严肃,"故事人类学"要好些。那法国参赞是在说故事还是摆八卦,我不知道,不过,无论是故事还是八卦,总都是要有"影"的。

我曾经在弥勒组织过一次规模不小的田野工作坊,正是冲着葡萄故事去的，那故事迷人，也醉人。

云南红集团电影放映厅的宣传片的"片头"讲的就是一个故事：

> 十九世纪中叶，一位年轻的法国传教士来到云南，在眼下极负盛名的香格里拉传布福音。他把远从家乡带来的葡萄种子播在了这片高原的土地上，还悉心教授当地村民酿制葡萄酒。听说现在还有村妇在劳作之后，喝上一杯葡萄酒的习惯。今天，在这块红土地上已经种满了各种不同的葡萄品种，除了玫瑰蜜外，还有水晶葡萄、赤霞珠、法国野等知名品种。

诱人的弥勒葡萄

弥勒葡萄种的故事版本不少，通行的版本是：19世纪，法国传教士从法国把玫瑰蜜葡萄种带到云南德钦的一个名叫茨中的小村子。随着教区的扩大，葡萄的种植也就扩大起来。

为了解这一段历史故事的轮廓，当时义务加入课题组的北大化学系研究生程新皓（小名"石头"）主动承担前往茨中调查的任务。以下是他调查记录的一段：

> 一百五十年前，那个法国传教士远涉重洋来到云南边地的一个叫茨中的地方，他建起教堂，传播福音，撒下葡萄种子，种下了"玫瑰蜜"（Rose Honey），一种"云南红"的葡萄品种。这些葡萄种植的迁移后来又与滇越铁路联系在一起。滇越铁路正好又是法国人修筑的。法国的波尔多又是世界上叫得最响的葡萄种植和葡萄酒酿制的地名和品名。人们在高原"云南红"传奇中也经常听到来自法国波尔多的葡萄种植技术的赞誉词……

至于茨中的法国葡萄种如何来到弥勒，故事又有曲折变化：

茨中的教堂与葡萄　　　　当年法国传教士种下的葡萄今天还在

"玫瑰蜜"当年被传教士带到了茨中，而在法国本土的玫瑰蜜品种却不幸在一场生态灾难中全部灭绝。这听上去有点像"诺亚方舟"的故事——那个葡萄品种，在地球的另一端，在云南的山沟里保存了下来。

故事的发展还有起伏：茨中是"玫瑰蜜"葡萄种的最初落脚点，随着教区的扩大，随着滇越铁路的延伸，葡萄的移植也在扩大。

后来，西方传教士被驱散，那"玫瑰蜜"葡萄种也逐渐野化，散布在了滇越铁路的沿线。

中华人民共和国成立初期，弥勒东风农场的一群农业专家沿着滇越铁路探寻时，意外发现了这种前所未见的葡萄秧，于是把它带回到东风农场。后经过权威专家严格的检测，发现这就是早在百年前欧洲农业疫灾中灭绝的"玫瑰蜜"，也是欧洲最古老的酿酒葡萄的品种。

经过东风农场专家们的精心培育，玫瑰蜜葡萄最后成功地在云南的红土地上培育繁殖了起来。更神奇的是，玫瑰蜜在云南的培育过程中品种得到了优化，而东风农场所在的弥勒也成了世界上海拔最高、纬度最低的大面积葡萄种植区。

法国的"玫瑰蜜"经历了一个多世纪的旅行，弥勒成了终点站。

就这样，"玫瑰蜜"无意之中成全了法中文化交流中的一段神奇故事。

浮雕中的传教士故事　　　　　云南红集团厂区内的酒神雕像

这故事听上去有点像是真实的历史一样，委婉动人。

作物品种的播撒虽然关涉种子的传播，属于生物学范畴，却也时常伴随着人类的意愿，这些意愿也可成为历史的美丽故事。

在弥勒，酿酒技术有一套严格的规程，由不得心血来潮。搞得不好，全都成了醋。

在"云南红"基地我们看到了一个大的酒窖，里面整齐地摆

酿酒酒窖　　　　　　　　　　现代酿酒设备

满了橡木桶。橡木桶储酒源自17世纪的英国,用橡木储存葡萄酒是为了汲取橡木中的精华,控制氧化,增加葡萄酒的口感。

云南红集团的各种设施,特别是酒窖看起来都很欧化;连橡木也是从欧洲进口的,据说。

葡萄园、葡萄酒、葡萄酒制作,一切都发生在滇南的一个边远小地方——弥勒。故事的渊源却远在地球的另一边。只是,这一传播,把"玫瑰蜜"变成了"云南红"。

人们只知道"地球是圆的",滚来滚去的;殊不知,"故事也是圆的",翻来翻去。那就让人类一代代地把这葡萄(酒)的故事"翻滚"下去吧。

酒可以为理智放开一个闸口。

历史也为"八卦"放开了一个闸口。

茶道　茶战

生活中我是一个粗糙的人。茶是喝的，却不懂茶道。中国的茶道讲究品茗的美感和品位。就个人而言，是一种以茶为媒的修身方式；就社会而言，是一种社会礼仪的交流方式。

这些我都不谙、不擅，甚至不会。所以，我讲的"茶道"不是我国通常所说的那个意思，而是茶叶的传播之道（路），只是那媒介不是丝绸，而是茶。

大家都知道我国近代史上发生过"鸦片战争"，却有许多人并不知道这场战争与茶叶有些历史瓜葛。英国人爱喝茶是世界闻名的，但茶的故乡并不在英国，在中国。中国是种茶、制茶和饮茶最早的国家，英国的茶原是三百多年前从中国运过去的。英语中 tea，按照我的研判是从闽南方言"茶（读 té）"转译去的，法语中的"茶"即读作 tè。在 17 世纪以前，英国人还不知道茶为何物。

自从英人开始喝茶，就需要大量的茶。英国的地理条件又不适合种茶，只能从中国进口。饮食人类学家西敏司在其著作《甜与权力》中说过这样的话："18世纪中期以后，甚至连英格兰都变成了一片嗜茶之地。"到了19世纪，茶更成为欧洲民众的生活必需品。有资料表明：19世纪20年代每年都有数以万吨的茶进口到欧洲，单在英国，每年都有超过3 000万英镑用于茶叶的消费。而早在17世纪中期至19世纪初期，进入欧洲市场的茶叶其实都来自中国南方的沿海省份，主要口岸正是广东、福建。

为了打开中国的大门，英国遂以"鸦片"为媒，大量输入中国。鸦片贸易给中国社会带来的严重危害，引起了清政府重视。1838年12月，道光皇帝命林则徐为钦差大臣，将其派往广东禁烟，也就是著名的"虎门销烟"事件，这也成了"鸦片战争"的导火索。

如此说来，中国茶也就成了这场战争的"隐形介体"。

英国人自从喜欢上喝茶，他们也一直在寻找"茶叶之道"，与中国交恶，茶叶的进口也因此受阻，更增加了他们寻找新的茶叶种植地的愿望。他们在"东印度公司"所属的斯里兰卡找到了种植和制作茶的基地。

于是，斯里兰卡就成了一个不得不提及的国家。

从16世纪起，斯里兰卡这个苦难深重的国家先后被葡萄牙人和荷兰人统治，18世纪末，又沦为英国殖民地。殖民统治期间，劳动密集型的种植业一直是斯里兰卡的支柱产业，先是种植肉桂，后是咖啡。1824年，英国人将中国茶叶引入斯里兰卡，播下第一批种子。从此，茶也就从中国转道去到了斯里兰卡。

1869年，锈叶病泛滥摧毁了斯里兰卡的咖啡种植业，能够抵御病害的茶叶代之而起。英国种植园主们以非常低廉的价格在斯里兰卡中部山区和南部丘陵购得大片土地，并从印度泰米尔纳德邦雇来大批劳工，大面积开发茶叶种植园。十年间，茶叶产量从1870年的二十三吨增长到1880年的八十一吨，1890年激增到两万吨。世界红茶之王、著名的托马斯·立顿（Sir Thomas J. Lipton）就发家于斯里兰卡。这也是"立顿茶"的由来。

斯里兰卡在我国古代被称为锡兰（Ceylon），因此那里出产的茶也被称为锡兰茶。1948年宣布独立后，他们恢复了僧伽罗语的古名"斯里兰卡"，意为"光明、富饶的土地"，而锡兰茶的名称却被沿用下来。

茶叶种植对自然条件要求很高。斯里兰卡属热带海洋性气候，温润的气候配合该地区四百米至二千米的海拔分布，成为优质茶叶的理想家园。锡兰茶有六大产区，按照地势高低分为：低地茶，生长于海拔四百米至五百四十米；中段茶，海拔五百四十米至一千米；高山茶，海拔一千米至二千二百米。

2016年3月，我率领一个七人的考察团队去往斯里兰卡进行

斯里兰卡"机茶"制作工厂

茶叶博物馆内的介绍

茶叶博物馆内的相关展品

相关调研。虽然我们团队的考察对象并非茶叶专项，但茶叶也在我们的考察之列。

有一个事实，现在世界上大多数高级别酒店所提供的茶基本上是锡兰茶。也就是说，锡兰的机茶（机器制作）占领了高端市场。

以历史的眼光看，中英对茶叶的争夺其实是一场隐形的战争——茶叶之战。

如果说鸦片战争还只是与茶叶有关，那么，"立顿茶"与我国国产茶之争，则是一个直接争夺商业市场的"战争"。

我的弟子肖坤冰，她当年的博士论文写的就是茶叶——以武夷岩茶为入口进行研究，她的论文《茶叶的流动——闽北山区的物质、空间与历史叙事》，后来入选我主编的博士论文系列，由北京大学出版社出版。

坤冰现在已是茶叶专家，我问过她："立顿茶占领了高端市场，咱中国茶却在国际高端酒店难见其踪，这是怎么回事？"弟子很不屑地回答："立顿茶是机茶，我们中国茶是手工茶，我们是不喝机茶的。"

我无言，心里却是不服。咱中国人不愿意喝机茶，却不妨碍去占领国际市场吧。我写完此文发给弟子坤冰，她回复：

> 才看了师父的文章，学习啦。可惜我还没去过斯里兰卡，真可惜上次没有跟师父一起。不过关于我和师父的对话，估计当时我口误，现在中国也是机器制茶，估计只有少数人才有手工茶待遇吧。换成"袋泡茶"vs"原叶茶"更准确。我们是看不上西方的袋泡茶。

我不研究茶，对此或许没有发言权，但我隐约地感觉到，其中的道理似乎并不这么简单。

记得那是在很久以前，我有一位中学同学，后来读了厦门大学，毕业后分配到北京，在当时的经济与贸易部工作。他曾经被外派到了一个小国（巴巴多斯）当经济参赞。他告诉我，他刚到那个国家时，在一次招待会上，他就用中国茶招待该国的外交官。可是，那位外交官的夫人非常直接地将她丈夫手上茶杯抢去,不让丈夫喝。我的那位同学感到很诧异,这样的外交友好交流活动怎么会出现如此唐突的事情?其中断然是有原因的。后来我的这位同学告诉我,原来所在国有一种观念,认为男人喝了中国茶会导致性欲减退。这就可以理解为什么人家外交官夫人会如此着急地抢那杯茶了。

这一故事或也算是喜剧段子,虽然属于不能见诸于媒体的"乌龙事件",却没能阻碍我思索一个一直在思考的问题:难道中国茶真有抑制男人性欲的作用?不对啊,道理上说,喝茶会让人兴奋,应该促进性功能才对啊。可是,为什么在国际上会有这样的"谣传"?这样的观念从何而来?

看来,需要人类学家去解答。他们原可以先期对相关国家的情况进行深入的了解,就可以避免类似的"乌龙事件"。

类似的事情我在加拿大我女儿所在城市的"中国文化周"活动中也遇到过。对于此类事件,我没调查,我也没有大数据。但我隐约地觉得其中是有阴谋的,这阴谋来自茶叶之战。

中国"茶"起源于中国,"茶叶万里行"于世界,这是多么好的一件事情。可是,就有一些令人不爽、不快的事情发生。看来,中国的"茶道"也需要与时俱进,从自饮自品的陶醉中醒来;我们只知道"茶叶万里行"的光明传播,却没想到其中还有茶叶争夺的"暗战"。

我或许有一点杞人忧天。但想得"厚道"一点总不是错事。不害人总得防着点。"中国茶"光耀天下,希望让它多造福于人类。

饮食忠诚

这几天,与饮食有关的事情接连"撞"上来,有点像"碰瓷"。

2021年4月13日,傅海鸿打来电话,说是知道彭老师16日要在四川大学讲学,刚好同一天在成都要举行《个中滋味:人类学家的田野饮食故事》的新书发布会,成都的人类学家都会到场,彭老师是饮食人类学的大家,希望彭老师能够参加。

我答应了。主编彭文斌是我的朋友,副主编傅海鸿算我的半个学生,书中的作者有几位是我的朋友和弟子。重要的是,"成都的人类学家都到场",我又是很早就写了《饮食人类学》专著的作者,所以,我是一定要去的。

其实,傅海鸿之前是向我约过稿的,只是我不太清楚这本书的来龙去脉,我也不知道书的其他作者。傅海鸿是兄弟徐新建的博士,我不知道新建是否也是在邀之列,彭文斌并没有向我发出邀请。毕竟海鸿的辈分低,综合评估后,我也就"王顾左右而言他"地推掉了。现在书已经出版,我真诚地表示祝贺,而且一定要去现场祝贺。

2021年4月16日下午近七时,我在四川大学做完讲座后,从川大的新校区驱车赶到樱园,参加《个中滋味:人类学家的田野饮食故事》的新书发布活动。我做了最后简短的发言。我的发言题目是"饮食忠诚"。

现在已经快7点了,大家都饿了,我也就简单说一点。我的话题叫"饮食忠诚"。

生活中有这样一个现象,比如信仰可以改变,危情可以变节,感情可以褪色,身心可以出轨,结婚可以离婚,唯有饮食口味不改,我称之为"饮食忠诚"。人们在生活中一旦形成了味蕾的记忆,舌尖的认同,也就有了口味的忠诚,生死不渝。

我给大家讲一个故事,我的弟子肖坤冰在现场(坤冰起立向大家示意)。大概在八九年前,我带着她这一级的博士研究生在福建调研。到福州时,我请她这一级的弟子(还包括李春霞)共六人到一家"味中味"的餐馆吃饭。那些是我记忆中最可口、最期待的饮食。儿时总是盼望周末,父母会带我们从郊区乘车到市中心(东街口附近)的"味中味"解馋。记忆中那是天堂中的食品,最幸福的时光。弟子们来到福州,这座我童年生活和成长的城市,作为主人,我一定要请他们去品尝我儿时的"天堂食物"。

我把所有儿时的美味全都点给我的弟子们,结果令我沮丧。我的这一级弟子主要来自西南,他们对福州的特色食物简直可以形容为味如嚼蜡,咀如糟糠。我看着他们的表情,完全没有任何幸福感——有的为了不至于让师父过于失望,勉强咀嚼,只是面部表情还算"端着",让我看得下去。但坤冰一点都不给老师面子,那吃相可用两个字形容:痛苦!

我当时真想抽这群"兔崽子们",这么好吃的食品吃成如此痛苦。坤冰那嘴边上的食物就是咽不下口,于是我就说:"坤冰,师父是可以帮你吃的。"坤冰当即以飞快的速度把那没能入口的剩余食物给了我,我也就把她嘴边的残剩食物给吃下了肚。

我后来明白了,这一群来自西南的弟子,他们的饮食习

《个中滋味:人类学家的田野饮食故事》新书发布会现场

我的发言：饮食忠诚

惯与闽中的饮食口味差异很大，他们有自己的饮食忠诚。我爱吃的，他们不爱吃，这与政治觉悟、伦理道德、师徒阶序无关。我的"天堂食物"可能正是他们的"地狱食品"。

想明白了，我也就不再责怪弟子们了。我想如果人家塞给我他们喜欢而我不能接受的食品，我可能也会做出痛苦状的。

类似的故事有很多，我就不在这里罗列了。大家都饿了，我也就此打住。

谢谢大家。

席间，有一位年轻学者向我提出了一则反证，说是自打他从河南来到成都后，就喜欢上了成都的饮食，反而不喜欢自己故乡的面食了。其实我对他的"反证"是存疑的。一般来说，人可以喜欢上一种以前没尝过的新食物，但不至于连故乡的食物都会因此讨厌。这种喜新厌旧的情况一般只用来表示感情，在饮食忠诚上大抵是派不上用场的。

我没有过多地解释什么。当代社会的饮食交流、交通发生了巨变，年轻人的成长也是在不同的饮食口味中形成，不仅有中餐，还有西餐，"饿了么"的快递小哥随时可以为你送来不同口味的食物。现在是否还有执着的饮食忠诚，是否饮食的忠诚度在逐渐降低，我没有研究，但似乎可以讲得通；它也包含着饮食的代沟问题。

我要申辩的是，除非这世界上没有了忠诚，如果有，饮食忠诚一定排在第一位。何况饮食忠诚与"食物记忆"有关，它不是一般的记忆，是"沉淀于身体的记忆"。这种记忆有点像烙印，不容易去除。虽然要说清楚类似的问题并不容易，但它一定在，或许这样的体会要到老了才能更清晰。

我曾经认识一位闽南籍的亿万富翁，他少时就到南洋打工，后来成了亿万富翁，做了许多善事。关于这位华侨的事迹，我在《师说人类学》中有记述，在此不赘。我只讲一件事：每当他回到故乡的时候，总是要吃"安知没"（闽南话"红薯粥"的音译）。

他告诉我，他在小的时候，生活很困难。闽南沿海，山多地少，大米少，就用红薯来充，所以红薯粥是最常吃的。后来他走遍了世界，吃遍了山珍海味，只是那"安知没"永远不能忘记，那是最好吃的食物。

确实，要阐述明白饮食"个中滋味"的道理、条理、脉理，难；因为它似乎并无充分的"公理"，有点像"爱"，更多是感受和体验，道理上很难讲清楚。

有时品尝和讲述还可能相佐。舌尖和味蕾靠"品"，不靠"言"。品有三个"口"，而言只有一个"口"。所以，品尝比口述更"靠得住"。"言"向上放，"品"向下咽。前者贯彻浪漫主义，后者实行现实主义。

一派胡言。姑妄言之，姑且听之。

又隔日，我收到挚友黄萍让朋友从贵阳寄来的一大箱米线，拆封后发现那好像是"方便米线"。现在的人们已经很习惯"方便面"，如果能够把米线也"方便"了，那南方人一定就会"方便方便"了。我试着吃了一袋，还不错。祝愿"方便米线"能够赶上"方便面"，让人们更方便。

"方便饮食"在现代社会显然解决了人们太过操劳于烹饪的困境，却同时带来了饮食方便简化的问题，值得重视。饮食方便当然也就包括饮食简化。快餐业的出现或许会给饮食忠诚造成退化，饮食随意可能会造成饮食忠诚的坚守问题。对个人而言，饮食自由是头等重要的事情，但整体而言，对中华饮食却造成了一个与时俱进的适应问题。

饮食忠诚还有地方菜系的问题。就像我们在一个地方长大，或多或少都会带"口音"，说话也会带有方言特点一样。对于个体而言，当我们说"地方文化"的时候，首先反映在语言表达的"地方方言"和饮食习惯的"地方菜系"上。

2018年冬天，一个偶然的机会，我主持了家乡——江西省泰和县——下辖蜀口村的一个乡村建设小项目。我带领一支主要由我的弟子组成的课题组回到了阔别已久的故乡。

我们住在一个家乡院落。当老表乡亲得知"家乡教授"回到了故乡，每天都会在餐桌上加一盘"米辣子"。那是我儿时记忆中最好吃的佳肴。由于父母都是泰和人,所以我不仅会说地道的泰和话,还常吃那"米辣子"。

"米辣子"是由芋头丝、辣椒、糯米粉、盐、香料等混伴而成,塞在罐子里,用稻草压实,上面再用一个盘子盖住,倒扣,盘子里放一些水,放置几日,使其发酵,就可以拿出来食用了。最好的食用方法是微火煎烤,很好吃的。现在,"米辣子"已经成为泰和县的非物质文化遗产。大家或许只知道泰和的乌骨鸡,不知道泰和的米辣子。

离别家乡六十年,我身在厦门,仍然经常要吃"米辣子"的。这也是夫人犒劳我最好的礼品。我们与家乡的一位老表乡亲保持着联系,一到冬天,就会让他寄几坛"米辣子"来。我们精心地存放,要管一年的。

贮存中的米辣子和炒熟了的米辣子

饮食忠诚

然而，我的弟子们几乎都不喜欢。这没办法。他们不是泰和人，没有这种饮食忠诚。他们有他们喜欢的食物。

我突然悟到了一个饮食道理：饮食既可以保持着个人味蕾的记忆、舌尖的认同、坚守的忠诚；同时，又最大限度给予每一个人、每一个家族、每一个地缘群、甚至每一个民族美食上的宽容。"文化多样性"放在这里最合适，不容置疑。让我们在"饮食忠诚—饮食自由"中获得最大的快乐吧。

法国人在吃饭前会讲一句"Bon appétit"（祝您好胃口）的套语。这是一句多么美好的祝愿啊。

Bon appétit!

《摆贝》后续:"偶遇"百衤冬衣

生活中会有"偶遇"的事情发生。大数据能否测算出生命过程中"偶遇"的概率不得而知。我们只知道在历史传说、神话故事、爱情小说中,总要出现"偶遇"的场景。

我也遇到过。那是《摆贝》后续的故事。

《摆贝》是我写的一部具有现场感的民族志作品,它完整地记录了苗族十三年举行一次的盛大节庆——鼓藏节("吃鼓藏")的全过程。此书于2004年在生活·读书·新知三联书店出版。

我在"代前言"中这样开始我的田野记录:

《摆贝》书影

2002年岁末，12月30日。

再过一天就过新年了。这是一个人们翘首以盼的日子。

贵州省黔东南州榕江县兴华乡摆贝村。

刚下过一场百年未遇的大雪。天空阴惨惨的，天气格外冷。远处的山脊上一片白茫茫，像画一样……

摆贝村 　　　　　　　　　　"中国摆贝"

《摆贝》的故事已经见书，我就不再多说了。这里想记述的，是在《摆贝》出版后我的一次田野旅途。大约是在2005年的冬天，我受时任贵州省旅游局局长杨胜明之托，前往贵州省黔东南苗族侗族自治州黎平县的肇兴侗寨去调查民族旅游情况。途中，我"偶遇"了。

从厦门去黔东南在当时有两种走法：一是厦门乘机到贵阳，然后乘坐省城开往县城的班车；另一种是厦门乘机到桂林，然后坐省际班车去黔东南。那个时候，后一种走法更便捷。我选择了后者。

我从厦门飞到桂林已是午后，随后就坐上前往贵州的班车出发了。

那一年,那条山路正在改土路为水泥路,到处的山石,到处的堵塞,那是我先前没想的。那条路我先前走过多次,都挺顺利。

修路在中国从不提示,时时修、处处修。"要想富,先修路";"换领导,改线路"。反正,人们已经把修路当作家常便饭。

班车摇摇晃晃地走着。我迷迷糊糊就睡去了。

坐在前排的男女青年是来自上海的一对情侣。他们的窃窃私语倒成了我的催眠曲,我昏昏沉沉。

车突然停了下来,抬眼看窗外,还是因修路而停;而且不知道要停多久。

既来之,则安之。我继续迷糊。经常做田野调查,我也养成了一个本事,开车就睡,停车就醒,下车就工作。

突然,前座的那个女孩哭了起来,边哭边数落那男朋友:"都怪你,把我带到这样的破地方。"

当时的车况确实很糟,空间狭小、空气污浊,车在前行还可以忍受坚持,停着不动就把希望弄得渺茫。

那上海小女生显然是受不了了。

可怜的男孩回头望了我一眼,那眼光是无助和无奈;也有道歉的意思——把我吵醒了。

"等到了摆贝,我给你买一套'百裛衣',宝贝穿上一定很好看。"

小伙子安慰着自己的女朋友。

摆贝的"百衮衣"确实好看

我明白了：小伙子是看了我的《摆贝》，然后带上女朋友去摆贝的。我在心里暗自发笑。

"你说的，不能反悔。"女孩说。她不哭了，眼泪还挂在脸上。

"不反悔！"男孩信誓旦旦。

车停停走走，天黑了还在半道上，只好停在一个小镇过夜。我在一家小旅馆安顿下来，随便洗了一把脸，就到楼下的街边摊吃米线。

不料又遇到那一对小情侣。他们有说有笑了。

我们各自吃着。因为近，而且是正面，小伙子直瞪瞪望着我，突然问："你是彭兆荣教授吗？"（《摆贝》中有我几张照片。）

"我是。"我回。

"哎呀，太幸运了。我们就是看了你写的《摆贝》，这次专门来的。"

"彭教授好年轻。"女生补了一句，"还帅。"

我听着心里是高兴的。

"人类学太有意思了，早知道有这个学科，我读大学的时候就要选人类学。"

我们聊了一会儿，大家都累了，各自回去睡觉。

第二天我们在车上聊了很多，得知小情侣是同一所大学毕业的，现在上海一家公司工作，这次公司放假，他们就选择去摆贝旅游。

车到了贵州，我们分手道别。

后来一段时间，我们还通了几封邮件，我也解答了他们的一些问题。

这样的故事，原本不值得记录，因为田野中冷不丁就能遇到一些离奇的故事。"偶遇"是一件奇巧的事情，世界上的经典（小说、戏剧、电影）大多都少不了"偶遇"。若不是那"前世"灵河岸上神瑛侍者与绛珠仙草偶遇，哪来后世的宝黛情缘。中国古代的经典，除了《红楼梦》，还有诸如《天仙配》中的七仙女偶遇董永，《梁祝》中的梁山伯偶遇祝英台，《白蛇传》中的白素贞偶遇许仙……都是偶遇。

男女偶遇发展为爱情的故事往往被说成"缘分"。我的偶遇没有情爱，我所以记录《摆贝》的后续故事，并非只说那次"偶遇"，还包括关于百鸟衣的美学思考。

我曾经走了很多地方，去了无数村寨，没有见过如此美丽的衣裳。贵州榕江摆贝苗族的"百鸟衣"是用鸟的羽毛缝制的——像鸟一样美丽的"霓裳羽衣"。"百鸟衣"让我产生了幻觉。人类总是羡慕那些有着美丽羽毛自由翱翔在天空的飞鸟，眼前的苗族却把那羽衣着在了自己的身上。我无端地联想到，连上帝派出的"天使"都是背着鸟的翅膀——这是一种什么样的美意和美学啊。

大家知道，从古至今，在探讨艺术起源时，最有代表性的观点就是"模仿"。从柏拉图、亚里士多德一直到丹纳、贡布里希等，都执念于"艺术来源于对自然的模仿"之说。

"百鸟衣"又多了一个模仿的案例。

人类在原始时代有两个重要的特征，也是"艺术"的来源。这两个特征，一是人类与自然万物是一体的，借德国哲学家卡西尔在《人论》中使用的一个词，便是"生命一体化"。就是说，在原始社会，人类并没有高出，或自以为高出其他生物。在原始社会，人类与周遭的动物、植物、自然现象成为"亲属关系"，这也是"图腾"的本义。人类与动植物为伍，你中有我，我中有你。因此，人类祖先用自然界的生物"部件"装饰自己的现象极具代表性。

澳洲土著酋长　　　　北美印第安酋长　　　　印第安酋长羽冠

再说人类所表现的正是他们所观察和体认的。天上飞的、水里游的、地下动的，都是他们生命的共同体。他们的"美学"就是自然美学。鸟的羽毛如此美丽，就把那美丽的羽毛用于装点自己；老虎、狮子如此凶猛，就把老虎和狮子的兽皮制成衣服穿在身上。人类原始艺术最无可辩驳的事实，就是模仿自然。其实，今天我们看到那些天上飞的（飞机）、地上跑的（汽车）、水里游的（舰船）——都是模仿的产物——有仿生学的影子。

澳洲土著艺术作品

斐济土著绘画

贵州榕江摆贝苗族的"百鸟衣"透着原始艺术的遗风，可以说，是艺术的"祖先"。只是，我们今天的很多人忘了这番朴素的道理，忘记了应该珍惜与自然万物共生共存的生命原理。

青海田野五观

2012年7—8月我带领团队到青海省海北州刚察县做田野调查。我记录下了我的"五观",算是对"田野归去来"的一个礼赞吧。

观海

青海人称青海湖为"海",这难怪,青海湖委实大,称海不为过。我们此行不过局限在"海北",具体说,是由海北州管辖之一隅,主要集中在刚察县。高原上和大山里的人管大水叫海。有意思的是,在改革开放以前,特区"海南省"还未辟省时,中国唯一以"海"为名的省份便是这青藏高原上的"青海"了。在云贵高原上的"彩云之南"也有一个海:洱海。西南人也有叫"海子"的。

我们这群从厦门来的人,看惯了大海,对此似乎不以为然。

其实，在青海观"海"，反让我认识到一个道理："海性"从来不以水的大小来评断。我国自古就有"山不在高，有仙则鸣，水不在深，有龙则灵"的说法，可以支持我的观点。水只要有灵性，无论规模大小，深浅几何，都是神圣的。神灵之性不在"物性"，唯在"吾心"，看你是否对自然真正怀有敬畏——敬畏之情、敬畏之意、敬畏之感。

青海湖周边的人民，无论是什么民族，历史上都有"祭海"习俗。习俗的原因很简单，就是他们敬畏大自然，怀有神山圣水的宗教敬穆情结。在他们朴素的认知里，围绕在他们身边的大自然充满神性。这样的认识主要有两个依据：一个是自然崇拜的结果，因为大自然无私地为人民提供了生活来源；另一个是藏传佛教的产物。因此，祭山祭海的观念习俗也就传续了下来。道理于是显得简明扼要：崇拜、敬畏、尊重、善待大自然，就会得到大

在诵经声中喇嘛端着祭品走向祭台

自然的庇护和庇佑。

对大自然的敬畏，在"心动"更在"行动"，用今天的话说就是"保护"。虽然我对"保护"一词仍心怀芥蒂，因为"谁保护谁"是个问题，是人保护大自然还是大自然保护人。青海湖周边的人民、民族和族群显然很清楚二者的关系：是大自然在庇护他们，所以他们也用自己的方式报答大自然。当地民众历史上就有祭海（湖）仪式，他们通过这种方式表达着对"圣湖"的宗教情怀。

在刚察县，我们恰巧遇到了祭湖仪式，也有机会观摩了仪式的全过程。仪式场面盛大，上午九点正式开始，地点在祭海台。仪式由寺院组织，活佛主持，先是活佛颂经，鼓乐齐鸣，同时虔诚的佛门信徒围绕煨桑台燃青稞、敬白酒、洒风马，边洒边喊"阿吉咯"。活佛颂经完毕，在他们的带领下，沿祭海台左侧缓缓走向通往湖边的木栈道，众人尾随，到达湖边。活佛又是一通颂经，然后将各式各样的祭品（主要是各式水果，粮食作物，清一色的"绿色食品"，没有动物牺牲，没有荤食）投向湖里，口中呼喊"阿吉咯"。

治仪式研究，路径有很多，将仪式作为一个行为事件的

手中的祭品献给青海湖，一时间湖面浮满各色各式的祭品

"特纳式"（特纳以仪式研究而著名）分析为其中一种。这种研究是将仪式作为一个相对封闭的自述体进行模型分析。而作为一个完整的事件，其中必然存在着：仪形，即仪式的整体展演形态；仪制，指仪式的定制，包括仪式构造元素和组织结构；仪轨，指仪式过程中的变化规则和轨迹；仪缘，即仪式的原初因由、原始依据和原生逻辑；仪符，指仪式中特殊的符号表述系统。做模式分析，祭海仪式便是一个难得的案例，因为其完整。

当然，还可以有其他分析的方向，比如族群的认同差异、性别的视角、地缘性、时空的神圣与世俗，甚至祭品的分类和意义，等等。无论选择什么样的角度进入分析，当地以藏传佛教为主导的意义和价值都要格外珍视，比如佛教对"水"的特殊表述。在佛教中，"水"不只充满神性，而且具有转换的功能。著名的例子就是六道众生对水的不同看法。佛经中有这样的记录：恒河边无数饿鬼饱受饥渴之苦，却喝不上一口恒河之水，因为在他们眼里，恒河水是脓血。洁净的水只为善良的人所享用。佛祖则施以其"法"将圣洁之水化成源源不绝的甘露，赐予性善、崇善和向善的人民。

观山

对于藏族人民，特别是佛教信众，世间万物皆有属性，虽"性空"，却有"相"；"相"是佛门弟子和佛教信徒布施修行的对象。与色、声、香、味、触、法相不同，围绕在人们身边的大自然一直就是他们修行与被修行、布施与受布施、功德与受惠的生命共同体，同时是一个互惠体。所以，一直以来就有"神山圣湖"的崇拜观念。这种寄托，融汇了人的主体和客体于一身的价值，其观念和行为也必然保持一致。

观摩了祭海数天后，我们又遇到了祭山仪式。一大早县政府就安排了专车送我们前往祭山仪式的目的地。同行的还有刚察县文化馆的扎馆长，几天里，与我们已成熟交，他自愿当我们的"导游"，随时解答所遇到的不解和难题。或许心诚所致，出发时还下着雨，到达目的地竟是雨过天晴。我们跟着僧人和远道而来的居士们缓慢地登山，终于深切地体会到在高原登山不是我们通常所说的锻炼身体。

登上山顶，极目远眺，眼前透彻洁净。风呼呼地吹，吹得山上的旌幡哗哗作响。山顶上耸立着一个祭山台。仪式时，活佛照

山顶有一座拉则，祭山仪式在这里举行

常念经，我们听不懂，只能用心体会。佛教对宇宙、万物有着自己的认知体系，当然也派生出一套独特的践行方式。祭神山便是他们认知和践行体系的一部分。因为"山"是神圣的，是神居之所，必拜之，必祭之。

其实，世界上的许多神话传说中，神大多居于山巅。古希腊神话中的诸神就居住在奥林匹亚山巅。而现代的奥林匹克运动会最早的根据即来源于人们到奥林匹亚山下，以"运动"的方式娱神。佛教也有类似的神话，《佛说无量寿经》中开宗便是："我闻如是。一时，佛住王舍城耆阇崛山中。与大比丘众，万二千人俱，一切大圣，神通已达"。"耆阇崛山"也称"耆崛山"，位于中印度，有灵山、神山、圣山之称。而在佛法世界里，则以须弥山为中心，那是"小千世界"的中心。在中国的神话传说中，也是同样的情形，比如《淮南子·本经训》就有"龙登玄云，神栖昆仑"之说。

山通天，通神，通灵，通圣，我国自古有所谓天地人"三才"，而"王"就是通天地之人，故常称为"天子"。其实，早先的"王"就是指可以通天传媒的人，多为神巫；而"帝"则表示"顶峰"，有着巨大的威力，能够策动风、雷、雨、电，这在我国的殷商卜辞中就已讲得很清楚。既然山接着天，顶着天，便与天通，神性便常在常驻，人们祭"神山"，祭"山神"也就没有奇怪。不过，在藏族人民的观念里，天、地、人是一体的，不可分隔，不可分离，更不可敌对。

在青海，神山崇拜素有传统。昆仑山在中国历史上的重要性

青海田野五观　099

无需多说，其中西王母神话故事不仅被广为传颂，而且还有不少有关她的所谓遗址。青海据说就有几处，这当然不足训。有意思的是，这次的调查，我们还了解到在藏族人民中流传着的活佛、比丘及西王母的传说版本。当地民众甚至绘声绘色地讲述西王母与周穆王约会相见的"瑶池"就在前些天祭海的"仙女湾"。这并非无中生有，《穆天子传》有这样的记载："穆王十七年西征，至昆仑丘，见西王母。其年来见，宾于昭宫……乃执白圭玄璧，以见西王母好献……乙丑，天子觞西王母于瑶池之上。西王母为天子谣，曰：白云在天，丘陵自出……"

刚察的这些西王母神话传说文本完全可与汉族典籍中的西王母故事做比较研究，而这样的研究在我国传统的经学中是不会有的。我嘱课题组成员黄悦围绕这一话题进行后期研究。有意思的是，这些神话在当地却与祭海、祭山仪式关联起来。我们眼前的祭山，是仪式，亦是神话。通常来说，仪式与神话是无法分隔开来的，所以以古典人类学家弗雷泽为代表的剑桥学派又被称作"神话仪式学派"（Myth-ritual School）。

治神话研究，路径同样多种多样。神话学领域的主要学说包括：历史原生说，认为神话是历史上曾经发生的事情和事件；自然元素说，认为神话主要是对自然元素和构造作阐释；道德伦理说，认为神话的主要目的在于建立社会的伦理秩序；语言疾病说，认为神话的生成不过是人们在语言上以讹传讹的结果；心理缘动说，认为神话主要反映了人类心理方面的情结和需求；仪式并置说，认为神话以语言，仪式以行为共同构建完整的叙事；此外还有结构说、原型说，等等。

人类学大师萨林斯在《历史的隐喻与神话的现实》一书中对神话有过这样一段精彩的表述：第一次说时，它是神话，第二次说时，它是传说，第三次说时，它是历史。我相信眼前的祭山仪式必定有神话所本，而且构成了特殊的历史。更有意思的是，它深深地羼入现实之中，成为人们日常生活的有机部分。只可惜我们无力在藏经中找到所本。

观鸟

青海湖中有一个鸟岛，一般游客难得有乘船观岛的眼福，因为现在的鸟岛归属于青海省生态保护区专门机构管理。我们之所以有便利，一是因为弟子索南措在青海建立的深厚而特殊关系；二是因为我们这一行有"厦门大学专家博士生态调研团"的名头。我们除了乘船近距离地观察鸟岛外，保护区的负责领导还专门为我们做了PPT演示和讲解，回答了我们的各种问题。在场的还有来自清华大学的博士调研组。

乘坐游船环游鸟岛，眼前的各种水鸟时而高翔，时而击水，逍遥自在，脑海顿现庄子《逍遥游》中"鲲鹏之变"的逍遥惬意。在这里，鸟是自由自在的，它们可以飞翔，去到它们想去的地方。这在古人心中曾经引起过多么辽阔的遐想！难怪我们可以在古代的各种神话传说、古籍经典、考古实物、历史图片中听到、读到、看到以各类"神鸟"为题、为符、为意的描述。"玄鸟生商"的故事语出《诗经·商颂·玄鸟》:"天命玄鸟,降而生商"。《史记·殷本纪》:"殷契,母曰简狄,有娀氏之女。……三人行浴,见玄鸟堕其卵,简狄取吞之,因孕生契。"长沙马王堆随葬帛画,据考是一幅天堂、人间和地狱图,在天堂部分,即画的左上部有内立金乌的太阳,也是我国古代太阳鸟的原型。

近来读到美国著名女汉学家,出身加州大学伯克利分校东方语言学系的艾兰教授的大作《早期中国历史、思想与文化》,其中第二章"太阳之子:中国古代的神话与图腾主义",找到了这些神话关联的一种解释。在中国古代神话里,太阳被描绘成"皆载于乌";《淮南子》有"日中有乌"。乌为三足乌,所以在长沙马王堆随葬帛画上的太阳鸟为三足乌,而常羲为太阳神帝俊(即帝喾、舜)的妻子,帝俊用玄鸟卵使之受孕,"降而生商",成为商的祖先。

可以配合说明的例子还有许多,比如在成都金沙遗址中的金饰"太阳神鸟",外层的四只飞鸟图案,已经被用作中国文化遗产标志,并被"神舟六号"载入太空。至于中国帝王家国定制中的"龙凤"更不待说了。这样的历史"事实"通过隐喻加以表达,构成了中华早期文明最突出的一个特点。可以这样说,鸟的文化表述构成了中华文明重要的一范,而这一切都来自对现实中鸟自由"飞翔"的想象。

回到日常现实中,科技时代,飞机满天飞,这些各式各样的飞行器,无一不是根据鸟的飞翔原理仿制而成。飞机就是人工飞鸟,它竟然已经成为人们日常出行的一种必需的交通工具。人类远古时代的梦想今已成真！我们都成了"太阳之子"。面对不时掠过头顶的各式飞鸟，我不由得自言自语："鸟哥们，你是人类的真范儿！"

鸟岛管理区的工作总体上做得不错，虽然管理区成立时间还不长，取得今天的成绩已令人满意。当然，也还有许多事情可以做，已经做的事情也有不少需要改进。比如在供游客观鸟的区域内设立了许多展示板、展示牌，上面的解说词大多不好，不够专业。比如在青海湖区出现的龙卷风现象，图片展板的解说词中没有龙卷风形成的专业气象知识介绍，只说当地称之为"龙吸水"。我去过世界上许多自然保护区，包括美国、加拿大的国家公园，也看到了许多类似的展示板、展示牌，其主要作用是供游客学习和受教育之用。现代旅游的一个重要功能是要让游客在观光旅游中获得课堂里学不到的知识，从中得到教育和教益。

鸬鹚岛上挤满了密密麻麻的同类，那情形令我想起了北京的王府井。导游介绍了一段趣事，说曾经有导游问游客，那鸟岛看上去像什么，一位陕西游客答："馍馍上沾满了苍蝇。"大家在捧腹的同时，远远望去，倒是颇有几分形似。反过来想想，如果鸬鹚岛上的鸬鹚也用同样的问题问同类，它们也是可以用同样的幽默来形容人类："馍馍上沾满了苍蝇。"因为，在游客多的时候，观鸟岛的情况确也有几分形似。

管理区建立了专业展览馆，是一个长廊，其中主要由照片和鸟类标本所组成。馆外有一个斑头雁饲养专区，让游客可以透过窗户的玻璃观赏到它们的日常习性。原以为该区域是专供候鸟越

飞鸟、鸬鹚岛和观鸟的游客

季的地方，后来才知道是人工饲养区，供游人观赏的，它们永远也飞不起来，失去了迁徙的能力。人类不知道它们的感受，也许反正有人类天天喂食，它们还偷着乐呢！不过，它们只是同伴中的极小部分，姑且为人类实验的牺牲品吧。在这一点上，毕竟人类是为它们好。

鸟岛保护区有一个功能：旅游。游客观鸟，鸟亦观人。人鸟关系，需观后效。

观鱼

在刚察期间，我们经常看到青海湖里自由自在畅游的鱼，当地俗称为湟鱼。专家告诉我们，这是青海湖里独有的鱼种，其中还有几种亚类。我们都不是鱼类专家,只当是学习,涨知识。不过,看到鱼在溪流中争先恐后逆水而上的情况,倒令我对它们肃然起敬。湟鱼看上去并不出众,无论形体还是形态;体形未见得特别大,也看不出有什么特别

仙女湾祭海台旁悠游的湟鱼

的机能条件,然而,它们却无比执着,拼着命向上游,任凭如何阻挡,都要通过。它们有时可以翻越高达数米的石坝,大有鲤鱼跳龙门的风范。据说这种鱼有类似鲑鱼的习性,要到溪流上游产卵。

最让我感到舒坦的是那天在祭海仪式时,人们在木栈桥上看到湖的浅水区域里,鱼儿嬉戏的场景,由不得想起《庄子·秋水》中庄子与惠子濠梁之上的对话。庄子曰:"鯈鱼出游从容,是鱼之乐也?"惠子曰:"子非鱼,安知鱼之乐?"庄子曰:"子非我,安知我不知鱼之乐?"惠子曰:"我非子,固不知子矣;子固非鱼也,子之不知鱼之乐,全矣。"庄子曰:"请循其本。子曰'汝安知鱼乐'云者,既已知吾知之而问我。我知之濠上也。"这一段以个体主观为先的哲学命题大概是许多人无法求解的,人在情境中的感受永远属于个人私有。不同的人在不同心境中看到同一种景色都可能生出不同的感受,而诡辩只不过是感受之后的哲理庸俗。不过庄子提醒人们:"请循其本",是为本!

言归正传。在青海湖,湟鱼之所以被追捧,自然有其道理。

首先，这种鱼可以生长在高原湖泊，据保护区的专家介绍，目前青海湖的水质仍可达到国家一级标准。什么意思呢？就是可以直接饮用。人说水清则无鱼，这是有道理的，因为水过于清洁，水中就必然缺少腐殖质以及其他浮游生物，而没有足够的鱼类食物，鱼儿自然难以生存。这是我们这些对鱼类知识完全外行人讲的道理。不过，这个道理看上去还是靠真理挺近，挺靠谱的，因为我们依据普世性经验的认识。所以，青海湖的湟鱼的生长期也非常长，一年才能长一两。

更让人感动的是，据当地人说，周边地区的藏族不食鱼，原因说是以往藏族实行水葬，鱼与藏族人民的灵魂同在。这种说法未及求证。不过，藏族人不食鱼是事实。所以，青海湖的湟鱼曾经非常之多，它们在两个重要历史时期曾经拯救过许多人的生命。两个历史时期分别为20世纪60年代初的经济困难时期和"文革"期间的一段时期，由于周边民众缺乏食物，便以湟鱼为食。湟鱼成了当地人民的救命食物，当然，湖内湟鱼也因此锐减。

这种情况到了大众旅游勃兴的今天，情况曾经更为严重，游客成为青海湖湟鱼的饕餮者。几年前，我到青海湖旅游时，当地餐馆就有提供这种湟鱼美食，即使在今天，虽然国家已将湟鱼列入保护名单，仍有少数不法商人私下买卖。不过，令人感到欣喜的是，经过这几年政府、民众的协同努力，采取各种措施，湖内的湟鱼数量又开始有所增加。

在刚察时我们调研组的全体成员参加了由当地政府组织的

僧侣们在为准备放生的湟鱼念经祈福

"放生仪式",具体内容就是让人们通过放归鱼苗到青海湖主要水源沙柳河的行为,增强对生态保护的决心和信心。仪式组织得很有特点,先有当地相关部门的专职解说员在现场讲解青海湖的湟鱼历史、品种、特性以及现在鱼苗培育的情况,让人们对这种珍稀鱼类有一个大致的了解,然后每个参加者捧一个玻璃容器,内有放归自然的鱼苗。放生前要进入一个帐篷,帐篷内坐着五六个寺院僧人,他们要为这些幼小的、即将回归大自然的生灵颂经,祈求它们一路走好。结束了这一仪式程序,人们来到一个专门设制的水流通道,将小鱼倒入,看着它们游到溪水里。

这种仪式虽然近年才由当地政府组织实施,但由于加入了宗教成分,使仪式变得有些庄严和神圣。宗教原本就是仪式最好的互注版本,只要看一下法国人类学家涂尔干的《宗教生活的基本形式》就会明白。所以,在现场,我们也怀着虔敬的心情完整地参加了整个仪式。为了表达对这项事业的支持，我还代表整个调研组往"功德箱"内投下了三百元。之后每个人都参加了仪式的签名活动。

观草

在刚察，生态是我们调研的重点。我们事先有一个题目的设计：当地人民是如何向大自然的动物、植物学习以适应生活和生计。设计这个问题的本意是，人类所有活动中最根本的就是寻找食物，只要看一看人类以外的其他生物，这个道理便能明了。事实上，人类历史上的文明形态也都是以寻找食物为本下定义的：采集-狩猎，培育-驯养，游牧活动，刀耕火种，农业耕种，海洋渔业，并以"文明"冠之。简单地说，文明原来瞄准的就是食物。

当地藏族的生计方式主要还是游牧，游牧的本义就是根据季节的变化、根据草场的情况进行季节性移动放牧。刚察因为地处高原，海拔多在三千六百米左右，且地处偏远，地广人稀，因此有着良好的草场资源。"草"于是成了藏族人民生活中最重要又最平常的生计资源，也最了解草的本性。简单地说，草成为他们最紧密的依靠，他们自然也最懂"草"，因为他们"以草为本"。

"本草"让我联想到汉族的中草药，最有名的当数明代李时珍的《本草纲目》，但多数人并不知道"本草"之意。我把它概括为四句话：一、"本草"，物，非物。李约瑟博士认为"本草"不是简单的"具根植物"，而是"草药"。这样说对，但不完整；因为本草不是简单的物，其本源可溯至"神农尝百草"的神话传说，古代因无文字，故以本草为医方和药物相传。二、"本草"，名，非名。李时珍当年取其书名时受到《通鉴纲目》的启发，所以《本草纲目》采借"以纲挈目"的传统体例，故"本草"之名有"通鉴"之意。三、"本草"，类，非类。从分类学看，《本草纲目》中至少跨越了自然物种和物质中的不同类种和类型：植物、动物、矿物，同时是药物。四、"本草"，术，非术。在中国古代的医药学传统中，"本草"成了中医和中药的代名词。中国古代称"本草"中医为"方术"。"方术"不是今天的技术，它包括宇宙观念、时空价值、生命认知、身体践行、事物分类等为一体。

言归正传。在今天这个大众旅游时代，兴起了各式各样的"农家乐"。这很正常，因为中华文明的主体是农业文明，以农为本，靠农吃饭，旅游就兴"农家乐"，其实就是"玩农"。刚察不一样，当地兴的是"牧家乐"。简单地说，就是靠草吃饭，也就是"玩草"。"牧家乐"别有情趣，辽阔的草原，奇异的野花，美丽无比。在刚察期间，我们造访了当地一家"牧家乐"，那天、那云、那草、那花、那景，着实令人迷醉！我，大有老夫聊发少年狂的兴致。

于是想唱歌。蓦然想起了藏族歌手亚东的《卓玛》中的句子："啊，卓玛，草原上的格桑花。"格桑花是草原上最普遍的一

找一枝最美的草

种草本野花，它看上去虽没有牡丹的华贵，没有玫瑰的多情，却是那样自然、朴素、纯真。因为它野，所以本真。这让我想起了"本草"的另外意义——本真的草。它与汉典中的"本草"完全不同，它是"活力"，不是"药"。

在这里，"本草"的本义是"以草为本"的生产生活方式，这与汉族的"以农为本"的生产生活方式道理是一样的。有意思的是，在刚察期间，调研团的每一位成员都吃当地的羊肉，有些此前不食者，也乐食不疲，津津有味。弟子魏爱棠就成了"破戒者"。"破戒"不是因为没有其他可吃食物而不得不破，而是因为当地羊肉确实好吃。经介绍才知道，由于当地羊吃的是天然、丰美的良草，长的肉称为"草膘"，它不是饲料填出来，短期速成的"膘"，而是自然生长起来的，因此要比饲料羊生长的时间长得多。可惜它无法卖到应有价格，因为城里人不知道，也不识货，算我们这些城里人遇巧有了口福，也因此明白了一个道理，原来"草"是可以转变成这样的美食的！

我终于在草原找到了"新本草"的意义，那是生命的意义。

异域田野

旅游中的田野

人类学家一生都在"旅行—旅游"。"旅行""旅游"同中有异，我在拙著《旅游人类学》中有过辨析。

无论"旅行"还是"旅游"都要离开自己的家，去往一个设定的目的地。人类学家去做"异文化"的田野作业，当然要以"旅行"为前提。没有旅行便没有田野作业。

人类学大家列维-斯特劳斯在众多的著述中，最有影响力的必定是《忧郁的热带》，这可以说是一部人类学家的"游记"。可是他把这一著作第一章命题为"结束旅行"，而全书开篇的第一句是："我讨厌旅行，我恨探险家。"接下去是他苦苦诉说着他的纠结，甚至是难以忍受的折磨：

"我讨厌旅行，我恨探险家。"然而，现在我预备要讲述我自己的探险经验。话说回来，我是考虑了很长一段时间以后，才终于决定这样做的。我最后一次离开巴西，已经是十五年前的事了,在这十五年中间,我好几次都计划开始进行我目前要做的工作,但每次都因为一种羞辱与厌恶之感而无法动笔。每次我都自问:为什么要不厌其烦地把这些无足轻重的情境,这些没有什么重大意义的事件详详细细地记录下来呢?一个人类学者的专业中应该不包含任何探险的成分;探险只是人类学者工作过程中无可避免的障碍之一,只会使人类学者平白失去几个星期甚至几个月的有效工作时间;有时候因为找不到报道人而浪费好几个小时;有时候是因为饥饿、疲倦或生病而白费时光;另外还有在原始森林深处生活所无可避免的,像服兵役那样非进行不可的一千零一种烦人而又不做不行的杂事,把光阴平白地消耗掉,毫无结果……单是和我们所要研究的对象接触,就必须花掉那么多时间和精力。这并没有使我们的专业增添任何价值,反而应该看作一种障碍。我们到那么远的地方去,所欲追求的真理,只是在把那真理本身和追求过程的废料分别开来以后,才能显出其价值。

这是这位人类学大师在这部经典著作最开头讲的一段话。其实,我不太相信这是他的真实想法,我更想把它看作是这部"人类学小说"的噱头。小说总希望有人读,一般读者的胃口往往被开头所卖弄的噱头所吸引:旅行、探险、原始丛林、野蛮人、树皮衣服……加上作者"英雄般"的勇气和众人所不及、未到的秘境,作品已经成功大半!

若非如此，这位人类学家就是骗子！讨厌旅行，憎恨探险，鄙视参与异文化的场境，厌恶观察日常生活，不屑于记录平凡事件，那还当什么人类学者？！他当了一辈子人类学家，还当成了大师，而且他还是"转行"来研究人类学的，他要是不喜欢，他为什么还要来呢？既然自愿当了人类学家，他怎么还能这样说呢？

其实，他的整个著作，他的全部人生告诉我们一个完全相反的语义：他热爱旅行，他勇于探险，他热衷参与异文化的场境，他善于观察日常生活，他是一位令人尊敬的人类学家，他把人类学带到了一个前所未有的高度和影响力度。

原来这不过是故事开场的一个"讲法"，一种破题："反诉"。

经典著作的"开场（白）故事"大多喜欢玩这一手：《哈姆雷特》开场就上来一个"鬼魂"，活生生把一位翩翩少年变成了"忧郁性格"，从此改变命运；《浮士德》居然让一位博士与魔鬼梅菲斯特用生命"打赌"来开局，而他与海伦相好，把命都给搭上，还要上帝来拯救他的灵魂……

我国的文学大师也常这么"玩"。《红楼梦》开头竟撂下这样的句子："假作真时真亦假，无为有处有还无"；"满纸荒唐言，一把辛酸泪，都云作者痴，谁解其中味"。所以，读《红楼梦》一定要"傻"要"痴"，不然读不懂。

莫言更直接，那"呆萌-智慧"全在笔名中。听到过一个喜剧段子，说是莫言得了诺奖后人家问他名字的意思，回道："No

say("不说")。""莫言"可不就是"不说"么？事实是：莫言原名管谟业，他把"谟"字左右两部分拆开来，就成"莫言"。可是"笔言"不也是"言"吗？怎么就"莫言"了？"莫言"怎么还能得到诺贝尔奖？

想了很久总算想明白了，噱头！文学所以吸引人，经常就这样"摆渡"读者的。

人类在日常生活中过于务实，为"实"所"累"，潜意识中渴望虚构，超现实。文学帮助人类实现这些潜在欲望。也就是：做人要实，作文要虚。只有这样，"人"才完整。

绕远了。回到人类学与旅行的关系上来。

人类学的大半知识建立在旅行上。人类学田野作业讲所谓"出来—进去—出来"（out-in-out）。第一个"出来"说的是人类学家在进入田野之前要做详细的计划，"进去"则指进入田野对象中去，"成为他们中的一员"。这一套规矩在人类学那儿有专门的用语，叫作"主位—客位"。第二个出来，就是从田野中回到"科学殿堂"。无论是"出来—进去—出来"还是"主位—客位"，都以旅行为前提；到达不了"异文化"现场，全部都是纸上谈兵。

所以，旅行是人类学的同行，人类学是旅行的伙伴。旅行的本质概念是空间实践。最早的旅行理论正是这一发生性概念的原始注疏。"理论"（theory）一词源自希腊语theōriā，意思是"观点""视域"。theōriā的动词词根为theōreein，本义是"观看""观察"。在古代希腊,"理论"原指旅行和观察活动;具体的行为是城邦派专人到另一城邦观摩宗教庆典仪式。"理论"原初意象指涉空间上的离家与回归,以强调不同空间差异所产生的距离、转换和比较等现象。简言之,理论即旅行——指一种脱离中心、离开家园熟悉的环境和自我文化,到另一个陌生的、异已的文化空间的旅行。

我去旅行,早已习惯把旅行当作田野。费孝通有一本书《行行重行行》,他一生都在走,也在旅行。读万卷书,行万里路。任何田野都离不开旅行。旅游虽不是田野,却可以当作田野。反正,我是把旅行、旅游当作田野。

既然旅行是人类学知识的构成要件,才能明白像格尔兹、萨林斯这样的人类学家其实做的都是"旅行目的地"的地方研究。恰好他们去的两地我也都去过。在巴厘岛,我真的去看了"斗鸡",还到当地社区参加了丧葬仪式。

我爱行游,所到之处,参与观察。世界也看了,不同的文化

巴厘岛的斗鸡

参加巴厘岛印度教丧葬仪式

旅游中的田野　117

也体验了,"作业"也完成了。中国第一部《旅游人类学》是我写的。我的美国老师Nelson H. Graburn——世界最有名的旅游人类学家,他一生都在旅游、旅行。光是我陪他在中国旅行、旅游式田野就长达十年。我们一起旅行,一起感受旅行,一起做田野作业。

对于人生而言,旅游自然成为经历、经验的一部分。对于人文社会学科的学者来说,捡到了一个很大便宜:旅游即在习得。我国古代知识分子素来讲究"读万卷书,行万里路"的学问和问学方式,即把旅行、行旅、旅游、游玩都当作体验。不少传世佳作都是"游记":白居易的《琵琶行》留下了"同是天涯沦落人,相逢何必曾相识"的千古佳句;李白的《早发白帝城》也留下了"两岸猿声啼不住,轻舟已过万重山"的佳句……人生如行旅,可不是吗?

我总结了:善于学习者,大多也是善于旅行、旅游者。古代的旅行者带着眼睛,带上思想,再要带笔墨;现在游客把笔墨换成了相机、录音机。其实,相机永远无法替代人的眼睛,因为眼睛有思想,相机没有;录音机永远无法替代人的声音,因为声音有情感,录音机没有。旅行—旅游,一定要迈开你的双腿!一定要睁大你的双眼!一定要竖起你的耳朵!一定要开动你的大脑!去经历,去观察,去倾听,去发现!

萨瓦迪卡

此生与泰国竟有如此缘分，着实没想到。

泰国与我国是近邻，特别在西双版纳，不仅地缘近，族缘也近。泰国的主体民族是"泰人"，与我国的傣族同源，"傣"就是"泰人"。那字写得清清楚楚。傣族是中国少数民族之一，与老挝的傣族为同一分支，都与泰国主体民族有着历史渊源。傣族的语言、文化和习俗与泰国非常接近。

虽然我也喜欢傣族文化，去过西双版纳、德宏多次，参加过傣族真正的泼水节，也参加过傣族为游客准备的"天天泼水节"，还在傣族寨子的竹楼里住过好些日子。不过，我并不做傣族研究，所以，去泰国与傣族文化没有关系。

掐指算来，这几十年去泰国总有近十次了吧。调查的，旅行的，度假的。有的调查跨度竟长达三年之久。泰国，从南到北，整个跑了个遍。加上弟弟在芭提雅购买一处房产，没事去那儿晒太阳，偶尔兄弟也会在那儿聚会。

与泰国的"缘",想说,一时却又说不清,还真是一言难尽。

20世纪90年代初去泰国——那已是近三十年前的事了。因为我的法国老师李穆安专门从事印支半岛的少数民族研究,特别是瑶族。他娶了一位有泰国皇族血统的女子为妻。作为他的中国弟子,我自然也要配合老师的调研工作,包括帮助他组织国际学术活动。记得1993年,老师在泰国清迈组织了一次国际瑶族研讨会,我得去协助——这些我在《师说人类学》中有过记述。

我的一个异文化研究做得最长的民族就是瑶族。泰国有瑶族,自然会去。顺带说,全世界有瑶族的地方我大多去过。泰国北部是山区,少数民族主要集中在北部山区的清迈、清莱府。泰国的瑶族叫"勉"。调查瑶族也兼收一些苗族的材料。苗族、瑶族关系很近,史上曾有"苗瑶一家"之说。当地苗族不叫"苗",叫"蒙",自称、他称都一样。问之故,说法不同,其中一说是:"我们刚来的时候也叫'苗',在这里发音像'猫',当地人把我们当'猫';我们不喜欢这样的称呼,我们的祖上也有叫'蒙'的,所以我们就改叫'蒙'。"

泰国的瑶族、苗族是从我国迁徙去的。

在泰北,除了与法国老师共同研究外,那些年与清迈大学Tribal Institute(字面意思是"部落研究所",真正意思是"山地研究所",学科意思是"人类学研究所")的人类学家们关系甚好。一起调查,一起讨论。了解泰北山区少数民族的生活,调查他们的生计状况，追踪他们从中国前往印支半岛，从印支半岛去往欧美的线路；有点"线路遗产"的味道。

去到泰北，总要去一些"神秘"的地方。人类学调查常包括一些"探秘"的因素，也有"冒险"的意思。这下算是明白列维-斯特劳斯在《忧郁的热带》中摆的"噱头"。

在泰北，我对金三角地区也有过探秘。金三角（Golden Triangle）是指位于东南亚泰国、缅甸和老挝三国边境地区的一个三角形地带，因那一地区长期种植罂粟，制成毒品，曾经是世界上主要的毒品产地，闻名于世。"金三角"的范围大致包括缅甸北部的掸邦、克钦邦、泰国的清莱府、清迈府北部及老挝的琅南塔省、丰沙里、乌多姆塞省，及琅勃拉邦西部，共有大小村镇三千多个。从清迈、清莱很容易就可以插入"金三角"。在金三角看罂粟，看相关的博物馆，能看的都看。

在泰国待的时间最长的时段是在20世纪90年代中期。故事很意外：90年代初，我从内地调到厦门大学，偶然认识了闽南籍华侨李引桐，他是一位亿万富翁。我们相识并成忘年交。这中间的故事甚至惊动到了中央。读者要有兴趣，可以去读一读我写的《从苦力到巨子——李引桐传奇》（中央编译出版社1997年出版）。

李引桐是当时的"橡胶大王"，经营一个巨大的家族企业。中华人民共和国成立以后的很长一段时间里对天然橡胶的依赖非常重。我的调研就是以他的家族企业为案例进行人类学研究。那

与李引桐交流

一段时间我对橡胶的情况也有所了解，读了一批相关的资料，还时不时与割胶工人在凌晨到橡胶林里学着割胶。

因为调研家族企业，那一段时间，我几乎成为李家的家庭成员：吃、住在李引桐的家里，调查在他的企业（名叫"德美行橡胶有限公司"），他们家庭旅游也叫上我。反正关系极好。要不我怎么能写他的"传奇传记"。他甚至还以股份相邀，请我加入他的家族企业。我没有答应。

李引桐的企业遍及整个泰国，橡胶园主要集中在泰国南部，公司总部设在合艾（泰南），他的别墅在清迈（泰北），公司的国际联络处在曼谷（泰中）。这样，陆陆续续、来来回回，就把整个泰国给跑遍；单单那项调研，头头尾尾就跑了两年，还带上厦门大学人类学研究所的同事、学生去。

调查闽南籍华侨，我就用蹩脚的闽南话与他们交流。有一次同行的同事郭志超还夸说："兆荣的闽南话说得不错。"

我有自知之明，虽然那闽南话说得不那么地道，总比那些老外大街上问路，把"我问你"说成"我吻你"要好吧。至少，当地的闽南籍华侨还都听得懂。

反正，我有一个"优点"，敢乱讲。语言学习难道不都这样吗？

去泰国，人妖表演都是要看的。去泰国无论干什么，没有不去看人妖表演的；尤其是男人，女性不好说，或有少数不去，其中一个理由：看了人妖失了信心。

泰国的"人妖文化"同样闻名世界。看人妖与"天性"无关，与"人性"有关；与"风化"无关，与"文化"有关。反正，那个年代，中国人只要去泰国，没有不去看人妖表演的。如果有"哥儿"说他没去，不要相信，他在骗你！可能他除了看，还做了一些其他的什么事也说不准。对此，我有过随机的调查，没有例外的。游客、观众看人妖表演或在芭提雅，或在曼谷，但"人妖工程"的"生产线"开端却主要集中在泰北。

对于我来说，光看人妖表演觉得不够，我对人妖的"制造工程"也有所了解。早年在泰北调查，曾经从清迈大学的人类学家们那儿了解到一些情况，也到实地调查了些许有关"人妖工程"的情况。

人妖大抵有三种：真人妖、半人妖和假人妖（赝品人妖）。

真人妖是人妖贩子到泰北山区的穷困家庭"买"小孩。泰北山区，特别是清莱和清迈，一些山地民众，包括一些少数民族，他们生活艰难，许多家庭有好几个小孩，卖给人贩子也不失为一种生计方式。孩子以后如果"出息"了，还可以回报家庭。

"中介机构"会把买来的小孩送到南美某国进行手术、培训，然后送回泰国。人妖有专门的培训机构，"成才"后主要从事表演，也有少数的性交易。

在漫长的过程中，并不是所有经过手术的小孩都可以成为

萨瓦迪卡　123

"合格产品"，有些会失败。那些"废品"的命运就十分悲惨，他们多数是靠做些小生意谋生。在清迈的夜市摊点上偶尔可以看到他们的身影。

"合格成品"大多会到专业剧团表演。演出水平还不错。演出结束后，人妖们会与观众合影，当然那是要收费的。登台表演的人妖确实很"漂亮"，他们面容姣好，身材高挑，凹凸有致，一般女性与他们站在一起会有"自卑感"。

人妖表演结束后观众纷纷与她们合影留念

"半人妖"属于半成品，一般只对胸部进行手术。人妖属于"吃青春饭"的行当，随着年老色衰，据说那些"半成品"还可以通过手术返还男儿真身。

"假人妖"则完全靠装扮，没有经过任何手术。

对于"人妖现象"其实很难进行绝然的判断，包括道德上评判。泰国的国情与中国不同。泰国以佛教为国教，佛教对泰国的历史和文化有着长期而深远的影响。这也深深地影响到人们的价值观。泰国也是一个对性有着相对宽容的国家，这样的国家产生和出现人妖现象也属于"文化多样性"范畴。

重要的是,"人妖"也是人,人的属性、人的性别、人的情感、人的愿望他们都有,与大家一样。还是多一点宽容。

多次往返泰国,还有一个原因,到泰国旅游很舒服,特别在服务方面。在一些酒店餐厅,跪式服务是常见的。泰国的"马杀鸡"(massage,按摩)也很有名。

泰国之所以吸引游客,服务是很重要的因素。这方面,我国还有很长的路要走。

"萨瓦迪卡",你好泰国。

酒神

我此生不好酒，不擅酒，甚至不能酒，却与酒结下了不解之缘。读硕士研究生时就写了一批酒文化的文章；博士论文干脆去研究古希腊的酒神，名为《文学与仪式：文学人类学的一个文化视野——酒神及其祭祀仪式的发生学原理》（北京大学出版社2004年版）。标题太冗长，读起来还拗口；再版时编辑与我商量，把书名改得顺口了:《文学与仪式——酒神及其祭祀仪式的发生学原理》（陕西师范大学出版社2019年版）。

人类学研究酒神是要去做田野的，只读文献不够。为此，我两度专门前往调查这位放荡不羁神祇，以及围绕他所留下的各种历史"痕迹"。调查酒神，仿佛连调查也有一点恍惚，倒像是喝了酒的状态。

其实，到现在我也没弄明白自己为什么喜欢酒神，而且去了解时空离我们如此久远的神话。学术有时确实不需要搞得太明白，凭兴趣就好，喜欢最重要。

清醒的只是：要做人文研究，最好对中西的文化源头要有一个大致的了解。于是，酒神无意之中成了我的切入口。

我曾经写过与酒神有关的田野札记，文绉绉的。以下是发表在2001年第9期《读书》（"田野札记"专栏）上的文章，以飨读者：

永远的"乡仪之神"

古希腊有一个名叫Euhemerus的哲学家执著地认定神话所记述的都是历史上真正发生过的人和事。他曾经著有《神的历史》专事索考神祇谱系，可惜佚散。Euhemerus后成一个强力神话学派，它扬言：神话即历史。公元前九世纪，荷马在两部史诗中都提到"美城迈锡尼，以黄金闻名"。到了19世纪70年代，德国业余考古学家谢里曼追踪荷马史诗的线索，先特洛伊，接着迈锡尼，愣是把公元前1500—前1200年（特洛伊城毁于前1200年）的迈锡尼文明给掘了出来。在二百五十三号、二百五十九号墓地发现了黄金打造的面具，其中第六百二十四号（现存于希腊国家考古博物馆）就是当年谢里曼打给希腊国王的电文："我正面对阿伽门农"的那只面具，而今成了闻名遐迩的"阿伽门农面具假定"。迈锡尼因此有"荷马-谢里曼（神话-历史）的同义词"。无独有偶，英国考古学家伊文斯在克里特岛找到了"米诺斯迷宫"，使公元前3000—前1100年时期的米诺斯文明重见天日。"神话即历史"伴着时日渐渐地在"荒诞"中变得"正经"。

我到希腊做神话调查,原因只是特别着迷于那个永远开心、自然色情的酒神狄奥尼索斯及其祭祀仪式。早在十七年前,当我还在读研究生的时候就迷上了这一"迷思"(myth)。近十年来,或学或访或游欧陆,实地去做一番考察的愿望直到现在才实现。权且视为还愿吧。

为此,我造访了雅典的卫城遗址Acropolis。作为西方古代国家形态的"城市国家",雅典卫城不啻为标准模型。著名的帕特农神殿就在卫城的中心位置。Acro意为地理上的"高点",延伸意义为崇高、权力等。Polis为城市国家;它与"政治"有着脉理上的贯通。雅典卫城筑在一高地上,与伯罗奔尼撒的迈锡尼遗址的卫城格局如出一辙。这样的国家模型,彰显出宗教的崇高性、公理的民主性、政治的权力性、区划的核心性、城市的防御性等多重功能。在这个微型城市国家里面,狄奥尼索斯剧场正好坐落在城墙的边缘,却不妨

雅典卫城Acropolis

碍它与卫城为一体。

西方有学者注意到了戏剧的原型与早期希腊城市格局的滥觞。考古材料证明，早先与城区和戏剧并置一畴者称作"城剧（deme theatres）"（deme，指古希腊雅典的市区，系希腊城邦制度下的一个特殊的行政区划）。尽管大部分关于悲剧表演的证据来自于公元四世纪，但人们相信它的起源比这个时间要早得多。而"乡村的狄奥尼西亚（rural Dionysia）"看起来与戏剧的起源应有更为原始的背景联系。

是否真正存在一个"乡村的狄奥尼索斯"呢？在雅典的地图上果然有一地名为狄奥尼索斯，且有一个小标记。它是我寻访的第二站。行前问及雅典居民，罕有人知。隔日便按图索骥而往。到了狄奥尼索斯，感受着实不同：静谧安详，松林里残留着昨晚的雪迹。离开雅典才十几公里，完全另外一派景致。林地里，踏着"嚓嚓"作响的雪地寻索古迹。问当地的出租车司机，居然摇头说没听说。最后问到一个本村人，他告诉我说前面林子里有一古迹，新近支起几根铁管，嘱我去看一看。结果令我欣喜若狂，竟是我要找的那个早已被历史湮没了的、鲜为人知的酒神狄奥尼索斯古祭祀遗址。它规模不大，大约四十平方米的样子，褐色的巨石四处散落。但是，这里曾经是狄奥尼索斯神殿并进行过隆重的酒神祭祀仪式。这里是郊区，是城市边缘，是权力核心的外围地带，很有些中国古代原始形态中的"社""郊"的味道。

狄奥尼索斯遗址标志　　　　　　　　遗址现场

为了进一步取证，我专门去了底尔菲。底尔菲的阿波罗祭祀遗址，迄今仍为人们索考和复原人类早期文明类型、宗教仪式的一个不可多得的实物模型。任何一个到访者，在被那宗教祭仪遗址和建筑艺术上的伟大成就所震撼的同时，大概都会提出一个同样的问题：为什么古希腊人要在底尔菲险峻的山崖下建造那么一个无与伦比的工程？

底尔菲考古博物馆里有一块"脐石"（navel-stone），希腊语为"欧姆发罗斯"（omphalos），意即"中心"——解开了这一谜结：那里是世界中心。伴随它有一个神话传说：天神创世后，为了确定世界的中心位置，派两位天使按照两个完全相反的方向飞行寻找，最后他们在底尔菲会合；那个会合点就是世界的中心位置。天神就在那个会合点打造了一块脐石，太阳神阿波罗的祭祀殿堂也就因此确立在那里。最早底尔菲的太阳神祭堂修建于公元前六世纪，它的文明形态属于古代迈锡尼文明，而古代迈锡尼文明深受古埃及文明的影响，这已为学界的共识。大量人种学、考古学、地理学、建筑学、语言学、宗教学方面的资料已经证明。底尔菲太阳

底尔菲太阳神遗址

神遗墟上还有一个巨大的、高耸的斯芬克斯雕塑，保存仍基本完好。

人类原始文化的遗迹中大量出现对太阳神的崇拜，已为历史赘述。但与底尔菲祭祀遗址并置者却是一个非同类重要的酒神祭祀现象，倒显得非常特殊。它静静地卧躺在阿波罗神殿的旁边，其地势甚至建筑在整个巨大工程的最高处。据此，有学者估计，与太阳神遗址毗邻存在着另一个酒神神殿。学者们在一块六世纪的祭祀铭文中发现，献祭者首先给两个神提供礼物。根据底尔菲地方祭祀仪式行为的解释：崇拜日神阿波罗和崇拜酒神狄奥尼索斯为同一行为，因为阿波罗主持着夏季（指春、夏两季），狄奥尼索斯主持冬天（指秋、冬两季），两个神祇共同主持一年四季的完整轮回。酒

酒神　131

神所主持的冬季被称为"乡村狄奥尼西亚时间（the time of the rural Dionysia）"。酒神身份给我们一个非常明确的认识：他与太阳神并置为一个完整的象征体系和实践行为。最为基本的矛盾因素正是哲学美学范畴内的二元对峙律：不断地平衡与破坏，进而再平衡，如此循环。日神与酒神在哲学美学上组合为一个互为彼此的二元组合。

倘徉于博物馆的古董堆里，有了一个发现：但凡狄奥尼索斯的神、半人半兽、女祭司、酒神信徒，无不快乐，有些甚至让人忍俊不禁。希腊国家博物馆、雅典卫城博物馆、底尔菲考古博物馆、巴黎奥赛博物馆、卢浮宫……比如，雅典卫城博物馆的浮雕"潘恩与宁芙"，酒神侍从潘恩在森林中与仙女们饮酒调情，憨态可掬。价值连城的铜制品"马人西勒诺斯"，手舞足蹈，阴茎粗大冲天，令人类这"宇宙的精华、万物的灵长"为之沮丧，失却信心；他竟只管自娱自乐。大理石的雕塑"萨提尔与美神"，丑陋的羊人萨提尔调戏美神阿芙罗狄忒，美神右手持其左拖鞋准备掌他，小爱神抓着萨提尔的羊角戏耍；整个一"猪八戒戏嫦娥"的爱琴版本。酒神系统的形态与权力斗争、政治角力、武力较量、商场狡诈、拓殖冒险等主题都远，所代表的是生物本能、原始情调、乡土本色、色情肉欲等自然主题。在奥林匹亚山神谱系里，狄奥尼索斯呈现了一个越来越显重要的历史变迁：早先的主神系统里没有酒神的席位，他是后来才入座的。他的入选可以看作乡土力量的展示。

巧得很，在希腊调查的日子恰逢狂欢节——顺带说，今天广泛流行于欧美的狂欢节、嘉年华会（carnaval）与狄奥尼索斯也有渊源关系。漫街飞舞的颜色，丽人们脱得不能再少，政治暂且束之高阁，伦理的门槛被挤压得面目全非。我叹道，人类怎么还有这般快乐事情。

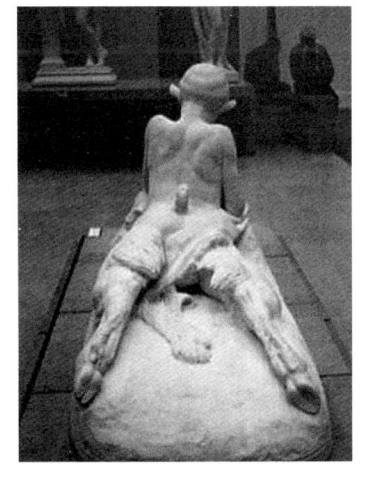

巴黎奥赛博物馆的羊人，古希腊戏剧传说与"羊人剧"有关

2000年12月写于雅典—巴黎（引用时有缩减）

古希腊的戏剧与酒神狄奥尼索斯祭祀仪式的源生关系似乎已经有了定说，虽然学术界也有不同的声音，但要推翻这一定说要比立一个新说更为困难。

我去调查酒神神话并没有当年谢里曼的雄心和野心，仅仅是追随自己的兴趣和因此而产生的学术兴趣。既然酒神与戏剧存在不解之缘，剧场也就成了我调查的对象。

调查剧场并不只是"到此一游"，拍个照，搞个"抖音"拉倒。我还要请教相关专家，还要去看一些修复的图纸，到现场甚至还要做一些简单的目测丈量。圆形剧场大多修建在自然的旷野

酒神　133

在希腊各地都可以找到和见到圆形剧场遗址

中,剧场的规模还都很大,而那个时候是没有扩音设备的,如何让所有的观众都能够听得清楚,剧场的设计就很讲究,还要"科学"。听专家介绍,剧场中心那个圆圈——中心点的设计具有非凡的物理原理,站在那里唱歌有现代的音响效果,"环绕立体"?不知道,这方面我是完全的"无知"。

我去试过,在剧场的中心位置投一个硬币,那音响真是了得,站在剧场的最高处都能听得到,很神奇。

说起来,剧场的"空地"与广场的"空地"在城邦国家模型中是对应的、关联的。大家都知道现在国家以"共和制"(Republic)为代表,我国也是。若要溯源,"共和"其实来自广场(空地)。早先希腊的"中心概念"与氏族内部的宗教仪式有着某种关联,它对氏族的权力有一种族群内部"公共空地(广场的前身)"的要求,让大家集中在一起讨论所属族群的重大事务。后来把这种方式移植到了城邦国家,设立一个"公共场域"(public field)——广场。大家对国家的重大事务发表自己的意见和见解,这也是所谓"民主"的滥觞。希腊人在使用这些政治话语时会说:"放在广场中间。"

后来的城市建设也都有了广场形制。只是城市建筑已不再像以前那样集中在被防御工事环绕的王宫周围,城市现在的中心是"公众集会广场"(public),它是公共空间,是安放"公共之火"(Hestia Koine)的地方,是讨论大家共同关心的问题的场所,这其实也是"共和(国)"(Republic)的原型,是人们最早行使"公民权力"的地方。

公民发表完见解后,有时会到商场,最后到剧场快乐。这样"崇拜(宗教)—民主(广场)—生计(商贸)—娱乐(剧场)"形成了一个完整的生活圈。卫城的模型的设计契合了这种形制——至上而下:最高处是帕特农神殿(崇尚宗教),神殿台阶下到广场(民主共和),商业区域(海洋商贸),底层设计有一个剧场,大家喝酒狂欢。我访问的时候恰好遇到考古人员在清理卫城剧场中挖掘出的酒罐。

剧场原与国家保持着亲密关系。这让我想到了著名人类学家格尔兹有一本书《尼加拉:十九世纪巴厘剧场国家》。看来,世界上"剧场国家"并非孤例。想不到我也对那由酒神祭

晚年还在特洛伊遗址调查圆形剧场

酒神　135

祀仪式演变来的圆形剧场产生了探究的愿望；而且，一而再地去了解，到老还不停歇；无意之间触碰到了"剧场国家"的话题。

我并不是戏剧研究的专家，只是觉着现在的"戏剧"被窄化了，一般就是演戏、唱戏、看戏、听戏、"戏粉"什么的。这些我都不在行，也不感兴趣，更不是戏粉，勉强找一个理由，那就是：戏剧从来就不似今天被人为分类成"戏剧"那么专业、专门，那么纯正、纯粹。我隐隐约约地感到，戏剧的"被窄化"有将文明的因子割裂、删除之虞。如果真是这样，那很可惜。

其实，中国的戏剧发展也有一个从民间到官方、从乡土到科班、从世俗到神圣、从宽泛到狭窄的历史痕迹。我在山西调研时，看到大量的戏台散布在民间村社，无人问津；许多已经损毁。我有时就在想：民间戏台变成"国家剧院"，社戏衰弱，民众寡乐，要不得。中国的戏剧发展是否健康，不仅看国家剧院建得有多大、多豪华，更要看社戏是否还有、还在、还热闹。

离我住所不远的一个渔村叫曾厝垵，以前，到了晚上，经常能够听到从海边的村社戏台飘来"咿里哇啦"的唱戏声和锣鼓声，最近没有了，戏台闲置了。"歌舞升平"不是形容国家专业剧院的表演，而是人民的声音。专业表演，民众只是看，只是欣赏；民间剧社是民众参与，自娱自乐。表象不同，本质更不一样。

"发生学"讲究祖源、祖传脉络。西方的戏剧的起源与酒神狄奥尼索斯祭祀仪式存在着复杂关系，几乎将文明、文化相关的许多重大的因素和因子一并囊括。

那样的戏剧我喜欢,因为,那才是"永远的乡仪之神",老百姓喜欢,老百姓参与,是老百姓的生命。

去班夫看水

我很早就关注"水",特别是水与文明的关系。曾经写过一篇文章《写在水上的文明》,发表在1987年的《课外学习》上。

天下的文明是从"水"开始的,由"水"孕育的。看看四大文明都用河流来命名:尼罗河文明、恒河文明、两河文明、黄河文明。再看看古代希腊的爱琴海文明,似乎什么都明白了。

中华民族的共祖炎黄自"水成"。《国语·晋语》说得很清楚:"炎帝以姜水成,黄帝以姬水成",说的是两条河流养育了炎黄部落。两水皆为我国古代的河流。这也是为什么我们习惯把河流称为"母亲河"。

中华文明自水开始,传说昔日洪水滔天,鲧偷天帝之"息壤"堵水,不能,被天帝殛毙。他为拯救人类而死。

有意思的是,古希腊普罗米修斯偷天帝之"火",被天神绑在高加索山上的一块岩石上,每天让一只鹰啄食他的肝脏,晚上肝脏重又长好，第二天恶鹰再来啄食，如此折磨三万年。今日奥林匹克仪式的"圣火采集""圣火传递"，都是为了纪念这位为人类幸福而受难的英雄。奥林匹克运动会的"圣火"活动是仪式遗产，形式继承。西方大多如此。

与西方不同的是，我们的英雄鲧为了治水，偷了天帝的"息壤"，以生命为代价。他还开创了我国的"城市"雏形。中国的传统是讲"世系"的，神话传说让作为父亲的鲧死去，让儿子禹继承父业，以疏导纾解的方式，分划九州，形成"中邦（中国）"，定制"朝贡"，这就是我国第一部地理著述《禹贡》。大禹成就了史上一代明君。

父子治水——建国定制，父子相传，家国天下。中国的"源流"大致如此。这下明白了为什么我们在讲"渊源""源流""溯源"时都有"水"，《说文解字》告诉我们，"源"就是水源，水源就是本原，生命就来自于水。

其中的英雄故事一言难尽，历史上各有各的说法。中国"英雄"不能只讲个人，而要讲究代际交接。西方则完全是个人英雄主义的赞歌。一个讲"水"的集体主义秩序和智慧；一个讲"火"的个人主义英雄和气魄。

哈哈，"水火不容"的道理原来如此。有时，中西方文明的奥秘尽在"水火"中，不必过于刻意。"水"与"火"皆为文明的源泉，既不能无水，亦不可无火，虽然水火不容，但如果相向而行，则天下太平。这种道理其实便是"战争与和平"的演绎，可惜，人类总是在这一平凡的道理中犯错，而且屡犯不改。说不定最后又要让"水"灭一次,然后让"水"再造一次。世界神话传说中大多有一个"洪水故事",而且经常与"惩灭人类"有关。

无论是水还是火,都要认真对付,无论文明是"水货"还是"火种",都要善待。否则必成"灾"。中文的"灾"很有讲究,繁体为"災",上面是水,下面是火。中华文明把"水灾(涝)""火灾(旱)"作为最有代表性的灾害。

中国是一个农耕传统的国家,无论"旱涝",问题都出在"水"上。前车可鉴,我想,我们未来假若有"灾","水"首当其冲。

不仅中国的历史从"水"开始,中国的地理也是从"水"开始。可是,以今日之眼光,我国诸多事业兴旺繁荣,"水"却岌岌可危。"干旱线"有不断南压的趋势,"南水北调"是在进行抵御和抵抗。

我有一个见解:以前都说"北人南下"是因为"五胡乱华"造成的,鲜见有人提出是"干旱线"南压的原因。看看历史上的"南水北调"大运河,似乎都在解决一个问题:水北上,人南下。

其实,南方的水也已呈现"疲态",我曾经在江苏省镇江市的一个长江上重要的闸口——谏壁闸做过调研。节制闸和船闸属于水利系统,形成一个水利枢纽,具有抗洪、排涝、防汛、调节水位的功能。节制闸的作用其实很简单,就是调节水量:洪涝时闸口排水,干旱时闸口引水。我们调查的结果表明:许多地方都从长江引水。全国的形势也都是这样,引水抗旱;现在用了一个新词:生态水。从数据来看:从1959年到2019年引水两百多亿立方米，排水十三亿立方米，显然，节制闸是引水为主。

数据给了我们一个重要的警示：以排水（主要表现为涝）十三亿立方米/引水（主要表现为旱）二百多亿立方米的关系来看，长江供水吃力。

左图为船闸（双向之一）　　　右图为节制闸控制室

前些年到山西做田野，了解到山西在明末清初时仍水土丰饶，森林繁茂，气候湿润，只在短短的两三百年之间，山西的水源基本处于枯竭或正在枯竭状态。晋祠已无水，靠水泵来抽。在介休的"源神庙"，看到了"天下水为贵"的警示。

中华文明常以黄河、长江冠于天下，却不能处理好最简单的问题：我家门前的"水"属于我的"领地"，但"上游"不是。历历在目的是，中央电视台曾经报道过这样一则配有画面的消息：黄浦江上游得了猪瘟，大量死猪漂在黄浦江上，流到上海，汇入大海。这真实地反映了我国的治水难题。

山西介休"源神庙"前的"源神池"已经干枯,只留下这一箴言,令人唏嘘

我在厦门待了近二十七年,经常下海游泳,经常在水中要遭遇垃圾,恶心透了。厦门城市治理的其他方面总体上不错,就是治理不了从上游漂流下来的垃圾。每天都有环卫工人沿线清扫,以前还采用过焚烧的方式,把白沙"烧"成了黑沙。没办法,厦门市长管不了"上游",地是固定的,水是流动的。

现在我国有了"河长制"。大致情况如是:2003年,浙江省长兴县在全国率先实行河长制。2016年12月,中共中央办公厅、国务院办公厅印发了《关于全面推行河长制的意见》,推动全国"河长制"的实行。

我为之喝彩,我为之高兴,但仍不满意。因为现在的"河长制"是以"省"为单位,由一位"副省长"掌管——依次下行。行政区划管不了自然界的水流,那水并不会因为"省界"就停滞下来。因此"省"不够,至少要以"国"为单位。这是我的观点。

我对"水"的情绪和纠结,在加拿大找到了理想的图景和方案:加拿大的自然河流以"国家遗产体系"的方式统一管理。这是我在班夫国家公园旅游考察时所了解到的。

近二十年来,因为研究遗产,我对国家公园(National Park)有所涉猎。在联合国的遗产分类中,国家公园大致属于自然遗产范畴。其中一个核心概念是"荒野"(wildness),也有"原始"的意义。基本意思是,人类越是发展,人工的东西越是多,"荒野"也越来越少。为了保护自然状态,也为了让我们的子孙后代有机会看到、接触到自然的"荒野"状态,国家公园就把这一状态保留下来,保护起来。这是我们对后代的承诺;也是我们子孙的权利。

我在美国访学时,少不了去考察国家公园。

我女儿在加拿大,少不了去加拿大;去加拿大,少不了去看国家公园。

班夫就是其中一个。去小住了几天。

一到班夫国家公园属地,感觉便不同。游客都住在小镇里,经常可以看到志愿者以保护自然为主题的义演、义工活动。令我记忆特别深刻的是一幅与遗产保护有关的图标,感慨不已。

在班夫考察,遇到许多令人感慨和感动的事情,它们都很小,却难以忘怀。

比如,在班夫的游客聚集区(一个小镇),公交车外壳不是商业广告,而是自然保护的宣传画。我就在想,莫非他们不知道商业

班夫国家公园　　　　　　志愿者义演　　　　　　加拿大太平洋遗产基金会图标

广告可以赚钱？他们知道的，只是他们可能觉着保护自然更重要。

比如，小镇的下水道的盖面上不仅标有东南西北的指示方向，还有动物种类的识别图案。

比如，在游客中心，有让游客识别的动物脚印，既可以让游客增长有关野生动物的知识，也可以正确的方法观察野生动物，还可以在遇到危险的时候学会保护自己。

比如，就在小镇外的树林里，经常可以看到黑熊在自在地戏耍。

相比较而言，我国的自然遗产保护在细节上差距很大。

画有自然保护宣传画的公交车　　　　小镇的下水道盖面

144　生命中的田野

动物脚印展示

黑熊自在地在树林里戏耍

对我而言，去班夫的一个重要考察方向是水。

加拿大的水资源非常丰富。更重要的是，他们在保护水资源方面的工作做得好。绝大多数的湖泊不允许动力机船的行驶，旅游项目只是人工划船。冰川得到了有效的保护。

湖泊多而美

固体水源：冰川

水是流动的，如何使流动的水得到整体保护？我的意见：国家统管。这是最好的，也是唯一的保护方式。

我在一条名叫"踢马河"的河边看到了"加拿大河流遗产

去班夫看水　145

体系"的保护标志,这是迄今为止在我走过的世界各地,我看到的最好的保护方式之一。联想起我们国家的"河长制"以省为单位,就显得很不够了。我曾经在我主持的国家重大课题《中国非物质文化遗产体系探索研究》结题时提供了一项以"加拿大河流遗产体系"为例的咨询案。没有下文。

踢马河(the Kicking Horse River)　　　"加拿大河流遗产保护体系"标志

顺便说一句,加拿大自然遗产保护做得好,文化遗产保护也做得不错,特别对原住民印第安人的文化。从以印第安文化为主题的旅游产品来看,便可见一斑。

游客小镇中的旅游纪念品

"上善若水"是老子对水的最高"道德"阐释。1993年湖北荆门郭店楚墓出土一文,被命名为《太一生水》。此文未见于任何传世文献,因此引起了我极大的兴趣。其曰:

太一生水，水反辅太一，是以成天。天反辅太一，是以成地。天地□□□也，是以成神明。神明复相辅也，是以成阴阳。阴阳复相辅也，是以成四时。四时复相辅也，是以成沧热。沧热复相辅也，是以成湿燥。湿燥复相辅也，成岁而止。故岁者，湿燥之所生也。湿燥者，沧热之所生也。沧热者，四时者，阴阳之所生。阴阳者，神明之所生也。神明者，天地之所生也。天地者，太一之所生也。

我们的先哲已经把"水的道理"说透了。

只是，我们把这些说透了的道理忘得差不多了。

祖国在我们身后

现如今，中国人出国旅游已经成为平常事。一是全球化背景，大众旅游的到来；二是咱中国人真的有钱了。

我也跟大家一样，常出国旅游。早年那些海外留学、田野作业——游历欧陆，体验北美，翻越东南亚不算，大致从五十岁算起，每年一度出国旅游，有时还两次，甚至三番。这样的"游走"已经连续十多年了。

这些年有一首歌叫作《带你去旅行》，歌词中有：

> 安全带系好带你去旅行
> 穿过风和雨
> 我想要带你去浪漫的土耳其
> 然后一起去东京和巴黎
> 其实我特别喜欢迈阿密
> 和有黑人的洛杉矶

……

唱到的地方我们都去过。

要不是疫情，2020年的夏天我们会去南美的巴西、阿根廷、智利、委内瑞拉等国，攻略都做得差不多了。

其实，就在疫情期间也"坚持着"旅游。

说起疫情期间的旅游，真是好笑好玩又好险。2020年的春节，因为新冠肺炎疫情，我们一群人是乘坐当时东航最后一个航班从美国的夏威夷飞回祖国的。

在浦东国际机场，偌大的候机厅，目光扫去，除我们一群人外，空无一人。我居然在空旷的候机大厅翩翩起舞。舞姿绝对是难看的。但你想啊，经过好几个小时的飞行，疫情中最后一行人返回祖国，那么大的候机厅又没有人，那心情，大概也只能"翩翩起舞"来表达了。管他好看不好看，不违背公德，不影响他人，加上回到了自己祖国（自己家），高兴。

在自己家里，即使"出丑"也没事，不是总说"家丑不可外扬"嘛。

可是，这几十年的出国留学、出国田野、出国开会、出国旅行、出国探亲，几乎每次都能遇到我国游客"家丑外扬"的事，特别是近些年，频率之高，让我感到绝非偶然。心里非常不舒服，有时真想当场制止、指责，又觉得不妥。毕竟在国外，如果发生冲突，反而把事弄得更糟。同时，我也会反思当老师的毛病，喜欢讲人家，自己可能也做不好，于是，每次也都忍住了。

面对这些事情，我提醒——提醒我的同胞，也提醒我自己："祖国在我们身后，切不可丢中国人的脸！"

我枚举几例在国外亲身感受、亲眼所见的例子，时间顺着往回走：

2020年春节，我们到美国夏威夷旅游，看到了"变相"的舞狮行为。舞狮是海外华人华侨重要的节庆节目，每逢节庆或有重大活动，特别是春节，必有舞狮助兴，长盛不衰，历代相传。这一活动还特别广泛地流传于海外华人社区。可以这么说，有华人之处，必有舞狮。这成为了扬民族之威、立中国之魂的重要仪式，也是海外同胞认祖归宗的文化桥梁，其文化价值和意义十分深远。

20世纪80年代我到法国留学，在巴黎的十三区（被评为巴黎的模范区），相当于西方其他国家的China Town（中国城），春节期间都要举行大规模的舞狮活动。除了华人华侨自娱自乐外，还引来许多西方游客，热闹非常。作为留学生的我们也感到由衷的喜悦。

可是近些年，在有些国家，华人的舞狮成了变相的"讨钱"行当。在夏威夷过年，我们就看到一个舞狮小队在各个商户门前挨家挨户地乱舞一通，那狮子脏兮兮的，全然没有喜庆气氛；然后就向户主索取"红包"。看着这些行为，我们陡然涌起了说不出的羞耻感。

提示：出门在外，我们切不可玷污或"绑架"传统的中华习俗。

2019年春节，我们一行人到泰国的甲米旅游。甲米在泰国西南部，一个典型的海岛小城，风光旖旎，是一个度假的好去处。我们那次旅游，追求深度，没有不停地赶景点式观光——"上车睡觉，下车尿尿，到点拍照"，而是在一个相对舒适、高档的泰式酒店住了下来，慢慢地品味当地文化、景观、饮食。我们所住的酒店大多数是中国游客，约占60%吧。平日里我们到当地的菜市场、海鲜市场、夜市去观察体验，到海里游泳，参加一些海洋活动，乘船到附近的海岛体验"岛民"生活，也会到海边看日出，到山顶看日落，偶尔也打打牌。这算是休闲游吧。

每天早上，我们都在酒店的餐厅吃饭。泰式服务很好，世界公认。他们笑脸相迎，合掌相送。有一天早上，我们照旧在餐厅用餐，邻桌是一对中国年轻夫妻带着一个五六岁的小男孩。因为他们是讲汉语，所以可以确定是中国游客。夫妻看上去受过良好教育。早餐是自助，我看到他们拿了一大堆的食物，把整个桌子铺满，碗碟充斥。一家三口吃完离开时，不仅桌子上剩下许多食物，地下还有不少残渣。他们出门后，我听到站在门口接送的泰国服务员们交头接耳。我听不懂，却明白无误地清楚她们的负面议论。由于我就坐在他们的邻桌，很想追出去批评他们的，想到可能犯的"老师病"，我放弃了。

提示：出国旅游，养成吃多少拿多少的不浪费习惯。否则，且别说在异国他乡遭人白眼，伤害到祖国形象，就算是在自己的孩子、孙子面前，恐怕也要起不好的表率作用。"谁知盘中餐，粒粒皆辛苦"，这从小背到老的诗句，拷问、烤炙、拷打着我们心灵。

2018年8—9月，我们一行人到英国旅游，行程中有去参观温莎城堡的活动。这座英国皇室的家族城堡，据说是当今世界上有人居住的城堡中最大的一座。在皇家参观，参观者不需要事先学习相关的礼仪，但"不高声喧哗"属于礼仪常识，原本就不需要说。可是，我看到、遇到、听到我的同胞游客在那种场合喧哗的情形。而当他们大声讲话的时候，周围的人都会回过头打量。无语的打量分明在告知："这里不能大声说话。"不客气的意思："闭嘴！"然而，我看到的情形是，少数同胞游客似乎全然不知不觉、不谙不察、我行我素。

联想起另一桩事。记得有一年入籍德国的弟弟邀请我和夫人去玩，旅行结束后我们从法兰克福机场乘机返回。在机场我询问机场的一个工作人员，中国国航的检票口在哪儿，人家回答道："你朝声音最大方向去，那就是中国国航的检票口。"听着这样的"机场规则"，我无语。

这让我又想起另一件事情。上世纪80年代末，我在法国尼斯大学留学，那一段时间，在尼斯的中国留学生经常与当地的法中友协（一个对中国持友好态度的法国民间组织）合作举行各种各样的联谊活动。有一件事我永远忘不了，在一次联谊活动中一位法国老太太对我说："我听你们中国人的讲话个个都像在吵架，脸上却挂着笑容。"

提示：出国旅游，尤其是到欧美、日本等国，尽可能压低嗓门。在公共场合必须如此，声音如果超出文化习惯容忍的"分贝限度"，就成了一种"污染"。每个文化都有自己习惯接受的"分贝限度"，如果在自己家，你可以享受自己的"分贝习惯"，然而，到人家国家，在人家家里，你就不能放纵自己的"分贝习惯"而对人造成影响，总是要尊重人家的"分贝习惯"的。

2018年2月，我们以旅行社包机、游客报名的形式组团前往埃及旅游。始发地是福州机场（福州长乐国际机场），来回都乘坐埃及航空公司的飞机。同一群人（全是中国游客），同一家航空公司。埃及航空公司的飞行服务要我来打分，打七十分吧。可是，若要给游客打分，我最多打五十分。我不能说所有的同胞游客都不文明，而是一部分，但是，面对这一部分的游客，我觉得汗颜，觉得丢脸！除了在飞机上的不文明行为外，有一个场景我此生难忘：当我们下飞机的时候，可以说整架飞机就是一个垃圾场。

事实上，这一班包机，除了来回以及出入境大家在一起外，在埃及的旅游行程是各自独立的。我们在埃及的旅游快乐而充实。

可是，每当我想起下飞机时的场景，在埃及海关办理出入境时的争吵，以及在游轮上"争夺食物"的那次晚餐，我国游客的那些令人不悦、不爽、甚至不齿的行为举止，都在我那一次充实

一群中学同学组成了抱团养老型旅游团

愉快的旅程中留下了"心理阴影"。

提示：出国旅游，保持在公共场所的文明举止，维持环境卫生和整洁。无论个人的生活习惯怎么样，特别是卫生习惯，出国旅游都要注意。这已经不是礼貌问题，而上升到是否冒犯的高度。

2016年7—8月间，在加拿大的女儿怀孕生产，我也从此当上了外公。夫人先行赴加为女儿"坐月子"，我放假后前往。女儿所在城市叫温尼伯（Winnipeg），是曼尼托巴省（Manitoba，简称曼省）的省会，排名加拿大第八大城市，是一个运输、制造业、农业与教育的重镇，有点像我国的成都。说来也巧，温尼伯与成都结成了"姐妹城市",也就是友好城市(Twin Cities)。

从厦门去温尼伯需在温哥华转机。据说温哥华在世界上的"宜居城市"中排名第一,真的假的不知道,反正报纸上是这么说的。温哥华的华人多,据说把人房地产都"炒"高了。那没法子,一方面,中国人有钱了;另一方面,中国人好像天生就会"打(小)算盘",要不然怎么能够发明算盘呢?

由于多次往返温哥华,少不了顺便到处走走看看,也到周边旅游。无论是乘巴士、坐"天车",还是逛商场,免不了各色人种混杂。中国人多,无论是在中国(世界人口第一)还是在温城(移民人口第一)。中国人在生活中比较习惯拥挤,这似乎已成习惯,人多嘛。但不同的文化群体对于人与人之间的身体距离的感受不同。中国人的身体距离可以非常小,在公共场合为了"达到目的"(挤车、扎堆、购物、凑热闹),身体接触是常有的事情。相比较而言,西方人讨厌在公共场合与陌生人的身体接触,他们都会保持相应的身体距离。在温哥华我遇到过这种情形,因为中国游客挤公共交通,迫使当地白人选择中途下车的情况。只是,他们在不接受身体接触的情况下选择下车时嘴里叨叨不停,甚至怒斥。他们的身体距离感与我们不同。

提示:出国旅游,在公共场合,特别在公交工具上,保持人与人的空间距离。万一不小心碰到人家的身体,一定要道歉。

2016年3月,我率队驰援远在斯里兰卡做"海外民族志"的弟子余媛媛。我们参加由科伦坡大学主办的"遗产与旅游"国际学术研讨会，我做了"消费的遗产"的主题发言。

会后我们考察了斯里兰卡的世界遗产：我们去了康提（Kandy），我们看了佛牙，我们感受了佛教的氛围，我们重走了"郑和下西洋"在当地留下的遗迹，我们观摩了殖民遗产，我们参观了茶园，我们造访了农村，我们住进了当地民众的家……

活动安排得丰富多彩。

但是，在我们返回祖国时差一点误了航班。那一次我生气了——田野中我很少生气，尤其带着弟子做作业。我认为生气表明气量小，气度短，田野中我基本上属于"傻乐型"。可那一次不一样，因为我们团队的行为有损于祖国的形象。或许我把它看得太重，但对于这样的事情，我从来看得重！

事情是这样的，我们在前往机场的途中，媛媛带大家到斯国一家大的商场购物，想让大家在回国前买一些特产。这是正常的，必要的。怎么说"吃住行游购娱"，"购"列其中。我虽不谙不悉不乐不为，但我能体谅大家，尤其弟子们也都是当父亲、母亲的人。所以，我陪大家，等大家，确定集中的时间。

到了集中的时间，人没到齐。左等右等，总算把人等齐，眼看就要误机。好不容易到了机场，眼前排着长长的队。

没办法，我们一群人只好大包小包挤到前面，去插队。我此生从不这样，任何事情我都要提前，留有余地。当了一辈子的老师，从来都不迟到，都早到；也不需要任何理由、借口、托词。

可是弟子中就有拖拉磨蹭的，使得我们整个团队不得不如此。当我们在插队的时候，我不敢看其他排着队的游客的眼光。

提示：出国旅游，提前做好计划，行动从容淡定，留有余地，不插队。

2016年春节，我们一行人前往南太平洋的澳大利亚、斐济群岛旅游。在澳大利亚期间，我们去了企鹅岛"偷窥"企鹅归巢，那些可爱的生灵从傍晚到晚上陆续归来。在那样特殊的场合，为了不打扰企鹅返家，保护区实行灯光管制，沿海边只设几盏瓦数极小的暖光灯，游客严禁使用闪光灯拍照。我相机随身，却没拍一张照片，完全遵守规则。

可是，当时我真的看到有中国游客用闪光灯拍照。在那种场合，我感到非常不舒服。

这种情形也时常发生在博物馆里，有些明明有禁止用闪光灯拍摄标志的展品，就有人偷着用闪光灯拍摄。在其他景点，还有为拍照更过分的行为。类似的例子实在太多。

这使我想起2015年到土耳其、迪拜旅游中的一件事情。在土耳其我们参观了伊斯坦布尔的蓝色清真寺。在这样的宗教场所，在这样神圣而庄重的场合，我看到有一位中国游客手持相机，硬是要人家正在做功课的信徒让开，因为人家挡住他的镜头。可是，人家在先，人家在行宗教礼仪。面对这种情形，我真的到了愤怒的地步。

我国游客喜欢拍照，这本无可厚非，无论是专业拍摄，还是作为爱好随机拍摄，都可以；无论要体现"存在感"，还是要表明"到此一游"，或是要P图发到微信上让人"点赞"什么的，

土耳其伊斯坦布尔的蓝色清真寺

都可以。只是行为要得当,不能僭越伦理,不可超越规矩,更不可目中无人。

提示:出国旅游,公共场合拍照切勿打扰他人,禁止拍摄处切勿拍照。

2015年1月29—31日,我参加了由韩国仁川大学中国学术院主办的"东亚华人华侨与'全球地方性'国际学术研讨会"后,携夫人顺游首尔。我看到首尔最有名的"乐天免税店"奢侈品柜台前挤满了同胞,她们或是手扶拉杆箱,或是肩背大袋子,或是拎着编织袋在买奢侈品,那架势明摆就是要把整个商店都用麻袋驮回去。可哪有那样买奢侈品的?整个把人家高档商店变成了菜市场,奢侈品成了"萝卜""白菜"。豪迈是豪迈的,可样子也太"土豪"了吧。毕竟在奢侈品店购物的大多数人,无论是真的高贵,还是装着高雅,总还是要摆出那样一个"范"的。

看着那场景,我真是哭笑不得。同胞们讲话声音大,身体幅度大,购物数量大。我观察了很久,奢侈店的店员倒是高兴的,可是路过的外国人、韩国人或表示不屑,或窃窃私语。

这让我回想起两次留学法国时的经历。在"老佛爷"(百货商店的全称,法语Galeries Lafayette,准确的译法为"拉法耶",华人华侨愣把它叫成了"老佛爷")的LV包包很"俏",但每本护照只能买一件。那些年,中国游客,包括一些留学生,就常常混迹其中,那些不买的游客,护照就可以让想买的人用于购物。

我当然知道,无论是在首尔的"乐天",还是在巴黎的"老佛爷",挤着抢购奢侈品者,除了自己用以外,还有其他目的,比如代购、转销,从中谋利、渔利。

这倒没什么,只要不违法。只是,那样的抢购,人家看不起,我也看不上。

提示:出国旅游,在消费场所要遵守规矩、规则,降下低俗,提升高贵。

二十一年前,也就是2000年,我以高级访问学者的身份再度到法国。那个时候,令我印象深刻的一件事情是我国游客在公共场所没养成"开门观后"的习惯:当你在公共场所开门出去的时候,要回看后面是否有人,如果有,就需要把门撑着,等到来人来接。后面的人会报以Merci(谢谢),或你给一个微笑。这已经成为公共场合中的"无言规矩"。可是,有些中国游客开门时径自出门,如果后面有人,就可能在人家面前关闭,偶尔还会在门关闭的时候碰到人家的身体。这种情况下,法国人会流露出非常鄙视的神情,有的人会说"mon dieu"(天哪,英语"my god"

的意思），如果门在闭合时碰到后面的人，个别人可能就会骂粗话"merde！"（他妈的）。

我曾经不止一次遇到、看到同胞因为在公共场所"不会关门"而被鄙夷的情况。重要的是，当对方露出鄙视的神情，或开口说粗话的时候，他们面对的都是"中国人"，不是中国人中的"张三、李四"；伤害的都是祖国形象。

提示：出国旅游，学会在公共场所开门关门。如果人家这样做了，学会说Thank you，Merci，即使不会外语，说声"谢谢"也行，人家知道的；至少，报以一个微笑。

或许，我没有权利去指责我的同胞；或许我在国外旅游也会偶尔犯习惯性毛病，比如声音大；或许我们也可以找出这些行为举止背后的理由，比如：

毕竟我国大众旅游兴起的时间不长，要让大多数中国游客在很短的时间里学会高雅地旅游，这很难。

毕竟我国经济发展快速，人民生活也快速提升，旅游成了人民生活的时尚。人们可以很快学会用"时尚"来装点，多数人却不明白"时尚"背后的国际规则。

毕竟我国是一个以农耕文明为传统的国家，我们以往并没有过这样大规模的人群移动。以前讲的是"安居乐业"，讲的是"父母在不远游"。所以多数同胞还没学会旅游。

毕竟我国历史上没有出现过西方国家那样的"公民社会"，我们习惯了在家族、家庭的伦理范畴内的言行举止。

毕竟中华文明的特点是小农经济式的务实，习惯打"小算盘"，只要能够通过自己的"劳动"获得，便无不当。前提是你的"获得"不能建立在他人"吃亏"的基础上。

我关注这些事情有我自己的理由：
毕竟我是研究旅游人类学的，会更关心游客的行为。
毕竟我深爱着自己的国家，知道在国外旅游时背后有一个祖国形象；我不能看到祖国的形象受到伤害，哪怕是无意的。
毕竟我也知道，人们对一个国家的抽象认识大多是从具体行为的印象中"积淀"下来的。其实，我们对其他国家的形象认识也多半出自同一个理由。

人与人、群体与群体、国家与国家，都可以简化为"关系"：利益和喜欢是两大要理。利益关系是建立在互惠基础上，而友好关系则建立在喜欢的基础上。生活中，当一个人不喜欢另一个人，就很难建立友好关系；哪怕有利益，也难以持久。国家与国家的关系其实也是如此，这种道理很浅显，执行起来却并不容易；因为它要靠每一个人的言行举止来实现。如果有人不喜欢"中国人"，他就很可能不喜欢中国，哪怕有暂时的利益关系。

当我们唱起《我爱你中国》《我和我的祖国》时，我们会热泪盈眶；当我们在国外旅游的时候，这种爱便化成了维护"祖国形象"的责任与义务。如果我们的行为不端、不雅、不合适，就会对祖国造成伤害。

提示：在外旅游、旅行，无论走得多远，祖国都在我们身后。我们都提醒自己：在外国人面前，我不再只是"我"，我是"中国人"。

体习旅游：埃及，我来了

"体习"中的"体"指在旅游中身体力行地体察和体验；"习"指将旅游作为一种学习方式，习察不同文化和习俗，进而获取相关具有"现场感"的知识。人类作为一种特殊的"动物"，旅行可以在宽泛的意义上指喻行动；但人类与其他"动物"不同之处，在于行动具有主体性——自主的意识、主动的设计、参与的行为，进而获得超越具体的抽象认知。全球化催生了大众旅游，中国的大众旅游在近三十年骤然兴起，"忽如一夜春风来，千树万树梨花开"。中国人民在很短的时间内富裕起来，列榜于世界旅游之大国。可是，总体上说，我们的人民需要学习旅游，旅游不是被戏言为"上车睡觉，下车尿尿，到点拍照"的简单程序，不只是完成简单的"吃住行游购娱"的六字方针，需要加入"体习"；变六字经为八字经。此次埃及之行，感慨良多，似骨鲠在喉，不吐不快。

——题记

写在水上的文明

刚刚完成"万般景观，在水伊方"的学术论文，就有机会前往埃及旅游，一个难得的巧合；姑且为一种"田野"体验，到现场去体悟尼罗河的神奇。

埃及的地理条件可以说相当优越，上方是地中海，右边是红海，中间横贯全国的是尼罗河。有两大沙漠：撒哈拉沙漠和阿拉伯沙漠。沙漠中有不少石油储量。

历史之父希罗多德有一句精练的总结："埃及是尼罗河的馈赠"。它表明古代埃及文明是尼罗河的一份赠礼。这不是一句装饰语，是历史的真实。我们也可以这样表述：没有尼罗河就没有古埃及文明。

古埃及最重要的遗址和遗迹大多散布在尼罗河沿岸，计有胡夫金字塔、狮身人面像、卡纳克神庙、帝王谷、曼农石像、菲莱神殿、埃德福神庙、阿布·辛拜勒神庙等。

在尼罗河两岸的古代遗址中，胡夫金字塔和狮身人面像饮誉世界。两景点位于开罗西南约十公里处的吉萨高地。胡夫金字塔是埃及现存规模最大的金字塔，位于吉萨金字塔群的中央，被喻为"世界古代八大奇迹"之一。这是一座为古埃及第四王朝的法老胡夫修建的陵墓，约建于公元前2580年，完工于公元前2560年，耗时二十年之久。现已发现，在埃及境内多达一百一十座金字塔，吉萨高地的祖孙三代金字塔——胡夫金字塔、海夫拉金字塔和门卡乌拉金字塔是最古老的金字塔。

如何修建金字塔曾经引来许多不同的猜测，有的甚至说是外星人建造的，说得神秘而玄乎。但在所有的猜测中，最可信的方式、最有力的证据是来自民众的智慧和力量。可信的还原是：建造胡夫大金字塔需要五百万吨的石块，平均每块石头重大约两吨半。据说采石场是在胡夫金字塔以南的一带。采石场极其巨大，那时曾经聚集了数万名工人，其中多数是从全国各地征召来的农民。他们熟悉工作程序，成为陵墓建造的熟练石匠。整个工程由大约二万五千名工人来完成。

具体的工程分工非常明确，细致到每个工人、征召者、采石匠、运石匠与工匠。在采石场，除了石匠，还有一组负责标记的工匠，在每一个石块，标注上不同的符号，确保它们被运到金字塔之后，都被放到正确的位置上。

关于搬运石头的问题曾经长时间地困扰着人们，即四千多年前，人们以什么方式把这些沉重的石块搬运到现场。后来考古学家发现，尼罗河水才是关键。水是运石的润滑剂。埃及有一种特有的红土叫塔浮拉，它受湿之后变得非常滑，足以承受和滑动任何重物。现场有专门运送石头的运石匠，配备有负责拿着罐子不断洒水的工人，运石匠把采下的石头耗费巨大人力一点一点撬上一种类似雪橇的铁底座上，然后洒水的工人开始工作，几十个运石匠就这样艰难地在洒水工人播洒下湿滑的地面上尽力拉动沉重的石头，一步步运往建造工地。

金字塔之所以建在吉萨高地，与尼罗河的泛滥有关。埃及一年分为三季，每一季四个月，即播种季、收获季和尼罗河泛滥季。尼罗河每年泛滥，淹没田野达三到四个月。金字塔建造在高地上，就可以避免尼罗河泛滥时被水淹没。

埃及文明以信奉太阳神而著称，他们认为太阳每天从东方升起，西方落下，就像每天于东方出生及西方死亡，所以金字塔都建于尼罗河西边。金字塔的建造反映着农耕时代人们从季节的循环和作物的种植、收获中获得的认识。古埃及人迷信人死之后，灵魂不灭，只要保护住尸体，三百年后就会在极乐世界里复活。因此他们特别重视建造陵墓，也特别重视尸体的保存方式。

公元前2613年，埃及第四王朝的法老胡夫即位。他希望自己死后居住在一座大陵墓里，于是决定建造一座最大的金字塔，也就是后世所说的胡夫金字塔。据说吉萨的三座金字塔的排列是按照猎户座的腰（The Belt of Orion）位列，而把尼罗河视作银河。因为地球有岁差数（precession）的问题，所以是按照当时的天象而定。猎户座对埃及人有着重要意义，他们相信神是住在猎户座，亦即天堂所在。金字塔都是正方位的，但互以对角线相接，造成建筑群参差的格局。在胡夫金字塔祭祀厅堂的门厅旁边的狮身人面像，使整个建筑群富有变化，也显得更加完整壮丽。

我不知道埃及古代的法老与中国古代的帝王有没有用"微信"交流过，不然为什么都在死后的陵墓上大做文章。不同的是：法老的陵墓建在地面上成为人们今天的景观，中国帝王的陵墓埋在地下成了人们心里的惦记。两种陵墓都是伟大的遗产，伟大的遗产也自然成了历代盗贼的惦记。

胡夫金字塔和狮身人面像　　　　　吉萨三金字塔

在埃及旅游，主体线路都与水有关，最重要的便是尼罗河。埃及的经济收入"大户"有四：农业、石油、苏伊士运河和旅游。其中除了石油以外，其他三者都与河流有关。对我而言，去埃及主要就是去"看水"。因此，首先是考察埃及人民对待尼罗河的态度，比如河水是否仍然干净、清澈。相信埃及人民是深切理解个中道理的。今天的尼罗河，总体上说仍然是清澈的。我可以通过肉眼看到水流充足，水里有鱼在游动。捕鱼的人偶尔见到，但不多。河流两岸的土壤非常肥沃，黑油油的。

水表面万般柔弱，实则无比刚强；表象至为平常，实则充满神性。没有水，作物无法生长，生物无以生计；在沙漠里这个道理更是铁律。农耕文明靠的正是水。对于农作物而言，灌溉不外乎两种：河流和下雨。历史上的旱涝——都是因为水——于是成了两种"惩

凌晨宁静的尼罗河

体习旅游：埃及，我来了　167

白天繁忙的尼罗河　　　　　　　　傍晚祥和的尼罗河

罚"人类的自然方式。所以,遍布世界的神话中,总是少不了先辈"治水"和巫师"求雨"的工作,历史上也因此留下了最具代表性的口述故事和文载事件。于是,善待水便无形中成了人类最原始的态度、最伟大的智慧。

　　人类生计与水的利用需要与自然环境和形态相结合。在雨水丰润地带,比如我国的南方,保水与生态的友好关系是纽带性的,水养育植物,植物反过来保护水土:互惠反哺。在少雨干旱但河流不断地区,比如埃及的尼罗河沿岸,形成特殊的绿洲带,农业也因此发展。由于每年的河水泛滥期后,上游带下来大量的腐殖质,积淀下来,土地肥沃,形成了农业带。而在缺雨且没有河流的干旱地带,以及沙漠,地形地貌便成了人群赖以艰难生存的唯一依据。此次埃及之旅专门去看了那里的少数族群贝都因人,他们生活在沙漠深处的小山坳里,靠打入地下五十米深处的井获得少量地下水生存,生活极其艰苦。

　　人们常常把河流,特别是与自己生命攸关的河流比喻为"母亲河",一则说明自己的文明与她有着无法分离的亲密关系,没有"你"也就没有"我";二则说明"母亲"与"我们"的善待关系——就像母亲对待自己的孩子,孩子对待自己的母亲那样。如果说"人类文明是写在水上"的,文明繁衍、延续就像母亲与孩子之间的亲密善待关系,那么,考察文明的一个重要的视点,就是看"人民"对待自己"母亲"的态度如何。反过来同样可以成立:如果人们伤害了河流,污染了河流,也就犯了"玷污母亲"的罪孽,那是不可饶恕的罪。

这方面,埃及做得不错。至少在我的眼前,尼罗河仍然水量充沛,河水清澈,水质尚好。站在尼罗河邮轮的甲板上,放眼河流—绿洲—荒山—沙漠层次分明的景观,我想,个中道理已然分明,不需要再多说什么。

回眸自己的祖国,回想我们的文明,同情同理:倘若中华文明出问题,如果是"天灾"的话,最有可能的问题就是出在水上。其中一个可能就是我们的河流、水域、水源、海洋出问题,或受了污染,或断流,或被阻绝。特别是黄河和长江。我也将竭尽自己的卑微之力呼吁:善待河流,就是善待自己的"母亲"。让我们的母亲更美丽!

遗产,遗产

遗产是一种历史遗留,也是一种关系的存续。遗产表面上是文化性的,而实际上首先是政治性的。去埃及旅游,最值得看的就是那些数千年留下来的遗址和遗产。埃及的历史非常悠久,也经历过难以计数的战争，饱受不同时期的殖民统治，有些历史"积怨"迄今未能彻底解决，作为隐患，或隐隐作痛，或时而发作，比如"西奈半岛问题"、"努比亚问题"等。

我们在前往红海的路上，眼望着对面西奈半岛的朦胧身影，先时我还以为是海市蜃楼，经导游解释，方知那就是西奈半岛；心里泛起无法言尽的苦涩。西奈半岛由于其特殊的地理位置，成为历史上的"文明之路"，它是尼罗河文明与幼发拉底和底格里斯两河文明等的交汇点。作为"文化之路"，它是埃及同西亚国家和海湾国家进行贸易和文化交流的通道。作为"宗教之岛"，它是几种宗教信徒崇敬的地方。作为"军事之岛"，公元前1479年，新王国时期法老图特摩斯三世率领埃及士兵远征亚洲，曾途经西奈；公元前13世纪，拉美西斯，埃及历史上最伟大的法老曾率军穿过西奈沙漠，征服巴勒斯坦、黎巴嫩；公元前6至4世纪，古亚述人、波斯人和希腊人都是从那里入侵埃及。后来的阿拉伯穆斯林军队和奥斯曼帝国的军队，也选择了这条进入埃及的道路。法国的拿破仑把西奈半岛当作打开中东国家的"一把钥匙"。第二次世界大战后，中东经历了四次大规模的阿以战争，西奈是主战场之一。今天，西奈半岛仍不安宁。

遗产是政治性的，当然与历史上的统治者、政治家的史迹、业绩有关。说到埃及的古遗址，拉美西斯二世（Ramesses II，约公元前1303年—公元前1213年）是绕不过的，他是古埃及最伟大的政治家，第十九世王朝的法老（约公元前1279年—约公元前1213年在位），其执政时期是埃及新王国最后的强盛年代。他在位六十七年，活过九十岁，有八个皇后，嫔妃不计其数，一百多个儿女，有着非凡而传奇的人生。

拉美西斯二世也许是埃及最著名的法老。他有两大政治家的本事：征服和建设。今天人们所能看到的神庙、殿堂中的雕塑，大多是他的塑像。而现在人们所能看到的最著名的神庙大多是他在位时期留下来，或留下了他的痕迹：他在阿比多斯和拉美西姆新建许多庙宇，为卡纳克神庙和卢克索神庙增添新的结构，兴建著名的阿布·辛拜勒神庙。

其中两处最值得言说：卡纳克神庙建筑群和阿布·辛拜勒神庙。卡纳克神庙（The Amun Temple of Karnak）建筑群由多座宗教建筑组合而成，它们的修建跨度从中王朝一直延续到罗马帝国时代。建筑群的核心是阿蒙—拉（Amon-Ra）大神庙。"拉"是古埃及的太阳神，"阿蒙"是创世之源，二者组合成"阿蒙—拉"神，即太阳神造物主——最大的神，类似于古希腊的宙斯。

卡纳克神庙非凡无比，所有瞻仰其遗容的到访者无不为之震撼。卡纳克神庙一直被看成埃及最重要的考古圣地，建造工程持续了很长的时间。它曾是繁荣的宗教中心，法老们在这里举行加冕仪式，拉美西斯二世也留下了他深刻的足迹。在雄伟的阿蒙—拉大神庙里，他完成了石柱大厅的修建工作。卡纳克建筑群占地五千多平方米。拉美西斯让人用描绘庆典活动的浮雕装饰它的墙壁，还下令开挖一个保存至今的圣湖。湖水象征着所有形式的生命诞生地，在这里举行供奉太阳神和奥西里斯（Osiris）神的仪式。神职人员在每次仪式之前都要用圣湖之水净身。

体习旅游：埃及，我来了

另一处伟大的遗址是阿布·辛拜勒神庙（Abu Simble），它被看成拉美西斯最伟大的作品。四尊从山体岩山中凿出的巨型雕像高二十米，象征着坐在宫殿大门口的法老和他的皇后，如今它们已经变成了埃及文明的象征。这座神庙是献给阿蒙—拉·哈拉凯悌和普照塔神的，而实际上则是纪念拉美西斯二世本人。

到卡纳克神庙，我变得很"渺小"

这座神庙建在一个山坡上，开凿的深度有六十米。每年2月21日拉美西斯二世生日和10月21日拉美西斯二世加冕日时，阳光可穿过六十米深的庙廊，洒在拉美西斯二世雕像的面部，而他周围的雕像则享受不到太阳神这份奇妙的恩赐，因此人们称拉美西斯二世为"太阳的宠儿"，并把这两天称为"太阳日"。现因建筑阿斯旺大坝，1968年开始，庙址被迁移到离尼罗河二百零一米远的六十五米高处，"太阳日"的"迎光奇迹"也分别延后一天。三千多年过去了，这个不知是巧合还是埃及建筑师精心计算的奇观之谜，迄今未能破解。

拉美西斯死去几个世纪之后，这座建筑被完全荒废，沙子开始逐渐将其埋没，最终只剩下入口处巨大雕像的头部和肩膀露在外面。1813年，一位瑞士学者约翰·布克哈特（Burckhardt）发现了它，在继续沉睡四年后，由意大利人乔丹·贝尔佐尼（Giovan Belzoni）主导挖掘，让这一历经几千年的神庙，终于可以重新迎接远方来的客人和朝觐者，人们也能够有幸走进这座神庙的内部。

最值得一说的是，1960年，埃及总统纳赛尔（Nasser）开始下令修建阿斯旺大型水库，在苏联的帮助下，经历十年的修建，1970年大坝始成。大坝修成后，水位升高，形成一个巨大的湖，以纳赛尔这个名字命名的方式来纪念这位杰出的总统。

阿斯旺大坝纪念碑　　　　　　　　纳赛尔湖

水库建成后将形成一个长约五百公里的人工湖，可以将许多不毛之地变成良田。这是一个对于国家来说至关重要的项目，但它却会将阿布·辛拜勒神庙等埋入水底。为了拯救这一神庙，联合国教科文组织（UNESCO）发动了一次名副其实的世界性拯救行动，共有一百一十三个国家伸出了援助之手，[①]向埃及提供人力、资金和技术。

拯救计划是将阿布·辛拜勒神庙拆成许多块，然后在离原地一百八十米，地面抬高六十五米的地方再将这些碎块重新组装起来。整个工程花费了五年时间，使用了两千多名工人、成吨的材料，以及使用了考古学的新技术。在整个过程中，被拆解的每一块都被编上号以便于重新组装。重建后的神庙和原来的方位一样，根据星座和阿斯旺大坝建成后的尼罗河走向而定。

阿布·辛拜勒神庙就这样一块块地搬移组装起来

遗产是先辈一代一代创造并传承下来的文明财产。面对这些遗址、遗产，我们没有任何理由去毁灭它们，就像我们要留下自己的"根"一样。这些道理似乎大家都明白，可是真正做起来，

---

① 遗憾的是我国并不在这一百一十三个国家之列，原因是中国重返联合国的时间是 1971 年。

真正要守护好遗产却远比创造遗产困难得多。今天的人们在埃及仍可以参观到很多数千年前的古代遗址，虽然埃及在历史上也有过不少破坏遗址、湮灭遗产的事件和事情，许多古遗址也是后来从沙堆里被发现，重新发掘出来的，但值得庆幸的是，埃及历史上没有"毁前朝"的传统。

"毁前朝"的传统，这也是一种"遗产"，只不过它是"负遗产"。绝大多数祖先创造的遗产被毁灭、被破坏，自己扮演着破坏自己遗产的角色，这是多么令人扼腕唏嘘的事情。

自我反省需要勇气，自我纠错更是一种气魄。但愿，"毁前朝"的传统不再出现。

活的神话

"活的神话"的主要意思是说，神话虽然产生于"史前"，也就是文字产生之前，却活到了今天，活态于生命。大家都知道，文字的产生在人类历史的长河中相对短暂，之前的口述历史远比文字历史长，神话就是口述历史的一种重要表达。

在我们今天的生活中，仍然活跃着许多"神话"或"半神话"的故事和历史，比如"龙的传人""炎黄子孙""大禹治水""神农尝百草""女娲补天"等传说故事，还有大量的事物起源的传说、节日庆典的故事等，也都属于神话范畴。神话又通过后来的各种方式，尤其是文字加以传递。《红楼梦》是大家熟悉的，特别是电视连续剧播放后，更是家喻户晓。片头那块"石头"就是女娲补天时没有用完遗留下来的，所以《红楼梦》也叫《石头记》。如果没有"女娲补天"远古神话的"开始"，便没有《红楼梦》这部伟大小说的"后续"。

到西方旅游，如果没有基本的神话知识，可以说那就是"瞎子"。因为西方的整个历史知识谱系和体系起源于"两希"文明，即古希腊和古希伯来。西方的建筑、城市景观、雕塑绘画、音乐戏剧、文学艺术、现代医学、心理学，乃至航天、军事都充满了神话的叙事，什么"阿波罗号"，什么"宙斯盾"，这些称谓都来自古希腊罗马神话。甚至在旅游中所使用的"假日"（holiday），即"神""神圣"的日子（holy的意思是"神圣的"），都有"神话"意味。游客住的酒店就有一家遍布全球的holiday inn（假日酒店），与"神"都搭上了关系。

埃及是一个充满神性的国度。去埃及旅游，也可以说，就是去看神、看神迹、听神话。如果说拉美西斯二世是埃及历史上最伟大的法老、统治者，那么，奥西里斯（Osiris）则是埃及神话故事中最打动人的神。埃及的古代神谱就像我们的家谱一样，被称为九神系，九神各自有掌握领域。拉（Ra）：太阳神；休（Shu）：风和空气之神；泰芙努特（Tefnut）：雨水之神；盖布（Geb/Seb）：大地之神；努特（Nut）：天空之神；奥西里斯（Osiris）：冥王和农业之神；伊西斯（Isis/Auset）：生命、魔法、婚姻和生育女神；赛特（Seth）：战争、沙漠、风暴和外国之神；奈芙提斯（Nephthys）：房屋和死者的守护神。

其中奥西里斯最为重要，九神谱系中有数位都围绕着奥西里斯神话。奥西里斯是生命及死后主宰神，妻子伊西斯，儿子荷鲁斯；其弟赛特是战争之神。古埃及人认为法老死后化为奥西里斯神，在圣地阿拜多斯建造有奥西里斯神墓穴及神殿。后来奥西里斯信仰成为大众化信仰，阿拜多斯成为朝拜圣地。

依照神话故事，奥西里斯本来是埃及文明的缔造者、统治者，一位英明的君主。据称在他的带领下，埃及从野蛮状态走上了文明之路，整个埃及风调雨顺、岁岁平安。他的弟弟赛特十分嫉妒他，密谋杀害哥哥。赛特专此制作了一个以珍贵木材为料的华美棺材，上面装饰满了美丽的宝石和黄金，并且是按自己哥哥的身材量身定制的。他在酒宴上宣称，如果谁能够完美躺在箱子里就将得到这个棺材。他请自己的哥哥试试，当奥西里斯躺进去以后，赛特就盖好盖子并用沸腾的水浇洗，扔进尼罗河。

奥西里斯的妻子伊西斯，为了寻找自己丈夫的尸体，放下了所有的工作，最终在丛林里找到了奥西里斯的尸体。她将丈夫藏在沼泽里并准备使之复活，但被外出打猎的赛特发现。他又将哥哥尸体分成十四块，扔到了埃及的各个角落。虽然伊西斯再次找到丈夫的尸体，但只找到十三块，丈夫的生殖器部分被鱼吃掉了。伊西斯请太阳神帮助，让奥西里斯复活了一个晚上，他们过上夫妻生活，并生出了一个儿子荷鲁斯为父复仇。荷鲁斯因此失去一眼。奥西里斯作为丰饶之神及复活之神，他的形象具有双面性，干旱时死去，丰水时重生。他头戴象征埃及的白色王冠，王冠周围插满了红色羽毛。他的皮肤为绿色，代表着植物——他在做国王时教会了埃及人民耕作。

奥西里斯神话有不少版本，细节也有许多差异，但主干故事则是大致相同。虽然他是冥界之神，但他并不是魔鬼或黑暗之神；相反，他象征着埃及人所相信的死后可以永世荣耀的希望。所以，一般在壁画中，若脸上涂有绿色的颜料，则表示在复活中或已经复活。埃及不少地方有与奥西里斯相关的神庙，因为他是人民最喜爱的神，也最受崇拜。

我的博士论文做的是古希腊酒神狄奥尼索斯，其原型与古埃及的奥西里斯存在着关联。奥西里斯虽是冥神，也是农神，他的妻子伊西斯则代表着生育和富饶。每年的干旱被视为他的死亡，而每年尼罗河的泛滥及谷类的生长则象征着他的重生，他掌控着每年尼罗河的水情。奥西里斯在天庭还有一项工作，就是酿酒，还将葡萄酒与生命的血液联系在了一起。因此，有一种说法认为，古希腊狄奥尼索斯的原型来自古埃及。也因此，我在年轻的时候就喜欢上了奥西里斯。

神话虽然是前文字时代的产物，却是文明的滥觞。神话也是一种历史，这是学者们的共识。比如特洛伊遗址的发掘，就是德国学者谢里曼根据古希腊神话，特别是《荷马史诗》中的描述及线索找到并发掘出来的。

哦，博物馆

当今之世被称为"博物馆时代"（the Age of Museum）。意思是说，博物馆越来越走近我们的生活。中国的情形也契合了这种说法。我国许多地方，不论是城市还是村镇，甚至大学，现在最大的、具有"标志性"的文化工程，不是别的，正是博物馆。

可是，博物馆的硬件"硬了""强了"，软件却相对地"软""弱"。随着政府对博物馆免费开放力度的增加，进博物馆的人也越来越多，但许多人，包括游客，却把博物馆变成了事实上的"夏天纳凉，冬天避寒"的去处。"人数"统计起来似乎不少，效益和效果极差。绝大多数人甚至根本不知道博物馆为何物。

在学校教学方面，原本把博物馆的实物性演示与教学内容配合起来，效果非常好。以我在发达国家的旅游经历，所有发达国家的博物馆里，都进行着各种教学的实践。可是，可是，我国在这方面做得太差，太差。一个潜规则是：现在从小学到大学，基本上不带学生出校门，原因是，万一出现了"事故"，学校承担的风险太大。所以，干脆不去好了。

说起"博物馆"，可谓悲喜交加。博物馆是一个西方来的东西，Museum的本义有二：一是与古希腊的缪斯女神（Muses）有关，她是专门掌管诗歌、艺术和科学的女神，人们为了祭祀她，在缪斯庙里进行各种牺牲祭献；二是与"音乐"（Music）同源，在古希腊神话传说，特别在荷马史诗《奥德修纪》里有详细的记述。缪斯原也是一位歌唱女神，后来成了艺术的总管。她的化身从一位演变到三位，最后定位于九位。

就是说，在古希腊时期，Museum的原型来自缪斯庙，也是收藏女神掌管的艺术品的场所。古希腊时期的各个城邦都有缪斯庙。历史上最负盛名的是建于公元前280年位于埃及濒临地中海的亚里山大城的缪斯庙，它是亚历山大最早的博物馆（Museum of Alexandria）。它对希腊文化的传播起到了非常重要的作用，因此也被认为是现代博物馆、美术馆的先驱。可惜此次因行程安排太紧，我们未能前往这座城市。

Museum有一个重要的意思，就是"记忆"；缪斯的母亲正是记忆女神。现代博物馆又与殖民主义掠夺搅到了一起，成为殖民者收藏文物的一种特殊形式。比如，八国联军曾经把圆明园中的大量文物掠走摆放在他们国家的博物馆里。虽然，在世界范围内，包括联合国教科文组织在内，一再呼吁殖民者抢夺的文物须归还给归属国和原属地，并将其上升到"基本人权"的高度，可是迄今为止，仍收效甚微。

博物馆的历史很复杂，简而述之：早先的博物馆限制在小范围，是私人收藏的一种方式，属于贵族阶层。后来，随着中产阶级的扩大，社会精英阶层的出现，博物馆从而进入中产阶级和专业研究的领域。越到现在，博物馆就越向社会大众敞开大门。重要的原因在于，博物馆具有保护文化遗产、进行知识传播和教育的功能。

旅游与博物馆的关系似乎是天生的，天然的。游客到一个地方参观，首先希望能够看到足以集中展示东道主社会、历史最有代表性东西的地方。到埃及旅游，参观埃及国家博物馆就成为必不可少的程序和活动。埃及国家博物馆是当今世界闻名的大型博物馆之一，收藏有埃及考古发现最精华的部分，也是世界上著名的、规模最大的收藏古埃及文物的博物馆。埃及国家博物馆的镇馆之宝中有图坦卡蒙墓中出土的珍宝,包括人形金棺、金樽室、金御座、王后金冠等。

"体习旅游"少不了了解一些博物馆的知识。对中国游客来说,更加需要填补这方面的知识,其中一个原因是:参观博物馆有助于提升公民意识。

何以这么说?因为中国的民众天然缺乏这方面的知识。我国的传统是以"家"为"国","宝物""财产"主要传承方式是在家族内一代一代往下传的,绝少有什么"公共"的东西。历史上当然也就没有真正意义上以收藏、展示公共文物为主的公共博物馆。今天不同了,过去的那些皇家贵族的财产被"国有化"后,不少搬移到了博物馆里,比如故宫博物院中的文物,大多是历代帝王留下来的。作为国家公民,观看公共博物馆,不仅有助于增广见识,也有助于培育和提升"公民素质"和"公民意识"。

位于开罗的埃及国家博物馆

沙漠腹地的贝都因人

埃及的族群主要有:阿拉伯人、科普特人、努比亚人、贝都因人、贝扎人和柏柏尔人。此次埃及之行，走访了努比亚人居住地区，著名的世界文化遗产阿布·辛拜勒神庙就在此地区。

努比亚人（Nubians）是非洲东北部苏丹的民族，另有一部分分布在埃及南部。从阿斯旺往南直到德巴是他们的主要活动地区。努比亚人的祖先和埃及王朝前期的居民属于同一民族，后来由于大量尼格罗人迁入而发生融合，体质具有尼格罗人的一般特点，皮肤更黑——所谓尼格罗人（Negroes），既指人种，也泛指世界各地的黑人，又特指分布在非洲大陆撒哈拉以南的黑人居民。努比亚人的生活区域很炎热。

埃及的地理，即从地中海、红海延伸到大漠深处，是世界上少有的与三大洲有关联的国家。总体来说，埃及是非洲国家，地中海又与欧陆相连，西奈半岛地处亚洲。这种形势决定了生活在这个国家的人有着不同的种群背景、不同的宗教背景、不同的肤色、不同的文化。努比亚人就是其中一个典型例证。

努比亚人的祖先早在四五千年前便已建立国家，有过自己辉煌的历史，曾于公元前8世纪征服过埃及。但总的来说，历史上的努比亚人长期遭受埃及压制。三千多年来，这一地区也是古埃及扩张的主要对象之一。历史上努比亚一直试图独立，却总未能如愿。阿布·辛拜勒神庙里的拉美西斯二世也包含着强大军事威慑的意涵。近代的努比亚人又遭受英国的殖民统治，直到埃及和苏丹相继获得独立，才摆脱殖民主义的束缚。今天，我们在努比亚地区到处可以看到悬挂着两面旗：一面是埃及国旗，另一面是努比亚旗。

阿布·辛拜勒神庙就在努比亚地区，因此参观必须途经此地。我们虽未在努比亚中心区域停留，但通过导游的介绍和匆匆的游览，大体可以感知其文化的独特。比如他们的住房样式与埃及其他地区不同，街上行走的女性在着装上也更加开放。尤其令人印象深刻的是，街区干净整洁，与开罗截然不同。

此次由于时间匆忙，努比亚也只是路过，未能有更多的了解。不过，我们专门造访了另一个埃及小族群——贝都因人部落，可以说，总算满足了我作为人类学家的"田野瘾"。

贝都因人栖息于沙漠腹地。我们一行人租了两辆越野车，在导游的陪同下，进入了撒哈拉沙漠。从红海索马海湾的喜来登酒店出发，一个多小时的沙漠旅程之后，车上了一个小山梁，我预感到翻过山梁就到贝都因部落了。果然！凭借人类学家的直觉和田野经验有时可以预感一些事情。

在沙漠腹地生活，靠的是地形，必须有一个自然屏障。这使我联想到我国西南的"坝子"，那是一个山地的小平地，可以防范大的自然灾害，躲避外敌的侵扰，容易积纳雨水，有一隅小平地耕作。当然，我国西南坝子的条件优越得多，有水源，有耕地，特产相对丰富。沙漠的情形可就不同了。沙漠里的山坳——充其量只是一个"干坝子"，成了贝都因人的栖息之处。

对于类似贝都因这样的族群，我们很难以平时习惯的词汇"文明"来评判。不过，呈现在眼前的景象，确实是在我几十年的田野生涯中从未见到过的艰难和贫瘠。在这样艰苦的环境中生活，水是首先要解决的。山沟里有一处水井，深达五十米左右方

撒哈拉沙漠　　　　　　　　　贝都因部落

能够取到水。肉眼俯视，漆黑一个圆洞。有了水，依靠自然屏障，满足最为基本的生活。

现在也有少数游客，去贝都因部落只是猎奇。我与他们不同，贝都因人成了我的观察和研究对象。观察和体验成了我的职业习惯。在当地，我吃了一小块"面饼"，虽然沾过成群苍蝇，同行们都不敢吃，我是吃了的，想着沙漠的苍蝇脏不到哪里去。

"面饼"制作方式极其简单：一个小坑，几块石头支撑着一块黑铁皮，铁皮下燃料是骆驼的粪便。擀面的只是一根树枝。桌子上一小盘子，那是游客吃了以后给小费用的。主人一句话都没说，眼光却是平和安静的。我们每一个人都给了"小费"，尽管多数同行没有吃女主人做的面饼。我想起了"扶贫"一词，其实不对，"贫困"是"被给予"的概念，与金钱和财产的多寡有关。

在贝都因部落，"财产"是谈不上的。对于贝都因人的生活方式，任何我们生活中的习惯用语似乎都无法准确地加以套用。野蛮？落后？愚昧？贫困？进步？文明？自然？都不准确。

说贝都因人远离我们所谓的"文明"，这确属事实，但"文

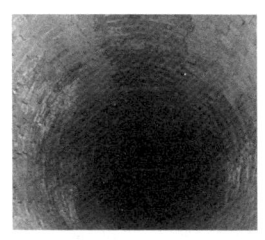
部落唯一的深井

住宿

妇女在制作面饼

明"同时是一柄双刃剑。我们同样可以举出贝都因人的好多优点,这些优点恰恰是"文明的毛病"。比如,贝都因人生活耗损的自然资源近乎为零。现代人正好相反,对自然资源的掠取越来越多,欲望越来越大,而自然资源却无法"增长";越是发展,耗损自然资源也就越多,最后可能只能如"阿凡达"故事所描述的:飞到遥远的星球"潘多拉"掠夺资源,结果被人家狠狠再踢回地球。

现代社会的财产观值得我们深刻反思。当代人类学大师马歇尔·萨林斯在《石器时代经济学》一书中,对于布须曼人有了新的评价,认为他们的生活具有"进步的因子",嘱现代人深刻反思和反省。眼前的贝都因人难道不也是这样吗?他们没有"财产观",不囤积,不耗损自然资源,生活简朴,几乎无垃圾,与人为善,

照片中的"我"与"他"相比,自叹弗如

体习旅游:埃及,我来了 185

与世无争，开朗大方，不争斗，不欺负人家。

当然这一派言论对于"我们"而言，充其量只是夸夸其谈；因为我们"暖和""满足""习惯"在自己富足的生活之中。或许这也是一种"现代虚伪"吧。

为了适应现代旅游，贝都因人开始用骆驼拉游客兜圈子。他们开始知道了"小费"。我从骆驼上下来时，骆驼的主人非常大方地邀请我合影。我也给了他小费。

英伦，我轻轻的……

"轻轻的我走了，正如我轻轻的来；我轻轻的招手，作别西天的云彩。"

——徐志摩《再别康桥》

我曾经两度留学欧洲，竟未达英伦。英吉利海峡那么难以跨越么？今天看起来，英国的"脱欧"跟那海峡到底是有关系的。想起来，那个时候，或许欧陆太大，要去的地方多，腾不出余力，或许去英国要办太多的手续，或许……到现在自己也没想明白；内心却是一

剑桥大学国王学院内的徐志摩诗

直踊跃着要去往那个地方。

这次终于去了，去到了现场；去了康桥，也吟咏着徐志摩的那几行诗。那诗句被刻在石头上，坐落在剑桥大学国王学院的林荫下——诗人徐志摩曾就读那学院。在《再别康桥》诞生八十周年之际，剑桥大学在剑河畔为诗人立下了大理石诗碑。真的有点喜欢英国人了，他们把他们读不懂的诗刻在了康园，引去好多中国游客。隽永的纪念，还可以照相，发微信，多好。

那桥真是美丽极了的。

只可惜，大家都朗朗地读着诗，却都没有诗人才华，没有诗人情怀，没有诗人境遇。反正，我坚信，今天的人笃定是写不出那样的诗了。

留学英伦的中国人实在太多。中国近现代名流大师好多都在那里驻足过，即使是在人类学这样的"中国小学"，也有不少人从英伦归来。费孝通是从那里回来的；厦门大学学友王铭铭也是其中一位；我的挚友徐新建在剑桥大学访过学；我的弟子中有不少去英国留过学，牛津大学、伦敦大学、利兹大学；我的侄女从剑桥拿了硕士学位……

写英伦，没有我的份。十几天的走马观花，能写出点什么？连自己也都不相信了。可是，去了，感受了，心就挣扎。对于以写字为生的人，有想法，就想写。于是，还是写。

悄悄地去，悄悄地回；静静地思，静静地写。毕竟，那是我的，其他再多的"留英记""英伦纪行"都是别人的。我留下我的——哪怕是"轻轻的"。

从曼城说起

相比较而言,曼彻斯特这座城市我并不太喜欢。红的底色(红砖建筑)使这座城市显得扎眼恍惚。原先的计划是参观老特拉福德足球场(Old Trafford)——英超曼联的主场,那座被誉为"梦剧场"(The Theatre of Dreams)的圆形球场。据说球场能够容纳七万五千人,一个名副其实孕育球星的摇篮。只是,我虽也看足球,却未到达球迷的程度,难得激起那种一看球场眼就放光,就能High出荷尔蒙的状况。我也就腾出更多时间去看工业博物馆,理由:曼城是工业革命的起源地。

球星摇篮

工业革命诞生地

英伦,我轻轻的……　　189

世人尽知，工业革命起始于英国，是近代世界的一个里程碑。某种意义上说，这座城市开启了人类历史的一个"工业化"时代。那曾经辉煌的城市，也曾经是雾霾的起源"重镇"——无论是曼城，还是伦敦。"工业"让生命笼罩在了危境之中，据说，那个时候，伦敦和曼城的凌晨和夜晚，司机都看不到道路上的红绿灯，警察指挥交通要用手灯在空中挥舞。想起来，那场景像是舞台上的梦幻剧，却也是真实的历史剧。

走在曼城的街头，阳光直直地洒下来，穿透了树木和藤蔓。雨过天晴，空气清新。英国的天气就像这座城市，说变就变。差别只是，英伦岛国的气候变化，是自然的原因；而城市的变化，是人的原因。

工业革命的标志之一，是烟囱。在英国，我拍到了一些烟囱的历史照片，摄人心魄。那样的场景，是死境。

工业革命的产物

英国人在辉煌面前能够痛定思痛，这不能不说是一个了不起的反思和反省——不仅有态度，还有行动。那态度和行动意味着自愿放弃GDP的大宗馈赠。他们明白，人类的生物本能，首先是生存问题和安全底线。如果人们发现，经济发展的后果是安全的丧失，他们会绝然放弃。"曼彻人"终于"慢慢彻底"地明白，他们想要发展，更想要命。

今天的曼城已然转型为以教育、商业、金融、交通和文化为中心的城市。烟囱消失了。那些辉煌的成就与岌岌的危情相依相伴，都躺在了工业博物馆里。成就带来了就业、资本和财富，成就也带来了污染、疾病和破坏；成就同时带来了自觉与反省，自觉与反省需要勇气，也需要代价。

工业博物馆，展现了工业革命的历程。特别是发动机的历史，讲述着二百多年来英国人发明的发动机的历史过程——蒸汽发动机、电力发动机到今天各种新的动力机器，从劳斯莱斯到各种飞机，开创了人类新的时代。这是博物馆展板上的说辞。博物馆中的各种机器，以及它们的应用——火车、飞机、汽车等，展

发动机的故事

英伦，我轻轻的……

现着人类的不少理想曾在这座城市实现。

然而，也正是在这座城市，经历了翻天覆地的变化。原来那些老式的红砖建筑，厂房、车间、仓库，今天成了博物馆、酒店、民居。马达的轰鸣声消失了，烟囱没有了，只是那些红砖还在娓娓诉说着城市的过去。面对两个巨变——"发明"与"反省"，曼城人的性格鲜明昭彰，而且寓意丰富。两种"悖论"显而易见：勤劳工作的"蜜蜂精神"与纵情狂野的"足球流氓"。有案为证：最能代表这座城市的两个历史场景都竖立着蜜蜂雕塑——蜜蜂勤劳地采蜜，蛰人蛰得死痛。

立于科学与工业博物馆前的蜜蜂雕塑

立于老特拉福德广场的蜜蜂雕塑

这是一种英式幽默：理性与狂野——兼具阿波罗"太阳神型"和狄奥尼索斯"酒神型"于一身。在科学与工业博物馆，我分明看到了科学与工业展示出了人类的伟大成就，也展示出了人类的深切反思，个中的逻辑是什么？我认为是：符合现实的理想。

人类总有理想，理想总有行动，行动总有限度。理想的限度表现为：实现理想的代价是否超出了理想的底线。To be or not to be, that is a question（是生还是死，这是一个问题），这是莎士比亚的著名警句，用在这里倒也贴切。

"进步"于是有了多种解读。"工业革命"常常被人以为是人类发展的历史典型，是进步的化身；可一旦超出人类生存与安全底线，理想也就超出了现实的"红线"。用我们平常的话来说：过分了。因为，那样的"发展"与"进步"会要人的命。那一张阴霾天空下烟囱林立的照片，就是真实的写照。那样的"发展"与"进步"，我们不要，不能要，不敢要。

许多人有一个认识上的误区：认为工业、科技与城市相属，是进步的，乡村是其反面。还可以有另外一种认识：城市是人工的，设计的；乡村更靠近自然，与淳朴相携。所以，为了工业、为了发展、为了GDP，盲目扩大城市建设一度成为潮流。今天的英国显然做了刹车。就城市而言，除了伦敦，其他的城市都不太大。以曼彻斯特为例，它是英国第二大繁华城市，人口只有五十一万（百度提供的数字）；我们的随行导游提供的数字是一百万。当然，曼彻斯特有"大曼城"和"小曼城"之分，我们这里指的是"小曼城"。无论是五十一万，还是一百万，这样的城市规模和人口数量在我国大约只是一个县级市的样子。

可见，城市规模与人口数量并不证明什么，也并不说明什么。最重要的是，城市本身的可持续发展，这恰恰是我们经常忽略的。

今天，"转型"常被人挂在嘴上，城市越大，科技程度越高，就越好。至少我们中的许多人是这样认为的。然而，英国的乡村给出了一个反证：美丽、洁净、富裕。而且，英国的乡村并没有因为城市和科技的发展而萎缩。

离开不大的城市,就进入到广阔的乡野,心情骤然变得豁然开朗。去到乡村,眉心舒展,方才体悟城市有多么压抑、憋屈。

乡村花园

去英国,有一个愿望,就是去看乡村。去感受,也去求证。原因是,我国正在进行"城镇化",也就是城市化工程。其中的缘由是什么,似乎大家都明白,只是不明说。

网络掠过这样的观点,大致可以代表不明说而明白的理由:中国是"发展中国家",现代化目标是要使中国进入"发达国家"行列;而发达国家的指标是"城市化率"达到80%;尤以英国为例。

大数据时代使我对"数据"有些迷茫,好像数据才是最好的证据。我不信,至少对于这样的数据,我存疑。在现实中,某一种数据(比如行业、领域)的权威性确定,有时正好是对整体形势的否定。英国的城市化率或许是80%,我找不到这一数据的根据和证明过程。但是,去过英国的人,似乎可得到另一个同样的数据:乡村化率也是80%。统计学就像是一个魔方,转来转去都在人家手上。

英国的城乡差距不大。英国的农民在"农闲"时节,特别是冬季,常常会开着房车外出旅游。到地中海,到东南亚国家,满世界地跑。

相对于空间有限的城市，广袤的农田，肥沃的土地，成片的草地，成群的牛羊，茂密的林地，遍野的鲜花——那是农村，实实在在的农村。对于一个海岛国家，除了漫长的海岸线，令人印象深刻的还是农村，尤其是苏格兰的乡村，被称为世界上最美的乡村。"数据"表明，今天的英国人还在致力于反哺农村。

苏格兰乡土景观

环英旅途，行色匆匆，留下好多的遗憾，也有不少印象深刻的记忆。其中之一，在许多的乡村小镇，游人如织。印象中，我们到过的每一个村镇都特色鲜明。比如格雷特纳·格林（Gretna Green），它既以铁匠铺的历史闻名遐迩，也以婚姻自由（逃婚）而名满英伦，二者彼此融洽。据说从1754年开始，不断有来自各地的新人在这儿举行婚礼，至今已有二百六十多年的历史。

那里流传着这样一段故事：一对英格兰未成年的情侣，非常相爱，可又尚未达到法定年龄，于是他们私奔到了苏格兰的这个偏远小镇；小镇上的老铁匠不仅收留了他们，还为他们证婚，为他们打造了戒指。这一历史故事从此成名。好多的游客，男的，

英伦，我轻轻的…… 195

女的，老的，少的，都去；去憧憬，去办婚礼，还有去缅怀，去那儿拍照、摄影，有好些感人的场面。

乡村中表现爱情自由和铁匠故事的艺术作品

乡土的平静、洁净、抗争、自由，都没有改变日常生活和世俗伦常；雏鸟在窝里睡着，它不明白世界发生了什么，它有自己的未来，未来它是否也要去争取它的爱情呢？

嘘，别去打扰它，让它睡吧。

面对这个偏僻的乡村，我就想，爱情的海枯石烂，要是能惊天动地，那就般配了。看看经典文学作品中那些爱情故事，大多如此。

我也想，爱情的浪漫情调，若要有艺术美化，那就完美了。在英国，"艺术介入乡村"的工作看来做得不错。

艺术家的创作似乎并没有那么刻意，只是扣住"爱情+铁匠"就好了；不需太大的工程，不需太多的资金投入，没有太多吵闹，最重要的是，尊重当地农民的意愿，尊重历史的原真性。

我国正在实施乡村振兴战略，艺术（家）介入乡村建设，其势跃跃。英国的格林村或可借鉴。

英国的贵族庄园大多在农村。我们的行程中还真有几次在乡村贵族庄园住宿的安排。在霍林斯万豪酒店及乡村俱乐部（Hollins Hall Marriott Hotel & Country Club），巧遇当地人举行婚礼，人们身着礼服，端着酒杯，惬意闲适，笑容可掬。他们在享受着仪式的庄严、婚爱的甜蜜时，也享受乡村的淡雅、田园的静谧。

在乡村俱乐部，我看到了当地农民使用过的生活用具被摆放在展示柜里，是装饰、展示、摆设、符号，或许都有吧。我想，最重要的还是纪念和记忆。它们是"我们"的过去，"我们"是从过去来的；没有过去，就没有现在；"我们"感谢过去，"我们"感动于过去。

霍林斯万豪酒店及乡村俱乐部

俱乐部里摆放的乡村"文物"

从人类文明的变迁轨迹看，农业与农村并不是工业与城市的"前阶段"，二者不仅并行，而且互相滋养；尤其对于像中国这样的传统农耕文明更是如此。中国古代以"社稷"代表国家。什么叫"社稷"？"社"就是祭祀土地，"稷"是粮食的总称。以今日的话说，就是"在土地上耕种粮食的国家"。在这样的农耕文明传统中，农本、重农从古至今，从未断过。几乎所有帝王、政治家——无论他们在治理国家的政治方略上有何不同，这一点却是共同的。因此有了"农正"之说，"正"就是"政"，政治。也可以这么说，在中国，头等重大的事务、政务就是"农"。

可是，令人费解的是，我国的"三农"迄今仍然存在着许多亟须解决的问题，我们"扶贫"对象的主体仍然是农民。令人感到欣慰的是，我国现在正在进行"乡村振兴战略"，我认为，这是一个伟大的决策。

英国农村的历史和故事，既否定了那些似是而非的数据假设，也是对我国当下人为的、运动式的城镇化工程的一个警示。

"美丽乡村"原本就有，英国有，中国也有，重要的是如何守护。

自然优先

在这个世界上，两样东西最重要：自然和文化（nature & culture）。在这两样东西里，自然更重要；文化则是遵循、服从自然的产物。所以，自然优先的原则是天底下的最大原则。"自然优先"不是口号，而是落实在日常生活中的。

人是自然与文化的孪生子，但仍然是"自然"在先，"文化"在后。说到底，连人都是自然的产物。"人"只是自然物种中的一类，叫作"人类"（man-kind）。人类与其他"类"共同生存、生活在一起——虽然，在不同"类"的生命链条里。今天的人类独大，那是后来的事情，先前不这样，先前的人类还是比较低调，卑微。

永远记住，在自然这一巨大的银幕上，人类与其他种类上演着"生命共同体"的生动画面。今天的人类，要经常拿着锤子敲打自己的脑袋，不断地提醒自己："不要太老大，不可太独尊。"

曾几何时，远古时代的人类非常渺小——不仅自视渺小，而且实在渺小。"自然"在人类面前成为一个巨大的威力、威慑和威胁：电闪雷鸣，狂风暴雨，山呼海啸，天崩地裂……于是，人类建构了一个巨大的"神话"——把自然"神化"——因为自然的可怕和人类的害怕。所以，神话中最大的"神"大多是表现自然威力的神。古希腊神话中的主神宙斯，是雷霆之神，也是天神。哈迪斯为冥神，掌管地下的冥府。波塞冬为海神，掌管海洋。

曾几何时，人类并没有把自己抬高到超出其他生物种群的高度，而是与其他生物相互依靠，平等互惠，甚至不分彼此。最有代表性的观念是，人类把某些动物、植物视为"亲属"，借用人类学的概念就是"图腾"。"图腾"是印第安人的方言，意思是我们的"亲属"。人们将那些动物、植物当作自己同根同源的"亲属"。

到了近现代,人类出现了自视"高级""高贵"的生物性膨胀。同样的"自然"成了人类征服的对象。今天,这种情况到了不"自省"便无法"自救"的地步。电影《阿凡达》所表达的正是人类的自我反思:"自大"的人类凭借高科技,到"潘朵拉"星球去采集贵重的矿石,侵入原住民的家园。人类不仅掠取矿石,还驱逐原住民离开自己的家园,冲突于是无法避免。结局是:人类被人家踢回地球。

"道法自然"是中国智慧的集中表达,以今天的话说,道就是遵循自然法则;"道"也是自然。"自然"在这里比起西方的观念有了更多的意义。在哲学上,囊括了本体论、认识论和方法论的多层内涵。

英国人似乎挺明白这番道理,在他们自己的家园,自然优先原则比比皆是。温德米尔湖区(Lake Windermere)就是一个例子。在那里,人们随处可以看到这样的场景。

动物与人类

温德米尔湖区国家公园

自然优先的原则还藏着一个亚原则：保持"原生态"，尽量减少人工的因素；保持"荒野"（wilderness），让我们的子孙后代有机会接触原始的自然状态。这也是"国家公园"（National Park）的原则。"国家公园"不是指某一个国家的公园，是联合国向全球推广的一种自然遗产保护方式。

温德米尔湖区面积八百八十五平方英里，1951年被划归为国家公园，是英国国家公园中最大的一个，也是英国最受欢迎、世界知名的湖区国家公园（The Lake District National Park）。湖区顾名思义，是湖群遍地，这里大小一共十六个冰河湖，冰河流动时的巨大力量切割着岩石，造就了人们今日所见的地理奇观。湖区也是人文荟萃的地方。

最享盛名的是"湖畔诗人"。湖区是英国著名文学家、诗人华兹华斯的故乡。这里成就了英国19世纪的一个重要的流派——浪漫主义，也就是"湖畔派诗人"（The Lake Poets）。代表人物是华兹华斯、柯勒律治和骚塞。华兹华斯纪念馆就在湖区的安伯塞德镇上。湖畔派诗人在湖区居住过多年，写过不少以自然为背景的田园诗，表达了"回到大自然中去"的理想。虽然，在当时的文学界，有些人把他们这种回归自然的诗歌视为"消极"，但终究没有影响他们在历史上的地位和声望。

这道理非常简单，自然是人类的母亲，有谁会对赞美自己的"母亲"有异议呢？

湖畔诗人回归自然的诗情，仿佛以诗入画。读读华兹华斯《咏水仙》中的句子：

> 我孤独地漫游，如一朵浮云，
> 在山丘和谷地上飘荡；
> 我恍惚看见那一簇，
> 金色的水仙花迎春开放；
> 在树荫下，在湖水边，
> 迎着微风翩翩起舞。

"水仙"的神话寓意在西方是独特的，表示孤芳自赏的情结。古希腊神话中的水仙花，成为后来人类寻找的"自恋"原型。

童话作家碧翠丝·波特（Beatrix Potter，1866—1943），16岁时与家人第一次来到湖区度假，从此爱上了这个人间仙境，她不但常来此地度假、寻找灵感，甚至定居下来。她就在温德米尔的农场上，创造出举世皆晓的童话《彼得兔》(*The Tale of Peter Rabbit*)。此外，还有一大批哲学家、艺术家、建筑设计师云集于斯，感受大自然的馈赠，创造出伟大的作品。

自然状态和人工状态不一样。今天，当人们浸淫于类似"人工智能"这样的伟大作品中洋洋自得时，我总觉得仿佛生活中人们在手机里欣赏自己被P过的"倩照"作品一般。其实，在自然的眼里，那不过是"欠揍"作品。

人工的东西可以好，可能很好；但是，自然永远最好！自然的状态最为高贵。

贵族，高贵？

说起"高贵"，英国算得上是一个有高贵传统的国家，因为贵族处在英国等级社会中的"高处"——这是最为脑残，也是最直白，又是最透明的解释。

什么是"贵族"？"贵"字当先。《广雅》这样解释："贵，尊也。""贵"中有一个"贝"，意思是以珍贵、尊贵的物比喻尊贵的人。《辞源》说得更直接：显贵的家族。简单的五个字，却并非三言两语可以讲清楚。其中直接的原因是，现在中国社会里已经没有贵族，老百姓在日常生活中没有机会观察和体会。

去英国，少不了感受贵族气派和气势，浸染西人的贵族风范。虽然，英国的贵族，无论在传统的制度上，还是表现形态上，都复杂得令人头晕目眩。一般的英国人也未必摸得太清楚，中国人更是雾里看花，只见得一座金字塔隐隐地在高处放着光。

这座贵族的"塔尖"当然是王室。王室的首脑是国王或女王（包括王太后）（King/Queen）。接下来是王室的后代和家属成员，通常被统称为 Prince/Princess。传统上，君主的长子会被册封为威尔士王子（Prince of Wales）和康沃尔公爵（Duke of Cornwall）；次子被册封为约克公爵（Duke of York）。

非王室成员的贵族形制，主要是爵位制，即传统世袭贵族"公、侯、伯、子、男"五爵。之所以说是传统爵位，因为现今社会国王／女王很少再册封新的世袭贵族了。这些不同的爵位有复杂的历史渊源。比如公爵（Duke/Duchess）在历史上多指开疆元勋，以及有着卓越战功的统帅。不同的爵位与以下的因素有关，包括领地、公国、世袭、册封等。所以，在许多称谓、书信的开头，会直接或间接地使用"Lord + 姓"或"Lord + 地名"。一般来说，那些显赫的贵族都有自己的族号、徽号，有些城堡、庄园，甚至信笺也都有徽号和特殊的纹样。

贵族大致又可分为终身制和非世袭制。终身贵族——比如五等爵位贵族是传统的世袭贵族，不过最末的"男爵"也是非世袭终身贵族的册封爵位。终身贵族是根据相关法案设立并确定的。贵族中也有所谓的"平民贵族"，主要根据其在特定、特殊的领域取得了卓越成就，可以被提名授予。

在英国，每年有两次册封贵族的机会，一次是在君主生日，一次是在新年。英王册封终身贵族，一是为了表彰具有突出贡献的人士，二是为了让某些人士进入上议院。

英国贵族中的勋衔制度也很特别。英国勋衔可以分三大类：一是皇族勋位（royal orders），赐封予皇族或最高级的贵族；二是贵族勋位（noble or family orders），赐予一般贵族；三是功绩勋位（orders of merit），赐予有重大贡献的人士。不同的等级又有各自的着装，特别在仪式场合。

受封人正式称呼一般把Sir置于姓名之前，即使是原先并无世袭爵位。比如弗格森（Alexander Chapman Ferguson），自1986年他出任曼联主教练，在之后长达二十七年的时间里，弗格森率领曼联夺得十三次英超联赛冠军、两次欧洲冠军联赛冠军、五次英格兰足球杯冠军等三十八项冠军，特别是在1998—1999赛季帮助曼联实现"三冠王"。1999年，他被英国皇室授予下级勋位爵士。人们称呼他时需在他的姓名之前加Sir。

去到英国，少不了参观那些庄园、城堡、封地，它们娓娓诉说着贵族过去和现在的故事，昭示着贵胄的社会地位和等级。在贵族当中，最大最尊者，当然是皇室家族，去到温莎城堡（Windsor Castle）便可了然。

温莎城堡是英国温莎王朝的王室家族城堡，也是现今世界上有人居住的城堡中最大、等级最高的一个，伊丽莎白女王的很多周末就仍在那里度过。游客只要看到城堡圆塔上的米字旗，便知道女王不在城堡内居住；而圆塔上插的是女王旗，则说明女王正在城堡内居住。许多皇家重要活动也在这里举行，重要的外宾也在此被接见、接待。

看完温莎城堡，再去看查茨沃斯庄园（Chatsworth House）。

查茨沃斯庄园又称"达西庄园"，因简·奥斯汀的文学作品《傲慢与偏见》而闻名于世。人们相信作家就是以达西庄园为原型创作的，所以相关影视作品都在那儿取景。庄园始建于1552年，查茨沃斯庄园就是德比郡公爵的庄园。在16世纪至19世纪的四百年中，经过许多著名园艺师的精心设计和建造，达西庄园成为英国最美的庄园之一，成为英国文化遗产的一个典型。也因此，查茨沃斯庄园多次被选为英国最受欢迎的贵族庄园。庄园内收藏有众多珍贵古董、文物、家具，还有一批17世纪之前欧洲画家的绘画、雕塑、书籍等。

这一天，女王不在　　　　　　城堡里女王一家的照片

这些城堡、庄园其实不过是历史留给今天的遗产实物，至于贵族体系中的等级、分封、世袭、授勋，等等，复杂非常，现在的中国人，除非专门研究那一领域的专家，怕是很难弄得清楚。一般的"攻略""简介"，只及皮毛。

有一点需要特别强调，英国的贵族气派并非只体现在财富、名分、奢侈、豪华等方面，更重要的是责任和担当，这一点非常

达西庄园的楼道　　　　　　庄园内的雕塑艺术收藏

重要。在英国的历史上，凡遇到国家危难、战争，需要保卫家园的时刻，贵族大多冲锋在前。这样看起来，贵族也不是那么好当。

对于贵族和贵族遗风，我想说的并非这些收藏、摆件、气派、历史和故事，而想发问：是否只有贵族才能够显出高贵？至少，我不这么认为。接下来的发问是：我们中国人如何体现高贵？

是的，当代中国已经没有了贵族，却并不妨碍我们可以体现高贵。如果贵族是"遗产式"，那么，高贵则是"人格式"。中国人虽然已经断了贵族传统，人们只能从古文典籍、电视电影中去了解历史上贵族的风范，却仍然可以在现实中以人格的方式体现高贵。今天的"土豪"缺的不是鼓鼓的腰包，正是高贵的尊严。穷人也可以有高贵的尊严！

我建议"国家哲学社会科学规划办"可以设一些类似的课题，宣传部门也可以通过媒介，特别是电影、电视，宣传、发扬经济发展中我们国家、人民的高贵气势与气派，也可以选择一些中国传统中今天仍然适用的仪礼、仪式，恢复"礼仪之邦"的高贵气象。中华民族的伟大复兴绝不应仅仅体现在经济上，也要呈现于各个方面，包括"高贵"。

"高贵"不是"做"出来的，要在许多情境，如礼仪礼节、行为举止、风度气派、待人接物、生活规范等方面体现出来。

保留仪式

"仪式"与传统，包括与贵族传统有密切关系。社会和传统的变化时常可以在仪式中清晰地瞥见。英国学者埃里克·霍布斯鲍姆（Eric. Hobsbawm）在他的《传统的发明》一书中，开篇就语出惊人，认为"传统"是"发明"的，并阐明是如何被"发明"的，而仪式成了用来解说"传统"的开场白：

> 英国君主制在公共仪式中的盛观显得是如此古老，并仿佛与无法追忆的往昔紧密相联，在此方面没有任何事物能与之匹敌。然而，现代形式的这种盛典事实上是19世纪末和20世纪的产物。那些表面上看来或者声称是古老的"传统"，其起源的时间往往是相当晚近的，而且有时是被发明出来的。……"被发明的传统"意味着一整套通常由已被公开或私下接受的规则所控制的实践活动，具有一种仪式或象征特性，试图通过重复来灌输一定的价值和行为规范，而且必然暗含与过去的连续性。事实上，只要有可能，它们通常就试图与某一适当的具有重大历史意义的过去建立连续性。……我们认为，发明传统本质上是一种形式化和仪式化的过程，其特点是与过去相关联，即使只是通过不断的重复。

上面所说"传统的发明"的开场就是类指皇家礼仪。今天，这些仪式已经成为游客了解皇家贵族传统的重要内容。如果有人说要看"传统"什么的，最好的方式，就是领他去看仪式。为什么呢？因为仪式是一个传统的"贮存器"，它把传统中最重要的东西都收藏、收纳在里面。

任何社会总是需要秩序来维持，人们熟知的暴力、专政、法律、规章等都是用于维护和维持社会秩序的。但是，那些方式和手段太凶、太暴力。人类学家费孝通先生在《乡土中国》里把国家的这些权力说成"横暴权力"。这种权力的最大特征，就是强制性，没得商量，必须遵照执行。

仪式也能用来维护和维持社会秩序，而且也有强制性；只不过，看上去温柔得多。为什么仪式有社会控制的性质和能力呢？因为仪式原来就是一种根本没法抗拒的活动和形式。大多数与你、与我有关，人们难以置身于外。仪式分明就是一把"软刀子"。

具体说来，仪式的强制性有几个特点。第一点，大多数的仪式都是特殊历史时期留下来的，约定俗成的活动，属于同一个社会（社区）的成员就必须参与和参加这些仪式。比如在一个村子里，以前结婚都要办喜宴，村里的家族代表、房族代表都要参

白金汉宫皇家卫队换岗仪式

温莎城堡岗哨前皇家卫队

英伦，我轻轻的……

加。传统的乡村里结婚不要结婚证，靠什么来"公证"？喜宴。办喜宴就是一个古老证婚仪式。如果你是村里人，又是家族代表，你要是不去参加，以后你家族里的人就不要结婚了。虽然这些都没有写进法律条文，但强制性一点不弱。

第二点，仪式是建立权威、声望的最佳方式。所以，一般的政治家，都很懂得如何利用和借用仪式。比如组织重要会议、活动，座位怎么摆，谁组织，谁主持，谁露脸，谁讲话。在传统的村寨里，平日里那些族老、寨老、头人、族长、巫师、祭师等大多也都是农民，平常他们在田地里干活，外人看不出什么差异，一旦到了仪式场合，就可以看出端倪。比如那些祭天、祭地、祭祖宗的仪式，会帮助产生精神或人格上的特权和权威，甚至经常被赋予特殊的精神或神圣的力量。无论是获得与神交通的特殊能力，还是拥有仪式场合中的神灵性，常人都不容抗拒。

第三点，仪式一旦形成并流传，就构成了社会机制的一部分。仪式既是社会控制的有效力量，又可守护、存续文化传统。

稍微要加一点说明，仪式的"强制性"与国家专政机关的"强迫性"不同。有的时候，仪式的效力还要更猛一些。表面上看，参加仪式遵照的是"自愿原则"。也就是说，你若不去，不会被关进监狱。仪式的强制性还真有那么一点"自愿受虐"的味道——自愿被强制，好厉害！

经这么一番说辞，仪式可是有点"神"了。要不然为什么天底下会有那么多仪式？

还有更"神"的，人类学家说，人的一生是在仪式中"通过"的,那些个仪式由此叫作"通过仪式"。具体地说,人的一生,从出生到死去,随着年龄的增长,每一个重要的阶段都有仪式陪伴你,直到你离开这个世界。人一出生,父母和家人就为之举行仪式,比如"满月""周岁",乡里乡亲都得来贺的。成年了,就要办成年仪式(成丁礼),办完之后,你就算是"成人"了。有些部落还要举行割礼。到了结婚,就得举行婚礼仪式,那是"红喜"。等到死去,人们要办理丧葬仪式,那是"白喜"。仪式就这样陪人走过一世。

我做过仪式的专门研究,懂得仪式的道理。不管是原始部落、乡土村落,还是现代社会,仪式一直都在。只要有人,就要靠着群体生活,就会形成社会,就会有秩序,也就有仪式——否则,社会难以维持下去。

铺垫了半天,让我们去看英式仪式:皇家换岗。

2018年8月31日,我去白金汉宫的外围观看这一庄重的仪式。先是去看皇家卫队的马队,连马都知道摆姿势。原来,仪式

英国皇家卫队

摆pose

"百花齐放"

还有一个特征:"表演"——学者们喜欢用"展演"。

从英国皇家花园后门入场,为了占据一个好的位置,早早就在那儿待着。人山人海,人头攒动,好一番热烈。还要做出庄严的样子,因为那是庄严的时刻。

皇家版花园

皇家公园等待仪式的人群

英国是观摩仪式的好地方,因为它传统,更因为它保护传统。有人群,有社会,就会有传统;但有传统未必能够保护好传统。传统是变化的,即使是英国皇家仪式也一直在变化,只是看上去"很传统"。新的变化,可以是"发明",社会就这样徐徐而进。所以,英国那位学者所说的大抵不错。

中国古代有"礼仪之邦"之谓,仪式自然少不了。古之时,礼仪甚至到了繁缛的地步。对于那些不适用的、不靠谱的、过时的、不能与时俱进的,都可以特殊的方式留存,比如保留在博物馆。在中国建立"中华民族礼仪馆(非遗式)"大有必要,可以纪念中华民族过去的辉煌。至少，可以让我们的子孙后代了解到、观摩到古代礼仪之邦的景致，也可以构成"国学"的有机部分：国学失去传统礼仪知识、礼仪形制、礼仪章典、礼仪规矩、礼仪表演，还能叫国学吗？

另外，未见得所有仪式都不合时宜。其实，什么是"时宜"，没人说得清楚；何况，"时宜"未必好，它还需要时间来检验。英国皇家换岗仪式，没人说得清楚是否"合时宜"；在那里，有就时宜。

对此，我们需要的不是辩，而是保护和恢复。我们丢失得太多太多，令人心痛。

新与旧：被制造的价值

去过欧洲的许多城市，一个明显的感觉，就是在那些城市中，极少看到新的、林立的高楼。伦敦较其他的欧洲国家的首都，似乎新的高楼还多一些，但总的来说仍是少。何以如此？难道他们不喜欢"新的"、现代化摩天大楼？是的，他们不喜欢。伦敦的新高楼大多在设计上以"怪"呈现。

为什么呢？我不是设计师，不知道。但，"新—怪"似乎搅在一起。

在英国许多城市，像约克、爱丁堡，人们难觅新的高楼，清一色矮的旧楼。英国的很多地方，房屋看上去像是危楼，人们洋溢着的却是美意和闲适。约克的肉铺街（The Shambles）

约克的城市景观

是英国迄今为止保存得最完整最古老的中世纪街道，是约克著名的商业街。那街看上去破破烂烂的，鹅卵石铺成的道路又小又窄。因为这条街原来都是肉铺，据说阳光下肉类容易腐坏，所以特意把道路修得狭窄，肉铺街全年基本照不到阳光，夏季十分凉爽。无论是外来游客还是本地人，都喜欢徜徉在那条老旧的小街上。

街道上的店铺都是些精美的个性小店，建筑非常有特色，商业街中隐匿着许多家古董店，对于那些喜爱古董的人来说，那可是"宝地"。

《哈利·波特》电影中的对角巷就在那儿拍摄的。

肉铺街景
(《哈里·波特》取景地)

俯瞰爱丁堡

高与矮，新与旧，都羼入特定和特殊的价值，这看你怎么看。

按说，楼高楼矮，楼新楼旧，也算不得什么，欧洲的有钱人，有教养的，皇室贵族都在庄园、古堡里住着，农村的农民也在老宅、旧屋里住着。那总有个美学理由吧。

说起来，可以罗列的理由还不少。其中有一个理由，欧洲国家大多与悠久、复杂的宗教有着千丝万缕的关系，教堂作为欧洲的城市、乡村中最重要的建筑，在很长历史时段里，必须是城乡中最高的建筑。为什么？说起来挺逗，据说是地上的人与天上的上帝、神的交流方式是靠"天使"。天使像是送快递的，要把上帝的旨意传达到人间。天使从天上飞下来，要找一个高点降落，那个最高点就是教堂的尖顶。所以，教堂的尖顶有点像飞机降落的导航。否则，天使找不到落点，传达不了上帝的旨意，后果可是严重。所以我们在欧洲城乡经常看到的"最高点"往往都是教堂的尖顶。

现代高楼超出了传统教堂的尖顶，问题严重了。这是一种宗教的解释。

另一种解释是历史的解释。旧的、矮的，多半历史久远，历史的价值全部凝聚其中。如果这老宅是先辈留下来的，拆了建新的，也就有了数典忘祖的风险。从皇家建筑到

皇家建筑（温莎城堡年代符号）

英伦，我轻轻的……

乡村的农民宅屋，不少都有年代的标识，"有年头"就是有价值。

在这里，两种权利需要同时赢得尊重：尊重历史和尊重人权。我的美国老师告诉我，在英国，即使你有一栋祖传的老宅，你有权利在房屋内部进行最现代化的装修，但在外观上必须保持与街区的传统风貌一致。如果任意处置，就有犯法之虞。

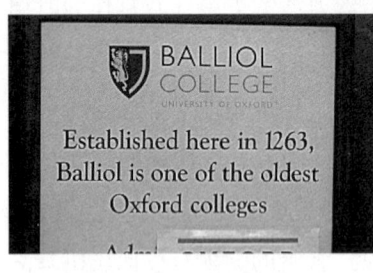 

大学建筑（牛津大学贝利奥学院）　　　乡村建筑的年代符号

在新与旧之间，个人的自由得到有限的尊重。建筑如此，其他的方面也一样。再比如，在苏格兰，穿裙子的男人传统、帅气。穿上就是标志，穿上就是传统，穿上就有认同。

当今之中国，民族复兴，经济发展，文化繁荣，人民幸福。有钱的人，喜欢买新宅，住高楼。这也是一种价值。与英国相比，很难以简单的"好/坏"衡量。我国的经济成就也常常以城市的新楼、高楼作为标志。上海、广州等大城市都这样。而巴黎、伦敦、柏林、罗马等则以传统的、有年头的、有文化积淀的、有宗教背景的建筑为标志。

按说，这也没什么，就像你喜欢吃牛排，我喜欢吃烤鸭；你

穿裙子的男人,帅！　　爱丁堡城堡为游客讲解的老导游

习惯用刀叉,我乐意用筷子。可是,这只是一种权利——乐意的权利。想过没有,那些被"拆"的老屋、祖厝,都是我们的先辈、先祖们创造、建造的,那也包含着"权利"。美国历史短,没有旧楼矮楼;中国的历史长,有。在欧洲与美国之间,我国应该更趋向哪一种价值？

哇哈,艺术

在英伦,无论你对艺术爱好与否,无论你对艺术的造诣有多深、知识有多少,无论你是否有意去观赏艺术作品,只要你不是瞎子,你必定会在很多场合看到各种各样的艺术作品,尤其是绘画、雕塑以及各类收藏艺术。总之,"艺术"总要与你照面,与你直面。

在博物馆,有不少的文物属于艺术范畴:绘画艺术、雕塑艺术、青铜艺术等。虽然，在更小的范围，博物馆专家与美术家会将他们的藏品、作品置于更为细致的学科分类中，并形成各自不同的学科专业和领域。但是，这都是近代分析时代的产物。具体地说，就是因为知识、专业随着时代的发展，越来越细，人们的寿命又没有越来越长，人在有限的生命里不能什么都学，只好"分析"了——把研究对象细化，专家也越来越多。远古的工匠，根本就没有今天的学科概念，也不知道他们的东西会被今天的人放在哪里。

事实上，西方的艺术，比如古典艺术主要是对远古神话、宗教的"摹仿"——西方主要以"两希"（古希腊、古希伯来）文明为主题。其中，"自然"也是一个重要的主题。

在表现方面，绘画和雕塑成为两种主要形式，无论是纯粹的艺术形式，还是与其他形式，比如建筑、铸造、装饰等的结合。

在法国留学时，卢浮宫我去过好几次，看了好几次达芬奇的《蒙娜丽莎》。那个时代，20世纪80年代，改革开放不久，对于

朱庇特与安提娥帕（H.Goltzius 的作品）

水源圣地（Peter. P. Rubens 的作品）

西方绘画艺术，中国的多数年轻人要么是无知，要么也是叶公好龙。第一次是慕名去，看得一头雾水。后来的几次是陪人去，也看得不太明白。都在传颂"蒙娜丽莎永恒的微笑"，我还是不明白那"微笑"怎么

大英博物馆门楣雕塑群

就"永恒"了。"这个留洋学生真是丢脸"，我自己在骂自己。

古希腊帕特农神庙的浮雕

中国商周时代的簋

但是，法兰西的经历使我真正地意识到，到欧洲，无论学习还是旅行，无论你学什么专业，不去看艺术馆是重大的缺失。当然，完全的艺术"白板"，也是重大缺失。

对于艺术，我只是略识皮毛，不敢言专，不敢说深。十几天的英伦旅行，原来的计划中并没有安排一次专门艺术之旅。由于平日里忙，那旅英计划我并没有介入，算是个借口吧。好在上天给了我"纠正错误"的机会。

或许是对我没有专门参观美术馆的补偿，在离开伦敦前的那

英伦，我轻轻的……

个下午，团队安排到英国国家美术馆喝英式午茶。走到那门口，我忽然觉得自己不可饶恕，竟然连国家美术馆都没有想到。为了弥补这个错误，我放弃了丰盛的英式午茶，溜到楼上会见梵高去了。当然还有其他很多很多艺术品，直看到了美术馆要关门。

我的那份英式午茶没有动

走出正门，美术馆前的广场上，各式各样的街头艺术家、当代艺术家在那儿自娱自乐。那些艺术走不进专业艺术的殿堂，却可以养活自己，又自由自在，满足了艺术家们对艺术的喜爱。

徜徉在英国国家美术馆里，惊喜、茫然、错愕、意外纠结在一起，或是对西方美术的知识不够，或是被那艺术殿堂的阵势所慑，或是意想不到的收获，或是真的被艺术所折服，好像都有。反正，去了，就没有遗憾，不欠心债，也享受了。

梵高的《向日葵》

街头艺术也热络

220　生命中的田野

要说在博物馆、美术馆这些地方展览艺术作品，正当其位。可是，除了这些个地方，还有许多地方也都收藏、陈列和展示各式各样的艺术品；特别是在那些贵族城堡、庄园，有大量的艺术品，精美绝伦。

有的时候，看了就受启发。在爱丁堡城堡内的战争博物馆，我看到了大量反映战争的油画作品，都是些不知名，甚至是无名作者，有些就是参战的将士。这些绘画作品算不上经典，有的画面、线条也不够流畅；但是，那些带血的场面，看着令人震撼。

达西庄园的艺术长廊

蓦然就想，我国自古有"国之大事，在祀与戎"之说，是说国家大事，最重要的有两件：祭祀与战争。可是，如果说，我国古代的各种礼器，包括玉器、青铜器等，可以反映"祀"的话，似乎没有留下其他形式的战争作品——除了礼器中的兵器。比如

礼拜堂内的绘画

主人收藏的瓷器艺术品

英伦，我轻轻的……　221

在绘画作品中，就没有留下什么战争的作品——不独文人画中没有，其他的领域亦罕见。这种战争题材的艺术缺失，与中华民族历史多有不符。

在欧洲旅游，第一桩事情就是看教堂。欧洲的大学也是从教堂演化来的，所以教室就在教堂里。当年在巴黎大学索邦分校访学，那教室就是古老的教堂，上下课敲的是教堂的钟声。教堂内的艺术品全都以宗教为背景，以宗教为题材，看着就有肃穆感。

西方的艺术根植于西方历史和传统的土壤，我们注定创造不出那样的艺术作品。反之，中国的艺术受到中华民族历史文化丰沃土壤的滋养，自成一体，西方的画家也注定画不出中国的山水画，塑不出中国的玉器、青铜礼器。艺术走的是"双轨"：不同的民族，既创造出属于自己的特色鲜明的艺术，又在不同民族的艺术中相互学习、借鉴，寻找"共同的语言"。

"他山之石，可以攻玉"，尤其是艺术创作。文化艺术是交流的、采借的，让我们在人类的艺术遗产中相互借鉴。

再见，夏威夷

"晴（情）"归何处？

再次踏上海岛，夏威夷的天，还是那样蓝，海浪依旧不知疲倦地翻滚着，海水拍打堤岸和礁石的声音仿佛是永远说不尽的缠绵话。

街区还是老样子，漫步在夕阳下，微风轻轻拂面，不时听到远处飘来那太平洋岛屿独特的轻柔音乐。在温暖的夕阳下，增添了一种暖意和惬意。

在夏威夷看彩虹，那是非常平常的，彩虹蓦然就挂在天边，予人虚幻感。彩虹是夏威夷的常态，夏威夷州也因此叫作"彩虹州"。

大自然原本就是魔术师，彩虹是他的作品。在中国唐代诗人刘禹锡那里彩虹被绘制成了"东边日出西边雨，道是无晴却有晴"的意象，"晴"通"情"。夏威夷的"有晴（情）"与"无晴

（情）"，彩虹般地演绎出了一幕幕历史的悲喜剧。

夏威夷州是美国唯一的群岛州，首府位于瓦胡岛上的火奴鲁鲁（檀香山）。最早的居民是波利尼西亚人，1778年后，欧、亚移民陆续移来。1795年建立夏威夷王国，1898年被美国吞并，1900年归属美国，1959年成为美国第五十个州。陆地面积1.67万平方公里。夏威夷现在居民结构以欧美白人和日本人居多，其次是混血种人、菲律宾人和华人。

夏威夷的彩虹

州车牌也以彩虹为标志

美国国旗和夏威夷州州旗

夏威夷主要的历史事件有：

1778年，英国航海家詹姆斯·库克船长发现夏威夷群岛。

1795年，夏威夷酋长卡美哈梅哈统一整个群岛，成为国王，自称卡美哈梅哈一世。

1818年，卡美哈梅哈一世因羡慕英国国旗的米字旗图案而将夏威夷王国的国旗绘制成类似英国的米字旗，也是今日夏威夷州州旗的由来。

1819年，卡美哈梅哈一世去世，卡美哈梅哈二世登基。

1840年，夏威夷政府修法将王国制改为君主立宪制。

1843年，英国政府宣称对夏威夷拥有主权。

1849年，法国政府宣称占领夏威夷，拥有部分夏威夷的主权。

1893年，美国基督教传教士率领所有教会成员，推翻了夏威夷王国。

1894年，夏威夷共和国临时政府成立，夏威夷第一个女王，也是末代女王被逼退位，由杜亨任夏威夷共和国临时政府的首任总统。

1898年，美国正式吞并夏威夷。

1941年12月7日，日本偷袭夏威夷的美国太平洋舰队基地珍珠港。

1959年8月21日，夏威夷正式成为美国第五十个州。

世界各地都有自己的地理和风物，只是，夏威夷的地理和风物独特得让人羡慕。夏威夷群岛由太平洋中部的一百三十二个岛屿组成，形成新月形岛链。夏威夷岛是其中最大的岛，所以直接称为"大岛"，免得把"夏威夷群岛"和"夏威夷岛"混乱了。也就是说，夏威夷岛是指其中最大的一个岛，夏威夷群岛则是一百三十二个岛屿的统称。

夏威夷属于海岛型气候，终年都有季风调节，每年温度约在26℃—31℃。当地的导游告诉我们，世界上共有十三种气候，夏威夷就占有十一种，口气很"权威"的样子。这难怪，导游像老师，讲什么口气都"权威"，不然谁信啊。

总之，夏威夷气候多样。两周内，我们体验了好几种。我十八年前是夏季去，此次是冬天去，感觉差不多，白天可下海游泳，晚上增一件外套。没有闷热，没有低气压。降水量受地形影响较大，各地差异悬殊，森林覆盖率近50%。

由于独特的地理气候优势，夏威夷成为世界上著名的旅游休闲度假之地。夏威夷州主要产业是旅游业和农业，但产业变化剧烈。农业曾经是当地经济的支柱，生产甘蔗、菠萝、咖啡、香蕉等，而随着旅游业的发展，当地农业出现了向旅游业转向的趋势。

夏威夷的珍珠港是美国太平洋舰队司令部所在地。太平洋舰队是美国在亚太地区的主要军事力量，其辖区范围包括整个太平洋、印度洋海域，约九千四百万平方英里，下辖有美国海军第三、第七舰队，是太平洋上最强的海军力量。

夏威夷群岛是由火山喷发而成，大岛上有两座活火山，我们去了，感受"活火山"的奇异：那"活口"冒着黄烟，挺瘆人的；烟散发着硫磺味，挺熏人的。在大岛，我们也触摸了当年火山气势磅礴喷发时遗留下的痕迹。那火山的岩浆石上竟然还长出一棵树，挺昂扬的，令人肃然起敬。生命何等不容易！抬头眺望，远处是覆盖着白雪的山峰，坚石板的小道上还隐约残留着夏威夷原住民的脚印。这是什么样的自然奇景，什么样的人文景观！

夏威夷景色

十八年前，我在加州大学伯克利分校（UC Berkeley）访学，假期曾经携夫人游历过夏威夷。此次再访，仿佛故友新识，若彩虹，有情？无情？欲说还乱，欲辨还幻。

"拥挤"的天堂

夏威夷素有"旅游天堂"之称。既然是旅游天堂，满世界的

再见，夏威夷　227

游客都要来，趋之若鹜。这很正常，谁不愿意到好玩的地方去？旅游没有错，游客没有错，可是，"天堂"很无奈。大家都要来，好拥挤啊。夏威夷似乎"错"了，不是错误，是错乱。旅游让天堂变得有点气喘，有点气虚。

为什么？"移动性"惹的祸。今天，当看到每一个人都拿着一部手机（移动电话），我们似乎才突然明白过来。都听说"全球化"，都听说"地球村"，大家都在一个"村"里，能不拥挤吗？只是多数人还不太清楚那是什么。让我来告诉大家：就是移动性（mobility）来了。就像大家都带着"移动电话"，上洗手间都带着。"移动"离不开你，离不开你的生活，离不开你的思想，你更离不开"移动"。现在的中国人好像更依赖它，无论什么人，手上都拿着一部"（移动）手机"，很奇异的景观。

学者归纳了"移动性"出现的五种"图景"：

一、族群的图景（ethnoscape）。不同的民族、族群和人群，包括移民、难民在全球化的背景下出现大规模的移动现象。

二、技术的图景（technoscape）。科学技术作为一种技术性工具和概念已经在全球化的经济和文化活动当中扮演了一个无以替代的重要角色。

三、财金的图景（finanscape）。全球资本的流通。当代社会是一个经济商品的社会，在这个社会中，任何东西都可以通过财政手段和经济活动进行交易和交换。

四、观念的图景（ideoscape）。政治理念和文化观念融合加剧，特别是以西方为主导的社会价值体系和观念形态借助全球化的流动进行的传播和互动。

五、媒体的图景（mediascape）。通过互联网以及各种传媒和传播手段，包括报纸、杂志、电视、电影等广泛传播信息。

在我看来，上述几种"移动"都是表象，真正厉害的是，当"移动性"成为一种新的社会属性，人们的思维、认知、表述、交流以及获取知识的渠道全部随之发生变化，而它们全都呈现在日常生活之中。就像今天的人们出门不要带钱包，只带"移动电话"就好了；因为，那是一个"移动钱包"。

移动性最为直观的社会现象是人群的移动，最有代表性的活动就是旅游。大众旅游（mass tourism）一旦到来，"拥挤"就成了它的"伴娘"。天堂更不例外。明白了，就释然了。面对拥挤，学会不着急。我们要这么想，连自己都加入了旅游大军，开着车满世界跑，那世界能不拥挤吗？

既然夏威夷是旅游"天堂"，人们想来，钱也就来了；在经济社会，人们对钱情有独钟，"人鬼情未了"。当地数据告诉我们，夏威夷年均游客量达七百多万人次，而瓦胡岛则是旅游业集中地区。游客来天堂是要带钱来的，旅游就是花钱。夏威夷的银行做出这样的计算：游客在夏威夷旅游支出的波及效应为二，即游客每支出一美元，当地的总产值就增加二美元。这算术怎么算？我的算术底子差，算不过来，"一"怎么就"二"了呢？反正，根据当地数据，夏威夷旅游收入占当地生产总值的60%，这也使夏威夷的经济增长率始终高于美国经济的平均增长水平。

知道了，那是"天堂规则"。有什么办法呢？又不是我请你来的，是你自己要来的。"天堂规则"就是横！

十八年前，我第一次来夏威夷的时候，在檀香山的怀基基海滩（Waikiki）还没有那么多人。由于那是个"婚礼"圣地，满大街跑的都是用于婚礼的豪华长车。十八年后，这种景象已经不再，婚礼车少了很多。估计是那车太长，"添堵"，搞得新人心堵吧，不知道；反正我们从机场到酒店，那车堵得闹心。

旅游是个怪物，有点装腔作势，常常逼得其他传统的产业调整。其实，就在20世纪中叶，夏威夷还是一个农业州。夏威夷独特的气候，适宜甘蔗的生长。群岛三分之二的土地都用于种植甘蔗，制糖业也特别发达，产量能达到美国每年食糖总消费量的10%，因此也被称为美国的"糖岛"。

可是，今天这种景象已经不再。农业毕竟不如旅游业好赚钱，至少不如旅游业那样赚钱来得快。糖再"甜"也不如旅游带给社会快速的财富增长来得"甜"。于是，许多传统的农业改造成为旅游休闲地、酒店、餐饮。在茂宜岛，我们参观了一家由原来著名的制糖工厂"改造"成的旅游休闲会所，这一"文化创意"案例非常成功，只是感觉上有点怪。

以前我们都把机械工业看作历史上了不起的"革命"，到了这里，眼前所呈现的是糖厂机器全部都被拆解、分解为旅游休闲会所用的"建材"。哈哈，耳目一新。"工业革命"被旅游"革了命"。从旅游的"文化创意"看,成功!从产业命运来看,悲催!夏威夷农业就这样被挤兑得支离破碎。现在的夏威夷农业就是一幅凄凉的景象,土地荒芜,黑土地长满了杂草;农民进了餐馆,跑上街头卖旅游纪念品。虽然,这样的景观好看,但这样的景观我并不看好。

试想,农民不种地,去餐馆"端菜",那什么人"种菜"?你懂得旅游赚钱快,难道我就不懂么?没有了农业,喝西北风啊?联想到自己祖国正进行的"乡村振兴"战略,我只给一个字:赞!

其实,旅游经不起风浪。它除了带给社会财富外,也带给人们危险、烦恼,甚至灾难。旅游业就是一个这样的脆弱产业,任何时候,任何地方,任何风吹草动,伤害最大的莫过于旅游业。世界上只要有什么"灾难",无论是天灾还是人祸,最受伤的就是旅游。所以,我们国家的旅游业一定要做好旅游"预警"工作,要有专门的学术团队做这样的预测和防范研究。此外,我还有一个建议:去读读彭兆荣教授的《旅游人类学》。

移动性带给了世界大众旅游,最重要的它还带来新的社会财富、经济利益上的不平均,特别是旅游目的地民众与"当局—老板"在分配上完全不是一回事。在夏威夷岛,我看到了路边搭起的原住民帐篷,问其故,导游说,他们是在抗议政府的旅游开发政策,已经长达半年之久。

我未及了解此事详情,却可以体认原住民的苦衷。毕竟我研究旅游人类学超过了二十年。

原来的糖厂改造成了旅游休闲会所

我们设身处地地想一想：对于原住民来说，夏威夷是"我的家"，我是主人；游客来到"我的家"，游客是客人。可是，有谁在请客人来的时候，不征求主人的意见啊？有谁体谅那么多的"客人"来到我家，影响了我的正常生活，耗损我的财产，破坏我的文化资源，而在最后利润分成时，主人分得最少。那公平吗？那主人能不抗议吗？

原住民搭起帐篷抗议旅游发展

旅游，请多多考虑东道主——当地民众的意愿和利益。

库克船长

有一种说法，夏威夷是英国库克船长"发现"的，他最后也是死在了他的"发现地",也就是夏威夷的可爱岛(Kauai)。这故事听起来不"可爱",挺诡异。

迄今为止,库克船长之死仍是个"谜",一直托举着人们的"好奇感"。当然,作为历史事件,它也成为学术界的一个焦点。一种较普遍的说法认为,夏威夷人把库克当作"神"(夏威夷土著传说中的"罗诺神"),却又以极其残酷的方式杀害了他。对于这样的历史事件,人类学家萨林斯说得娓娓动听。

我们知道库克船长在英国历史上是一个家喻户晓的英雄。他是一个探险家,一个继哥伦布、麦哲伦之后的航海英雄。在他的三次南太平洋探险过程中间,"发现"了我们现在所知的很多地方,包括澳大利亚、新西兰、夏威夷等。当1779年2月他第二度到达夏威夷的时候,被夏威夷的土著残酷地杀害了。杀害到什么地步呢?几乎把他肢解。随同库克船长的水手们、船员们试图抢回库克船长的尸骨,可是连完整的尸体都没能得到,最终只抢到了他的一片小小的骨头带回英国。

这是一个听起来很残酷的故事。但奇怪的是,当库克船长第一次到达夏威夷的时候,夏威夷的土著对他是非常崇拜的。我看过跟随库克船长一起去南太平洋探险的海员所写的航海日记,其中有这样的描述:当库克船长到夏威夷的时候,船还没有进岛,当地的岛民就像迎接神一样,纷纷跳到海里,甚至怀孕的妇女都向浅海跑去迎接他。

也就是说夏威夷土著是把库克船长当成他们的一个神来膜拜,但是恰恰又以最残酷的方式杀害了他。杀死库克船长之后,当地的土著又把他作为神（罗诺神）来祭拜。

这与一个流传在波利尼西亚的夏威夷土著社会的神话传说有关。罗诺神是当地土著神话传说中最重要的神，他不仅具有伟大的神性，而且是夏威夷社会的所谓"神—王"（God-King），又是神，又是王。这也是夏威夷土著的英雄祖先传说。

根据萨林斯的分析，崇拜他而杀他的行为与原始思维有关。世界上有很多原始部落大概都有这样的情形：在他们的观念中，部落社会是否兴旺、是否发展是与他们的国王，或者是部落酋长的身体状况以及生死联系在一起的。如果国王、酋长的身体很好，具有旺盛生命力（包括非凡的性能力），长得英俊高大，就表明他们的部落社会能够繁荣发展；如果这个头人出现了疾病，出现了衰老、性能力下降，就意味着这个部落要走向衰亡；就要举行一个仪式，把老国王杀掉，然后迎来一个新的国王。

这其实是"动物王国"的一个摹本。我们去看一下动物世界，特别是哺乳动物，就会发现其中的奥秘。比如在狮子王国，一只雄狮要成为狮王是很不容易的，它必须与其他的雄狮进行不懈的厮杀、争斗，当它把其他试图夺得王位的雄狮打败后，才拥有了狮王的"宝座"。而后它会以尿液"划"出王国的领地，那些母狮也成了狮王的"嫔妃"。可是，狮王这个位子时时刻刻要受到周围其他年轻公狮的觊觎和威胁，当狮王老去力不从心的时候，就会被其他更年轻的狮子杀死，或者被赶下王位的宝座，新的狮王便由更年轻的狮子取而代之。

人类原始社会的"杀老"现象表面上看与"动物世界"具

有相似性。我们看一下早期人类学家弗雷泽的经典著作《金枝》，其中有一个原型主题就是所谓"杀老"（killing the old）。可以看到在世界各地有很多部落实行的正是这样一种规则，或者说，人类在原始时期实行类似于动物王国的规则的现象是很普遍的。

库克船长的到来在当地的神话叙述中正好符合了作为一个新的国王到来的条件。夏威夷是一个海岛，传说中他们新的神将从大洋的尽头乘坐着大铁鸟来，而且这个人长得特别英俊高大，长得很奇特。库克船长第一次的到来正好与当地神话的叙事相一致；他被土著当作了神。而他第二次的到来却是违背的，就杀了他。这样，历史就与神话搅到了一起，把神话变成了现实：土著把库克船长当作神而又杀死了他。

无论萨林斯的分析是否有道理，真实的历史是这样的：1776年7月，库克船长率领"决心号"和"发现号"等船队从英国的普利茅斯港启航，"发现"了南太平洋诸岛。1777年船队再次考察了新西兰、汤加和社会群岛后，向北美洲航行，于1778年1月来到夏威夷的可爱岛。库克船长惊奇地发现，岛上的居民是波利尼西亚人，与南太平洋的岛民极其相似，显然属于同一个人种。按照《詹姆斯·库克和太平洋的探险家》一书的说法，对于库克船长的到来，夏威夷当地土著表现得异常奇异："他们显然从未见过白种人；他们之中的许多人好像认为库克是个神灵，不管是什么时候，只要他从旁经过，他们就会匍匐在地，叩首掩面。"为什么会出现这样的情形呢？

因为传说中曾提到在某一个神圣的时刻，罗诺神将是从大洋尽头出现并来到岛上的。库克船长来到夏威夷诸岛的情况恰好与神话叙事中罗诺神的出现方式和巡游时间相吻合。直到1779年1月17日，当库克船长因为船只被风暴（恰恰也是神话中罗诺神一年一度离开后应有的风暴）损毁被迫再一次返回夏威夷时，被当地土著仪式性地"杀"死（因为库克船长再次返回不符合神话，此时已经是属于国王的统治时期，罗诺神必须走，必须死）。

不过，我两次寻访夏威夷，询问相关的话题，得到的回答并不一样。当地有一种说法，说是库克船长第一次到夏威夷时，人民是很拥戴他的，把他奉为神。白人来了以后，当地民众不知得了一种什么病，死了很多人。所以，当他再次来到时，就把他杀了。

还有一种说法，说是夏威夷人原来生活在一种类似原始共产主义的状态，不存在"偷"的概念。当库克的船队在岛上维修的时候，夏威夷土著会把白人的东西"拿走"，而在英国人眼里却是"偷"，于是开始惩罚当地人。这样的情形确有历史记录，《詹姆斯·库克和太平洋的探险家》一书中有这样的记录：

> 从人类学角度看待波利尼西亚人的这种偷盗行为，如果被偷盗的东西确有价值，库克就派人拿回来，仅此而已。如果那个坏蛋拒绝归还所偷的物品，库克便将财产（通常是独木舟）没收，保留到被偷盗的物品送回来为止。实在不行，这位船长就把一位有影响的岛民请到船上充作人质，岛民们

什么时候把偷的东西送来，就让他什么时候回去。但是，库克船长后来开始诉诸体罚了。在偷盗继续发生的时候，库克亲自用枪打伤一位岛民。

而按照当地人的一种说法，作为报复，土著在库克船长再次登岛时，便把他杀了。

其实，夏威夷还有关于库克船长的其他版本，我没能搜集完备。

"库克船长"作为英国人，作为探险者，作为航海家，这是准确无误的；他是西方文明的"英雄"，这也是毋庸置疑的。可是，对夏威夷人民而言，他是殖民者，这是准确无误的；他是入侵者，这也是毋庸置疑的。

重要的是，库克船长是英国殖民时代的"英雄化身"。我是这样总结的：历史上的殖民政治有一个最大的特点——我的东西是我的，你不能拿走；你的东西也是我的，我可以占有，也可以拿走。你要是不让我拿走，我就用武力征服你。这就是殖民主义的"游戏规则"。

对于同一件事情，不同的人、不同的时代、不同的背景有不同的看法，这很自然。只是人类学研究需要具备处理一个历史故事不同版本的本领，把它说明白，说圆，说得有启发性，就可以了。毕竟，那是"神话的真实"。

既然夏威夷与库克船长有关，去了，大抵是绕不过这个话题的。

珍珠港，珍珠港

夏威夷曾经发生过一个惊心动魄的故事，全世界都知道，都记得；那故事发生在"珍珠港"——一个具有"世界记忆"的地方。

珍珠港是夏威夷瓦胡岛的美国太平洋舰队的所在地，位于日、美之间的太平洋东部，距日本约三千五百海里，距美国本土约二千海里。1941年12月7日清晨，日本海军的航空母舰舰载飞机和潜艇突然袭击美国海军太平洋舰队和机场。偷袭致使美国太平洋舰队损失惨重，阵亡二千四百零三人，受伤一千二百五十人，"亚利桑那号"沉没，"内华达号"战列舰搁浅。

攻击过后，日本正式向美国宣战。次日，即1941年12月8日，美国总统罗斯福发表了著名的"国耻"演讲，将这天称为"一个国耻的日子"，随后签署了"对日宣战声明"。同一天，英国也对日本宣战。接着，澳大利亚、荷兰等二十多个国家也宣布对日作战。中华民国政府在中日战争进行了四年多以后，于12月9日对日宣战。12月21日，德、意对美宣战，美国也迅即以宣战回应。珍珠港事件将第二次世界大战推到了另外一个阶段。

偷袭珍珠港，日本的山本五十六是谋划者。早在1941年1月7日，山本写信给海军大臣及川古志郎，正式提出了偷袭珍珠港的设想，并秘密地制订"Z"作战计划。6月，正式方案提出后，曾在日本上层引起争论，一些人不相信庞大的舰队横渡三千五百海里而不被发现，对这一计划的可行性表示怀疑。山本固执己见，甚至以辞职相要挟。日本为了"南进"，于10月中旬批准了这个计划。于是，山本指挥联合舰队选择了与珍珠港相似的鹿儿岛进行战前准备和模拟训练。

1941年12月7日凌晨，从六艘航空母舰上起飞的作为第一拨攻击的一百八十三架飞机扑向珍珠港。7时53分，发回"虎、虎、虎"的信号，表示奇袭成功。此后，第二波攻击的一百六十八架飞机再次发动攻击。日本参加这次袭击的航空线舰为赤城号（旗舰）、加贺号、苍龙号、飞龙号、翔鹤号和瑞鹤号。这六艘航空母舰共计搭载舰载机四百一十四架，这些飞机分两拨攻击。南云中将决定放弃第三拨攻击而将主力撤回。

这次偷袭致使美军损失惨重，八艘战列舰中四艘被击沉，一艘搁浅，其余都受重创；六艘巡洋舰和三艘驱逐舰被击伤，一百八十八架飞机被击毁。日本只损失了二十九架飞机和五十五名飞行员以及几艘袖珍潜艇。

根据当事人报道和后来美国、日本军方发表的军事文件，袭击珍珠港的过程如下：

3：42：一美国扫雷艇在檀香山港前发现一个潜望镜。

6：00：距珍珠港三百七十海里的航空母舰"企业号"从三百七十海里外派出十八架侦察机飞往珍珠港。

6：10：南云中将得到攻击的命令后下令第一拨攻击的飞机起飞。日本舰队此时位于瓦胡岛北二百二十海里。

6：20：第一拨的一百八十三架轰炸机和战斗机起飞飞向珍珠港。

6：30：一艘美国供给船在珍珠港外发现一艘潜艇。这个发现被传递给一艘美国"沃德号"驱逐舰，一架侦察机被遣往当地。

6：45："沃德号"驱逐舰向潜艇发动攻击。潜艇被击沉。

6：53："沃德号"驱逐舰报告攻击潜艇。

7：02：位于瓦胡岛北部的一个雷达站在岛北一百三十二海里处发现不明飞机。

7：10：雷达站向空防司令部报告发现不明飞机的消息。

7：15：攻击潜艇的报告到达美军司令部。与此同时一百六十八架第二拨日本飞机起飞。

7：20：美军空防司令部认为不明飞机是从大陆来的B-17轰炸机，他下令雷达站关闭。

7：40：第一拨到达瓦胡岛北岸。

7：49：第一拨指挥官下达攻击令。

7：53：第一拨指挥官向南云发送"虎！虎！虎！"的消息报告偷袭成功。

7：55—8：25：由鱼雷轰炸机和俯冲轰炸机进行第一拨攻击。

7：58：美国海军向所有船只发出警告："珍珠港受空袭，这不是演习！"

8：00：从美国大陆来的B-17轰炸机和从企业号起飞的侦察机同时到达珍珠港，但他们毫无准备，因此无法插手。

8：02："内华达号"战列舰开始对从右舷攻击的飞机开火。两架飞机被击落。"内华达号"的舰尾遭一条鱼雷命中。"内华达号"是唯一试图逃出珍珠港的战列舰,但它多次中弹后不得不在沙滩上搁浅以防止舰体沉没。

8:08:KGMB电台中止其节目,号召所有军人回到他们的岗位上去。

8:10:"亚利桑那号"战列舰前部弹药库中弹爆炸,"亚利桑那号"在九分钟内沉没,80%的船员阵亡。

8:12:夏威夷最高指挥官沃尔特·肖特向整个太平洋舰队和华盛顿报告:"与日本的战斗由一次向珍珠港的袭击开始。"

8:17:美国驱逐舰"海尔姆号"是第一艘开始对驶入珍珠港内的日本潜艇攻击的美国船只。

8:26:檀香山的救火队报告三人死亡和六人受伤。

8:39:一架水上飞机在港内发现一艘潜艇并对它开火。

8:40—9:15:轰炸机的攻击。

8:40:一艘美国驱逐舰与一艘日本潜艇相撞并开始投深水炸弹。潜艇受伤后上浮。一个地方电台报道日本空袭。

8:50:第二拨攻击指挥官下攻击令。

8:54:第二拨攻击开始。五十四架轰炸机和七十八架俯冲轰炸机进行攻击,三十六架战斗机夺取制空权。

9:00:一艘荷兰的远洋轮是第一个参加战争的同盟者。

9:15—9:45:俯冲轰炸机进攻。

9:30:港外和岛北的船只受到攻击。

9:45:进攻减弱。

10:00:第一拨飞机回到停在岛北一百八十海里的舰队。

11：15：夏威夷总督在电台中宣布整个夏威夷领地进入戒严状态。

11：46：有人报告日军在瓦胡岛登陆。

12：10：美国侦察机飞向岛北但未能发现任何敌机或敌舰。

12：40：夏威夷总督和美国总统同意在夏威夷引入《战时法》并建立军政府统治。

13：00：日军飞行队队长与南云中将讨论进行第三拨攻击的可能性。

13：30：南云下令返航。

16：25：夏威夷总督签署《战时法》。

在珍珠港的战争纪念馆里，文字、图片和人员介绍都提到当时的一个细节：日本飞机在攻击时是从美国本土方向飞来的，美国的雷达事先已经发现，但误以为是美国自己的飞机从加利福尼亚军用机地起飞，甚至地勤人员还向日军飞机挥手，直到炸弹落地才恍然……这是真实的事件细节，听上去却好像是经过编导的电影情节。可见日本为了准备这次偷袭，方案的拟定非常具有欺骗性，相关的准备工作也做得极其细致。

战争具有两面性，一是灾难，一是面对灾难所激发起的超能量。历史证明，日本偷袭珍珠港的成功正是加速自己失败的节点。事实上，偷袭之后，美国在非常短的时间就恢复了太平洋战力。那些受伤的战舰，包括"加利福尼亚号""西弗吉尼亚号"等被打捞起来，经过很短时间的修复，重新参战。

美军也对沉没的"亚利桑那号"进行过探察，看是否有打捞上来的可能，最后确定难以实现，遂将暴露在水面上的舰体拆除，水底的部分舰体仍留在原地。

1962年12月7日，珍珠港纪念日，"亚利桑那号"的残骸上建成了珍珠港纪念馆。现在已成为夏威夷著名的游览景点之一。

"胜利者"的姿态

战争除了"必然"和"偶然"因素外，也存在着"不幸"和"侥幸"。对日本而言，偷袭珍珠港的主要目标之一是美国的三艘航空母舰，但偷袭时却没有一艘在珍珠港："企业号"正在返回珍珠港的路上，"列克星敦号"数日前刚刚开出，"萨拉托加号"正在圣地亚哥维修。所以，美国三艘航空母舰"侥幸"免受攻击。精确制定作战方案的日本军方，在珍珠港还有一批间谍为其提供情报，却没能掌握美国三艘航空母舰的动向，这对于我们这些军事外行来说，实在费解！

从战略上看，偷袭珍珠港是日本取得的短期和局部的"胜利"，但从长远来看，却是一个历史性的灾难。即使是谋划了偷袭珍珠港的山本上将本人也预言，就算对美国海军的袭击成功，它不会，也不能赢得一场对美国的战争，因为美国的生产力实在太高了。更具一致性的意见是，偷袭珍珠港将一个本来意见不同的国家动员了起来，美国因此而空前团结，"一定要战胜日本"成了国家意志。这也是后来盟军要求日本无条件投降的原因。有些历史学家认为，不论当时日本是否击毁了美军的航空母舰，对珍珠港的袭击本身就已经决定了日本战败的命运。

从军事史的角度来看，对珍珠港的袭击标志着航空母舰、潜艇以及舰载机取代战列舰成为海军主力的时代的到来，也是大型战列舰时代的结束。航空母舰从此取代战列舰成为新的海战王牌，海军航空兵作为新的决定性力量登上海战舞台。事实证明，海军力量强大的美国对于"航空制胜"这一点愈加重视，在后来珊瑚岛和中途岛战役中清楚地体现出来。也就是说，珍珠港事件促进了重要的军事转型，而且，这一转型一直影响到今天的世界军事战略以及世界军力的格局。

战争的胜负在很大程度上决定着后人以什么样的态度去记忆和反思战争的历史，也决定着后人以什么样的方式去使用战争遗产。漂浮在珍珠港内的"亚利桑那号"——太平洋战争时被日军飞机炸毁的军舰，现在已经成为美国海军太平洋舰队总部的战争博物馆。

具有强烈历史隐喻的是，在"亚利桑那号"的不远处还有另外一个战争博物馆，那就是"密苏里号"战舰纪念馆。"密苏里号"战舰建造于1944年，1945年9月2号，"密苏里号"驶进东京港海域，在舰上日本签署了无条件投降协议。这艘战舰于1991年退役，被拖到珍珠港内的"亚利桑那号"的旁边。两艘战舰，两个战争纪念馆，一场战争（太平洋战争）的始末。这种战争遗产纪念馆的设计透露出明确的、鲜明的、不言而喻的意义。它同时张扬了人们对"正义/非正义""胜利/失败"的直观理解，也表达了胜利者的姿态和战争的"游戏规则"。

到夏威夷，游客自然会去参观"太平洋战争"期间被日本飞机炸毁的"亚利桑那号"——这个漂浮在海面上的战争博物馆。参观博物馆的人很多，尤其是美国的年轻人。他们中有些看上去像混混、痞子、嬉皮士、同性恋者，但在纪念馆，当举行仪式，当美国国歌奏响之时，所有的人都原地伫立，右手置于心脏的部位。我未见例外者。十八年前我也参观和参与了一次这样的仪式。美国人民，无论他们在生活中的个性差异多大，如何张扬，

"亚利桑那号"纪念馆

"密苏里号"纪念馆

再见，夏威夷

都没有妨碍他们对自己国家的尊敬和对烈士的缅怀。

美国人将两艘军舰放在一起,以博物馆(纪念馆)的方式向世人宣示——无言的宣示。这种宣示不需要更多的语言,语言此时显得无力和苍白。在那里,以海上和水下的两艘军舰作"摆件"就够了。这是博物馆的力量。

当然,这也是一个"美式"冷幽默,不是人们通常所说的"冷幽默",而是冷酷的幽默——将两种截然相反的东西置于一处。

我两度到两个博物馆,特别是第一次,我看到了好些日本的游客,其中不少老年游客。或许他们中就有参加过第二次世界大战的老兵。我不知道他们站在这一历史"摆件"面前内心有何感想。

说起来吊诡,夏威夷,特别是檀香山,满街都是日本人、日本语、日本符号、日本商品、日本餐饮。何以夏威夷有那么多的日本人?统计数据表明,目前夏威夷除白人外最大的移民族裔是日本人。每年到夏威夷旅游的日本人,都远远超过其他国家的人。在夏威夷街头,成群结队的日本游客随处可见,满街都有讲日语的人,难怪有人说,夏威夷是日本人的"第二故乡"。

我们在檀香山时,也常去日本餐馆就餐,这是我在世界各地旅游时唯一的例外。为什么?中国餐馆太少。在外旅游,要在短时间里接受西方的饮食习惯,难。我算是一个老留学生,在欧美都有过长时间的生活经历,可还是吃不惯西餐。就算你在理性上相信中餐、西餐各有特色,但你的胃是无法连续接受西餐的。这个时候,你首先想到的是吃中餐,但如果周围没有中餐而有日餐，你是会去的，因为中日在饮食上的"同质性"大。至少，日式面条是可以接受的，日本的面条是从中国传去的。

日本和夏威夷有着很深的历史渊源。1778年，英国人库克发现了夏威夷，夏威夷从此进入"掠夺者"的视线。由于夏威夷战略位置重要，所以欧美殖民者纷纷盯上了它，英国和法国进行了长期的争夺。不过由于双方争执不下，最终谁都没能吞并夏威夷，这就给了两个后来者——日本和美国机会。

日本和美国是列强中的小字辈，属于后起之秀。作为太平洋地区两个重要的国家，日本和美国都盯上了夏威夷。两个国家也一直不断向夏威夷渗透。不过相比英法美三国，日本的实力明显要逊色一筹，一直无法和其他三国抗衡。日本人知道自己实力不济，所以采取了迂回的路线，向夏威夷大肆移民。在日本政府的鼓励下，大量的日本人移居到夏威夷。由于当时夏威夷正在大搞甘蔗等农产品种植，急需劳动力，所以对日本移民采取了欢迎的态度。就这样，夏威夷的日本移民数量直线上升，到20世纪初一度占到了夏威夷总人口的40%以上。

尽管日本在和美国争夺夏威夷的角逐中失败，夏威夷最终落入了美国人手中，但日本人早已在夏威夷站稳了脚跟，已经实际上"占领"了夏威夷。对于这种情况，美国政府自然不会视而不见。19世纪末美国吞并夏威夷后，很快做出了禁止日本人向夏威夷移民的决定，击碎了日本人试图通过移民"占领"夏威夷的美梦。而日本人对于占领夏威夷一直没有放弃。珍珠港事件也算是两国相争的一个延续吧。日本在太平洋战争中输

再见，夏威夷

给了美国，日本人的偷袭行动不仅没有让日本夺回夏威夷，而且给夏威夷的日本侨民造成了巨大的影响。珍珠港事件后，夏威夷的日本侨民遭到美军的逮捕和隔离，使得夏威夷的日本人数量急剧减少。

第二次世界大战后，夏威夷的日本侨民获得了自由，大部分人仍然选择留在夏威夷，所以夏威夷仍然是海外日本人的主要聚居地。由于夏威夷风景秀丽，与日本的交通便捷，当地又有大量日本人定居，加上日本人对夏威夷的特殊感情，因此战后富裕起来的日本人特别喜欢去夏威夷，致使夏威夷充满了日本文化的元素。如今，夏威夷已经成为了日本人的后花园。

未来夏威夷是否还会有其他的故事呢？有的，有人就会有故事。只是我希望都是美好和友好的故事。

哦，人类学

来到夏威夷，去了珍珠港，看了草裙舞，造访了波利尼西亚文化中心，好像不说点人类学就落下了什么似的。想说人类学，并不完全是因为我学人类学，而是因为人类学的独特性，以及人类学与夏威夷的不解之缘和不解之惑。

中国人大多熟悉"知己知彼，百战不殆"的说法，它出自《孙子兵法》的《谋攻篇》。意思是说，如果对敌我双方的情况都能了解透彻，打起仗来就不会有危险。后来，"知己知彼，百战百胜"成了更通俗的表达。再后来，这句军事成语有了更广泛的意义，成了人们全面认识事物的一句格言。

了解自己容易，了解"他（他方、他国、他群、他人）"不太容易。人类学恰恰就是专门了解"他"的学科。在人类学的研究领域里有一个专属词汇叫作"他文化"（other culture）——专门研究"他"，包括不同人群的体质、文化、语言、考古、心理等。

人类学自诞生以来，将两个研究取向视为学科重要依据：一、专门研究"他文化"；二、专门研究带有"原始"色彩的部落文化。这也是为什么像波利尼西亚这样的文化能够成为人类学研究的经典对象。

正是由于人类学是专门研究"他"的，人类学在诞生时期恰好又遇上了西方的资本主义、殖民主义扩张的历史时段，人类学也就很自然地介入、导入和卷入。殖民主义扩张，首先当然必须要"知彼"，否则怎么殖民？怎么统治？怎么管理？那么谁去了解呢？当然是人类学家。人类学家也历史性地起到了"关键作用"。

人类学与殖民主义之间的关系原本很简单，就像原子弹与制造原子弹的科学家一样，就像航空母舰与设计航空母舰的科学家一样。不能因为原子弹和航空母舰参与了"杀人"，就把那些科学家抓起来问罪。

可惜，这种"把婴儿与洗澡水一起倒掉"的做法在我国还真的发生过，直到20世纪80年代人类学才在中国恢复。

今天，"人类命运共同体""山水林田湖草生命共同体""一带一路""文明对话""走向深蓝""生态—生物—生命多样性的保护""促进与世界人民的友谊"，哪一样、哪一件能够缺得了

"知彼"？哪一件可以没有人类学的参与？"改革开放"首先就面临"知彼"，不知彼，哪里有胜算？

回到夏威夷，人类学在这里除了擅长于波利尼西亚这样的"他文化"研究以外，还有一个震撼世界的历史事件，说明人类学之"知彼学"在特定历史时期起到了特别的历史作用。让我们先从一本书说起。

《菊与刀》是美国女人类学家鲁思·本尼迪克特（Ruth Benedict）的经典之作，首次出版于1946年。这本书是专门分析日本文化的，引起日本各界的强烈反响。1948年日译本出版后，即成为日本国内非常畅销的书之一。

人类学家鲁思·本尼迪克特以及《菊与刀》的一些版本，日文和中文都有很多版本

书以"菊"与"刀"为特征、为象征，用于分析日本大和民族的矛盾性格。重要的是，这一矛盾性格在特定和特殊的情况下可以转换和转变。

"菊"是日本皇室的象征，"刀"是日本武士道精神的体现。日本人在观念上认为自己是历史的"负债者"，这种债既有父母的"恩",是子女对父母负债;又有"皇恩",是国民对天皇的负债。这些"恩"都必须要偿还。一个人要成为有德行的人,就必须报恩。由于报恩意识的存在,日本的人与人之间产生了服从的关系,比如子女要服从父母,下级要服从上级,人人都要服从天皇。在这样的传统价值伦理和观念中,"菊"与"刀"就是这样历史地存在着。

《菊与刀》正是准确地抓住了日本文化的这种特性。如果从这个意义上说,这部著作也只能是一部人类学的经典。但,作者写这本书却有着特殊的背景和使命。1944年,第二次世界大战进入尾声,轴心国的失败已成定局。此时,美军占领日本本土只是时间问题。由于同是相似的欧洲文化背景,美国对德国战后问题的决策较为清晰;但是对如何处置具有东方文化背景的日本战后问题,美国政府没有把握,而又需要迫切做出决策。为此,美国政府请了一些学者,特别是人类学家来研究日本,提供资料和咨询意见,以期制定出最后的决策。鲁思·本尼迪克特是接受这一课题的学者之一。

也就是说,鲁思·本尼迪克特写这一本书原本是奉美国政府之命,为分析、研究日本社会和日本民族性所做的调查分析报告,旨在指导美国如何管制战败后的日本。美国政府和军方的目标非常明确,就是尽快结束战争。为了达到这一目标,甚至包括在日本本土投掷原子弹的计划。然而,美国政府和军方不知道如何尽快结束战争,不知道甚至冒天下之大不韪地使用原子弹是否能够迫使日本投降,也不知道战争结束后如何处理战后日本人的工作，等等。于是把这些问题交给了擅长做"知彼"的人类学家来完成。

本尼迪克特是位学识渊博、治学严谨和注重实地调查的学者，曾到太平洋上的几个岛屿以及非洲、南美洲、北美洲的许多部落进行实地考察。她在20世纪30年代同心理分析学家合作，首次把用于个人的那些心理学概念应用到民族性格的分析上，并于1934年发表了她的代表性著作《文化模式》。根据她的见解，"模式"是一个行动心理学的概念，在文化上具有制约的一致性。具体地说，就是中国人、法国人、德国人等在文化上具有一致性。比如，中国人和日本人在人种上很接近，都是黄种人，可是在大街上，哪怕是在装饰上相同，你也很容易区分出二者。为什么？"文化模式"使然。

1944年6月，本尼迪克特奉命研究日本，正是因为她具备了完成军方所托的各种素质。她曾回忆说：

> 我所承担的是一个非常棘手的课题。美国和日本还处于战争状态，这对我极为不利。这意味着必须放弃文化人类学家最重要的研究方法——实地调查。我无法到日本去，无法生活在日本人家里观察他们日常生活中的各种活动，让我目睹什么是重要的，什么是不重要的；我无法观察他们在做出某一决定时的复杂过程；我也无法看到他们抚育教养孩子的过程……虽然有上述这些巨大的困难，但作为一个文化人类学家，我自信具备着某些可资利用的研究方法和必需的条

件。至少我不必完全放弃人类学家非常重视的研究方法，即同被研究的对象进行面对面的接触。我们国家里有许多在日本长大的日本人，因此我可以向他们询问他们所经历过的那些具体事实，从中发现他们是如何判断这些事实的，用他们的描述来填补我们知识中的许多空白。人类学家知道亚洲和太平洋的许多文化。日本的社会结构和生活习惯有许多甚至是与太平洋岛屿上的原始部落很相似的。某些与马来西亚的相似；某些与新几内亚的相似；有的与波利尼西亚的类似……

当然，夏威夷岛上的日本人和日本文化成了人类学家调查的重要来源。她最后完成了两个文本，《菊与刀》只是可以公示的学术部分，另一部分是她提交给美国政府和军方的部分，我们看不到，但猜得到。大意是：

> 日本大和民族性格是一个矛盾体，一方面是非常强悍，临死不屈的武士道精神；另一方面是非常柔顺，绝对服从的耻感情结。两个方面在特殊的情况下可以转化，根本原因取决于"天皇"。具体而言，如果天皇不投降，日本的武士道精神便会体现在"刀性"上，誓死不屈；如果天皇宣布投降，士兵就会变得非常驯服、听话，转变为"菊性"。大和民族正是这"菊"与"刀"的两面性的结合体。而如果美国在战争的节点上给日本致命一击，包括在日本本土投下原

子弹,"天皇"会投降的,因为他要向大和民族的命运负责。接下来的事情就相对容易、顺利了,因为"刀性"转变成了"菊性"。

后来的战争几乎完全按照这位女人类学家的预设和判断,也包括她的建议。美国于1945年8月6日和9日在广岛、长崎投下两颗原子弹。日本于1945年8月10日宣布投降。日本投降后,美国在处理日本战后的工作完全如本尼迪克特的预计,包括对岛上日本间谍的"甄别"都相对顺利。

这就是人类学,一门专事"他文化"研究的"知彼学",在特定的情况下可以参与、决定历史之重大事件。了不起的人类学,了不起的人类学家鲁思·本尼迪克特!

当我再次踏上夏威夷海岛,风景依旧:大风口、珍珠港、火山、海浪、"亚利桑那号""密苏里号"……我突然有了一个感觉,夏威夷,你难道不也是另一个"菊与刀"的缩影吗?刚烈与轻柔,火山的造化和海浪的默化,历史和现实,不也有"菊性"与"刀性"的联袂吗?

阿啰哈,波利尼西亚

阿啰哈(ALOHA)是夏威夷土著打招呼时的用语,它有三种意思:你好!再见!我爱你!说阿啰哈时,还要配合做出手势，类似中国人以手形表示"6"的样子，意思却迥异。据说，当地人的手势是模仿鲸鱼的尾巴露出水面的形态，是"开心"的表示。

对于波利尼西亚（Polynesia），我最想说的就是阿啰哈。

在夏威夷岛（大岛）与土著交流

在夏威夷岛我遇见了一位在路边编扎手工物品的原住民，我俯身观察他和他的制作。他伸出手给我打招呼，眼睛流出的友好和真诚，我好感动。不是因为简单的招呼，不是因为他在路边静静地编织，而是从他的眼睛里我看到、感受、体会到了波利尼西亚人的朴实、友好和真诚。他在"景区"制作手工艺制品，当然希望游客买他的东西，他的编织展示未必没有"招揽"的意思，但不见得非要因此失去朴实、友好和真诚。

因为他的眼光，我买下了他手上的手艺制品，我把它带回国、带回家，它现在就在我的案头。这一段时间，当我伏案时就能看到它，就能想起当时的"暖情"。因为它是一个"暖物"，一个赋予了波利尼西亚人民民间技艺、传统文化、手工劳作、情感附着的物品,不是机器造出来的"冷物",我也因此特别珍惜它。每当我看到它,那一个温暖的记忆就会自然浮现,物的主人仿佛又伸出手对我说阿啰哈,好温馨。

波利尼西亚人民由于生活在海岛,养成了一种天然的、海蓝般的自然、友好。当人们看着湛蓝的大海,大海的波浪就像他们的裙舞一样,婀娜多姿;他们的动作,包括手形、腰和臀的动作、服装款式、音乐的节奏等,又无不和着海洋的波浪。他们是海的孩子,他们的文化是海的文化。

波利尼西亚的意思就是"多岛群岛",也是太平洋上一个重要的民族系列。太平洋上主要有三个原住民系,分别是波利尼西亚(polynesia)、美拉尼西亚(Melanesia)和密克罗尼西亚(Micronesia)。三系在历史上互有交错,相互迁移。

依据考古证据和比较语言研究,学术界相对共识的观点是,波利尼西亚原住民来自美拉尼西亚的移民,大约在3 000—4 000年前定居于波利尼西亚中部,而更早则是从东南亚迁徙而来。后来其中一部分的人群又向更遥远的波利尼西亚地区迁徙。在漫长的历史里,他们之间相互迁移;所以,各种波利尼西亚语言散布在太平洋上一片广大区域,它们之间有密切的关联,文化交流也较密切。

波利尼西亚主要包括六个岛国和岛民,包括:夏威夷、汤加、萨摩亚、新西兰、斐济、大溪地(Tahiti,即塔希提岛)。波利尼西亚人素为人类学研究的典范群体。上面所提到的萨林斯的一批重要著作,都与这些海岛有关。我去过其中的一些,不能言语，只有感叹，那里的生活简单而快乐。

檀香山有一个波利尼西亚文化中心，非常值得一看。中心已经有五十多年的历史。在中心，人们除了可以看到六个不同海洋族群的文化展示，包括历史、建筑、自然奇观、礼俗、仪式、服装以及各类文艺表演外，还可以看到3D影像，品尝带有地方特色的自助餐，其中也有一些参与性项目。

两度到夏威夷，我都去了波利尼西亚文化中心。对我来说，除了波利尼西亚文化本身，我更关心他们的文化保存、文化传承、文化展示、文化活用，特别是与教学科研相结合的机制，值得我们借鉴。

波利尼西亚文化中心其实是一个"民族村"，是由大学、慈善机构、旅游部门与原住民合作的产物。中心的接待、服务人员大多为杨百翰大学夏威夷分校的学生。杨百翰大学（Brigham Young University）的总部在美国的犹他州，是一所美国著名的私立研究型大学，美国最大的教会大学，也是美国第三大私立大

夏威夷草裙舞

波利尼西亚文化中心

学；在夏威夷、爱达荷州有分校。波利尼西亚文化中心与杨百翰大学，特别是与之关系密切的摩门教的慈善体系存在关系。在中心，学生们可以通过自己在中心的工作来解决学习费用问题。访问期间，我们遇到了两位来自中国的学生，一位来自香港，一位来自广西，他们的工作受到了大家的好评。

据随同人员介绍，我国改革开放以后，深圳民族村的原型就是从波利尼西亚文化中心"移植"去的。我去过国内的一些民族村，我的一位博士研究生还以云南的民族村为对象完成博士论文。但是，在我看来，无论是深圳还是昆明的民族村模型，只借用了波利尼西亚文化中心形制的"外壳"，"灵魂"却没有带去——特别是与大学和科研机构合作的机制。我国的"民族村"更多被行政部门的权力和商业部门的利益所主导和左右。

当民族文化被用作旅游资源时，民族文化的主体性、民族文化的保护机制在旅游活动中应该、必须是首要和主要的，如果不是这样，我便不看好。而这样的项目与大学和科研机构相结合无疑是合适的，波利尼西亚文化中心便是一个例证，历经五十年仍然红火。

十八年前我在了解了这一机制后，曾经在多个场合，包括旅游行政部门提出相似的方案，无人理会。今天，我再次提出。但愿在我的有生之年能够看到创新性的"中式"机制的出现。我的理解是：民族村不只是拿着民族文化资源"赚钱"，更重要的是多元文化的保护、认同、存续和活用。

阿啰哈，波利尼西亚；再见，夏威夷。

田野随想

铭刻生命

用"铭刻",着意于那手术刀宛如"铭镂"于石、于金,永远的铭记;之于身体,之于生命!此生记忆中的第一次被刀子刻画,仿佛烙印灵魂与肉体。

——题记

这年头

"这年头"的意义飘浮,意思多,不好准确定义;与我的心情和体认相仿。字面上,指一年的开始。

今年的"年头"注定要铭刻在我的生命记忆里了。

2017年年初,我的股沟生成了一个小肉胞,开始时不痛不痒,心想,上了年纪,连青春美丽痘都长到了羞处。

忙,"这年头"的人们大致总这样。忙也成了不悉心关顾自己的托词。不就那样一颗小痘吗?一大男人,至于那么矫情吗?

一段时间后,那小痘开始发痒,弄了些药膏抹一下,感觉好些了。

"这年头"学者教授也变得不清爽,比民国时代的学者教授复杂得多,为什么?一两句话说不清。

2017年,我跑了十多个村落,尤其是7月份的云南和顺席明纳①,近四十号人参加,浩浩荡荡的。我是组织者,忙得不亦乐乎,早把那不起眼的存在淡忘了。

一挨便拖到了年末,这期间又是参加学术研讨,又是审议国家重大课题的结项,又是自己的博士生答辩,又是他们开题……一直忙到了岁末最后一天,像是跑步跑到了终点,让我歇歇。

去到了医院,医生一看,只说赶紧办住院,明天抽血,后天手术:这就是2017年12月31日,2018年元旦,2018年元月2号。

到了医院才知道,那小肉胞原来叫作肛瘘,已经很严重了。医生说,拖得太久,已经开始流脓。大学教授在课堂里经纬纵横,遇上医生,瞬间语痴,满嘴只是"噢噢"的应和,非常听话,很像幼稚园小一班的稚儿。

这也将是我此生有记忆以来的唯一的手术——刀要在我肉身上刻画。

完全没有准备,无论生理的还是心理的。

看来这年头,注定要经受一些难事。

---

① 即 Seminar,由著名人类学家费孝通译用,指西方的一种大学教学模式,以培养学生的综合能力。

抗拒箴言

"箴言"大抵有规劝之意，间或包含些许的威胁。

无论如何，住院也意味着"犯事"，"犯事"便需要警示，无论是劝诫、规训、提醒还是警告。

刚入住，抬头便见宣传板中的这样一段话：

肛肠疾病能摧毁一个人的意志！

好瘆人！

此话双意：一者，患者切切注意，不可再造次，门下之病非等闲之疾；二者，肛肠手术的痛苦难以承受，如同到地狱走一遭。

我硬是不信！既然病魔来了，痛苦来了，又没有替代，那么，笑着迎上去。既然邀请你到地狱旅游，去就是。

手术前，我为自己定下两个原则：一者，不被疼痛打败、击垮；二者，无论如何要保持儒雅、高贵。不能像绝大多数医院里的病人那样邋遢。

手术前，一位年轻的病友很认真地对我说："如果我被敌人抓住，受这样的苦，我肯定当叛徒。受不了啊。"

他可能谍匪片看多了，"汉奸""叛徒"对人的影响太深。

宣传栏还有"十人九痔""十男九痔"之俗语，说明患病者

铭刻生命

众。可以证实的是，住院期间，好些亲戚、朋友、弟子们探望，言语中至少五分之三者都经历过。可见，受此疾苦者大有人在。

活过甲子，经历的苦难自然不在少数。这一次，让我经历一次真正意义上的痛苦！我不信我的意志因此被摧毁，不信！

曾经为自己的整个生命旅程定下一个原则，无论做什么，都尽力做到最好。今天想起来虽然有点"轻狂"，但并不是坏事，它提醒自己凡事要竭尽全力做到最好。中学时，我是公认最优秀的学生；记得中学母校（一所省重点中学）在一次盛大的校庆时，校方请了两位"优秀校友代表"发言，我为其中之一。知青年代，我当上了福建省优秀知青代表。研究生时，我不仅学业全优，还是研究生会的会长。留学时期，受到中国驻法国大使馆的表扬。当了教授，成了厦门大学一级教授。做学者，也要是最好的学者：我到美国留学时，在见面会上，我的美国老师这样介绍："Professor PENG is one of the best anthropologiests in China.（彭教授是中国最好的人类学家之一）"。

今天，我当了病号，也要不辜负这一"尽力做到最好"的心灵承诺。

当最好的病号！

原来"痛快"如此

"痛快"的一种诠释是：只有经过了巨大的痛苦，方能体验快乐；仿佛"不经历风雨，怎么见彩虹"。

手术那天，天莫名就下起了雨，厦门的冬天，很少这样。

手术经历了一小时二十二分，局部麻醉。我的手术大，高位肛瘘，说是要深入到直肠的深部手术，还顺带将痔疮一并处理。

躺在手术台上，我感受到刀在我的身体上划来划去。针刺般的痛。医生一会便问："痛不痛？"

回："痛。"

痛是肯定的，没办法的，干脆睡了吧。我这样告诉自己。"睡吧"——仿佛灵魂深处飘来悠悠的声音。

我竟睡去，还打起了呼噜，而且我自己居然能够听得到。

痛醒了，再睡。如此反复数次。

记忆中，手术医生间隙性地问："痛不痛？"

我也半睡半醒地回："痛。"

现在想起那种生命感受，真是痛快！

手术后，主刀医生跟我太太说："教授在手术时睡着了。"他停顿一下，"真少见。"

从手术台下来，仿佛走出刑场，脸色据说是惨白的。大冬天的，内衣早已湿透，脸却挂着笑。我知道，那笑不是装出来的，是自己在预设的考题中通过的喜悦——我的意志没有被摧毁！

所有的护士、病友都伸出大拇指。

一位病友说："彭教授手术完还像好人一样。"闽南语在这里"好人"的意思是像"正常人"没事一样。

其实，痛楚只有自己知道，我的手术比绝大多数的患者大。血流得也超过了大多数患者。开始的几天，每天都得换几条

"血裤"。

像是人类学的"田野计划",根据先期对整个过程的了解,我把疼痛分为四个高峰期:手术、手术后的第一个夜晚、第一次排便和拆线。

手术过后,麻药作用消失,疼痛似乎并没格外加剧。医生嘱咐,晚上一定要服用止痛片,因为到了下半夜,伤口肌肉会出现痉挛,那时会痛得受不了。W医生特别交代。

我没有听医嘱,没有服用止痛片;我想试一试,我对疼痛的承受力。遇上一次难得的机会,就体验一回吧。

奇怪,那一天晚上,我睡得格外好。痛可以超越吗?我问自己。或许因为生命已经做了充分准备,坦然了就好了。

手术后的第一次排便之苦无须说。手术前,医生、护士不断交代同一桩事:"手术后二十四小时不要排便。"而我一直坚持了四十八个小时,就像影视中的上级下达死任务,坚守山头多少时间一样。回答:"坚决完成任务,誓与阵地共存亡!"

可是,"坚守"有多难?只有自己知道。

拆线大致在手术后的第五天。那份痛,刻骨铭心!总共要拆八根线,在拆到最后一根,也就是最里面那一根的时候,我的身体开始痉挛。

W医生停了下来,问:"可以吗?"

我点头。

我知道,时间再拖,我将休克。

整个过程,我一声没吭。

一位病友后来说:"当时我在手术室外,想听听教授的叫声,一声都没听到。真是了不起!"

今天,我可以自豪地说,为自己定下的原则都做到了。

生命,原来可以这样经历!

我的医护们

我用"我的医护",既表示他们护理了我,我从内心感谢他们,也表示我对他们工作的敬意。这一次住院的交流和观察,我深切地感受到他们的高尚和可敬,无论作为职业的医护,还是作为人与人的交流。他们或许也像我——为病患解除病痛是他们的天职,这是任何医护人员都需要的职业道德——而我作为老师也要把学生们培养成才。然而,在此原则之下,医护人员还有巨大的表达和表示的空间,用心、用情、用爱——这些是任何职业道德都无法计量的,我的医护们都做到了。

医护原本就是一件崇高的事务,看到那么多的病痛患者一个一个地经过他们的手术,慢慢地解除了病痛,步履矫健地走出病房,这是一件多么了不起的事情啊。无论病患是否溢于言表地感谢,内心总是感激的。住院部里悬挂着一幅字(这幅字在后面与老高合影的背景墙上),"医术医德可敬",六个字错了仨("医"的繁体右上角为殳,"德"少了一横),我却很喜欢,那是普通患者的朴素感情、真诚感激。

当今之世道,钱常常把职业、道德、伦理、操守等都束之高阁，甚至连大学里的师生关系也受传染。原来的"一日为师终身为父"的师徒伦理早已隐身于金钱之后。今天的博导，先要有钱，有项目，才能够招学生。现在的大学是这样规定的。

也常常听到医患之间为此而产生争执的各种案例。

然而，"我的医护们"却在我最困难的时期，给了我美好和快乐的记忆。他们都是好样的。

肛肠科是一个小科室，医生、护士加起来共八人，护士们戏言"八路军"。

主任医师W氏，医术精湛，精力旺盛，工作认真，只要他当班，总在忙碌；手术、查房、看诊、换药，到处能够见到他的身影。或许是因为科室小，W医生就像家长，住院的床位也仅有十二张床，反而使他凡事躬亲。在病患的心里，有他在就有依靠。

医患关系可以从不同的角度进入分析，某种意义上说，疾病与医疗一并产生。在法国思想家福柯的眼里，医生是"权力"的化身，医院是"监狱"的翻版。他在《临床医学的诞生》《规训与惩罚》和《疯癫与文明》等著述中讲得很清楚。病患到了医院，就把自己交给医生，宛如乘飞机上了天，把命交给飞行员。如此分析，也对，只是太过悲情。

这样的观点虽然不能说其错，但至少只是管窥。在人类学家看来，医护人员是人，病患也是人，人与人的关系是立体的。医患关系很特别，暖情是天然的，就像一个大人面对一个稚气未脱的孩童，慈爱和关心常常从心底里溢出。对我而言，入院、手术、治疗、恢复，所有的一切都托付给了他们，特别是W医生。病患有难，医护们伸手相助。这是另一种关系：友爱的、帮助的。

W医生喜欢摄影，偏爱西北苍凉的景致。他把科室当成自己的家，把最好的照片挂在住院部里，那样的照片能给人力量。

小C医生从医科大学毕业不久，一眼看上去就是个现代小青年、帅小伙。初时的观察，他寡言少语，笔在他手上玩转自如。随着交流的时间增多，特别是当W医生不当班的时候，他很自然地挺身而出，很细致、很认真。我们相互熟了，话也多了，他的可爱也愈发多了。现在见到他就见到快乐。有的时候竟然会想他。

六位护士，包括一位护士长，皆美女！我对她们的职业有着一种天然的亲近：一是我的女儿在加拿大的一家大医院当护士长，与她们干一样的工作；二是我曾经于20世纪80年代初在卫生学校当过两年老师，学生现在都在医院当护士。所以，看到她们就像看到了学生一样亲切。相信我看她们的笑一定很慈祥，因为我的内心充满着慈祥——只是自己看不到。

她们像天使，除了细致的护理外，总带给病患笑容。那笑

弟子们送给师父的鲜花被用来装点病房

铭刻生命　269

容不是"堆"出来的,是发自内心的。肛肠手术带给人的疼痛和心理压迫是巨大的,有一位年轻的病友,才一刀,就坚决让家属帮他出院。他被吓坏了。而面对这些又脏又臭的场景,她们的笑可以起到巨大的化解作用。

她们大多是年轻的姑娘。我在住院期间,所有在厦门的弟子都到医院来探望,我的弟子都管我叫"师父"。他们送来了好些鲜花和水果。我的病房空间狭窄,于是就大多用来装点病房,让病房充满温馨。

有意思的是,其中有一位年轻美貌的护士也仿着我的弟子叫我"师父"。好暖的称呼!

对于他们,虽然只是二十多天的接触,他们每一位却都鲜活地留在我的脑海里。而我对他们的感谢可以演绎成一种行为的表达:

向我的医护们脱帽致敬!

同一个屋檐

住院意味着一段时间以医院为家,同一个屋檐下的病患结成了一个临时共同体。让我再一次体验过去那种"大棚"居所的场景。

我的病友,即同住一室的吴先生,昆明人,南下干部的后代,后移居厦门。他稳重少语,安静平和,隐隐的笑意,一眼便能识察其善良和敬业。这跑不出我的眼睛。他的痔疮手术小，"病情"比我轻。与他同室，很搭，没有生疏感。我们两家相互照应，不仅同住，有时也同吃。

这令我想起了曾经的贫困时代，大家住在"大棚"房子里，有什么好吃的会分给左右邻居，邻里关系应了传统的说法："远亲不如近邻。"我在贵州大学时，住的房子就是这样的，住房前有一大走廊，大家常在那里聊天。哪一个"小家"有困难，大家都出来帮忙。每一家有什么好吃的，都会分一小碗给左右邻居。记得我刚去法国留学的时候，女儿不慎摔折了手，听妻子说，那天女儿走出医院的手术室时，我们整栋楼的男女老少都站在门口。那时是黄昏，看不清人，黑压压的一片，好感人场景。

今天的人们已经渐失这份温馨和暖情，甚至左右邻居何许人都不识。独门独户的居住方式好坏分明：好在独立自由地活着，坏在老死不相往来。

我们这个年代的人，经历过曾经集体的和睦，也享受当今居式的自在。

住院，让我有机会重温那"棚式"生活。在我们窄小的空间里，一位大学教授，一位友善人士，自然招来不少病友，他们没事就会撅着屁股来到我们的病房，讲一些各自的病情感受，分享着人生的道理。难得的"痛快"！

我这个教授，自然成为学者和"智者"——其实未必，许多方面的知识是"白板"。相互的请教与传授在病室里展开，人们把大学教授称作"语言的巨人，行动的矮子"，反正我瘫在病榻上，吊瓶悬在空中，先前几天每天好几个小时——所以，不行动，只当"巨人"。读书人大抵也就这样了，只是，没读什么书的人总是把教授推到高处，景仰着。

吴先生的妻子也姓吴，一个重庆妹子，可能是麻辣的缘故，简单直爽，不需要任何的提防，所有内心的事情都挂在嘴边，而且语速很快。与她先生的性格恰成互补，只要她在陪，总听得到她的笑声。

住院期间，我的弟子们陆续前来，她好生羡慕，羡慕读书的好。吴先生出院时，她与我"协议"如下："彭教授，我下辈子也要来读书，到时你要招我啊，我也叫你'师父'。"

我应："诺。"

哈哈，下辈子的招生已经有人在这辈子预先报名了。

吴先生出院那一天，他非常认真地告诉我："教授，你出院的时候要通知我，我来接你。"他的话很认真，那种认真很打动人。

真情未必凭时间，邂逅何必有缘人？

谢谢你，老吴。

说好了，咱兄弟昆明见！

老高

人类学家有一个习惯，喜欢观察人，所有在身边的人都成为他的观察对象。我对人的观察大致包括三个方面：体质特征、方言口音和文化人格。

这种习惯也是测试自己，考验你所观察的对象是否准确。早在留学欧洲的时候，我就对诸如法国人、德国人、英国人、意大利人等进行观察和判断，准确率很高。比如以在公共场合的音量来判断，德国人说话最轻，法国人其次，意大利人的声音最大。生活在地中海边的人民，与内陆特别是寒冷地区的人民在性格表现上有很大的差别。拉丁系与日耳曼系的差别很明显，稍加辨识，便能体察。

我国是由不同的"地方"构造而成的，"一方水土养一方人"，不同地方的人民，体质、语言、性格、行为方式有很大差别。

人类学家总喜欢"打探"。难怪历史上有不少人类学家被人误作"间谍"。

就在前往医院看病的去年岁末，我在一个公共电梯上看到一位清洁女工，只一眼，我就说："你是四川人。"她就一直追着我问："你怎么知道？你怎么知道？"我说四川人很漂亮，她才高兴地离去。

我之所以判断她是四川人，主要是因为她的体态，四川在外打工的人民，体态较为消瘦，重要的是，无论他们做什么工作，总能保持乐观，而且那份乐观明白地写在脸上。当然，如果他们开口，四川的普通话（川普）是很容易被辨识的。

住院已经三天了，每天早上7点整，总会有人迅速地敲门、开门、亮灯，然后几分钟内用消毒水拖好地板，然后关灯、出

铭刻生命

门,恢复安静。

他,肛肠科住院部的清洁工,很少讲话,消瘦的身体很像四川人的体态,可他很少讲话,更罕有笑容,这又不像四川人。

他是哪里人?我在观察他。

几天后的一天,他坐在住院部的椅子上,我笑着问:"你是哪儿人?"

"陕西汉中的。"

"啊,太好了。"

我的善意开启了他的话匣,原来他挺能说,也挺会笑,只是平常不。

这样一来二去,我们成了朋友。他也把什么话都告诉我和我太太。

错字连篇的感谢标语和清洁工老高

他姓高,六十岁,到厦门讨生活已经十几年了,去年以前,每月的工资仅有一千八百多元,今年开始涨到了两千元。家人都在老家。除去在医院工作外,他还再加打一份工,住在人家家里,负责帮助人家打扫卫生,房租便免去。他一年可以寄回四万元。为家里盖房子,这是他的理想,他正在用自己勤劳的双手实现着自己的理想。

生活的艰辛，文化的低下，使得他很少与人有更多的交流。

人类学家明白，再贫穷的人也希望得到友善，没读书的同样需要尊重。这，是至为重要的。

尊重他，就能够赢得信任。我是这么做的。

很快，他成了我的朋友。只要见到我，他总充满笑容。也常常到我的病房里来聊天。他笑起来很纯真，小孩一样。

我在私下也给他一些东西，水果、食品，包括小费。我和太太商量，出院时给他一些钱，不会太多，只是心意。

我很快就要出院，这一计划也已兑现。那一天，他灿烂的笑脸中潜匿着感激和不舍。

我要走了，老高还将在肛肠科继续当清洁工。

他的样貌会留驻在我的脑海里。

"老高，一定好好的啊。快过年了，回家过个团圆年吧。"

我满心地祝福他！

圣—俗的话题

社会是由不同的人和群体构成的，不同的群体有不同的阶序与伦理。社会伦理规定了什么事可以做，什么事不能做；什么话能说，什么话不能说；什么话在什么时候可以说，什么时候不能说，等等。

人和事因为礼制和阶序等，形成了人、事和话题的分化和分类，比如有些是"神圣的"，有些是"世俗的"。在人类学范畴里,"神圣—世俗"有时也衍化为"文—野"(文明与野蛮)之分。

不过,规矩总是人定的、粗糙的和变化的。多数情况下,不同的场合和情形(学术上通常用"语境")是可以穿越和超越的。比如人家在吃饭的时候,最好不说排泄的话题。但在有些语境却完全不同。比如换到肛肠科住院部,排泄的论题被彻底"解放",不仅可以任意说,而且还经常说。"肛肠"原本就主持排泄工作,医护人员在交待的事项中必有此话题,医生看诊时也少不了这一话题。最喜剧的是,在住院部里,病患在吃饭的时候,有些会端着饭碗到走廊里聊天,边吃边说"大便"话题,毫无禁忌,也不影响。

中国人通常把打招呼说成:"吃饭了吗?"换到肛肠科的住院部,人们相见时常常会说:"大便了没?"在那里,"排"比"吃"更重要,特别在那一段时间。

这是一个多么伟大的景观!

其实,规训对话题的限制有时很荒谬,比如,饮馔、佳肴、美食等可以公然说,公开说,电视节目大说特说。《舌尖上的中国》风靡,却没有人拍摄《底座下的中国》。明白的道理不是都要说,都可以说的。

中国第一部《饮食人类学》是我写的,2013年由北京大学出版社出版。据说今天在"当当"上都难以买到,要花高价。

回想起来,在三十八万字中,居然没有出现一处与"排泄"有关的词句。现在看来,多少有些不周延,有些遗憾。吃了那么多，都到哪儿去了？尽管如此，我也无意去写一本《排泄人类学》，虽然这非常有意义和有意思，但我断然不会冒被人说成"脑残"的风险。何况，后者比前者调查起来更费劲。

一个多月前到北京开会，民俗学家、人类学家周星的报告主题是厕所。窃以为大好。

其实，食与排都属于"俗"的范畴，虽然有差异。比如，饮食之"俗"可以穿越成为神圣，大家到中国的博物馆里看一看就能明白，在"礼器"专柜，有诸如鼎、尊、爵等，这些代表权力、尊贵、阶位等的"神圣"之物都是由饮食器具转变而成的，也就是说，都由"世俗"之物转化而成。在中国，神圣与世俗是协作性的，而在西方，二者是对峙性的。这是重大差异。

但是，无论中西，排泄的"世俗"都没有转化为"神圣"的机会。

到了肛肠科，明白了一个道理，排泄在特定的场合可以成为公共话题，甚至可以成为研讨会的主题。我贸然说与医护，回答是："有啊，我们就有专门讨论。"

C'est la vie

这是一句法语，意思是"这就是生活"。法国人在很多情况下，尤其是遇到困难、挫折的时候，总爱说这一句话。

入住病房，第一件事情就是护士给每位病患戴上一个手牌，里面有相关的信息。这属于现代医院管理的范畴。

令我印象最深的是，手术的前五天，我每天要挂瓶，时间持续大约四小时。每一次护士都要问同样一句话："你叫什么名字？"

我得回答："我叫彭兆荣。"每一次都得如实履行。问其故，说是卫生部规定的"核实制度"。

"我叫彭兆荣"，然后给你戳上一针！我的手上被戳了好些窟窿。

好无奈的剧情，黑色的幽默。

我也照着法国人的口吻：C'est la vie！

生命的真谛在生活之中，生命的价值由生活赋予。

生活越是有意义，生命之树越是长青。

为了答谢，我将这一段经历记录下来，以飨大家。也作为我"经历观察"的生命志。在我经历这样生命痛苦的时段里，我首先感谢我的太太，是她悉心关照，是她与我一起渡过难关；感谢我的亲戚、朋友，感谢那些称我为师父、师爷爷的弟子和徒孙们。这样的痛苦原本不宜宣扬，无奈时值新年，二十多天的"消失"是瞒不住的，弟子们都围绕在身边，于是只好公开。

再一次真诚地感谢大家！

我的小说"得罪了人"

我写过小说,而且成绩还不错。一共写了两个中篇,一个短篇,全部发表。

20世纪中后期,贵州的文学创作在全国挺有名气。老一辈作家蹇先艾还在创作,新生代叶辛、何士光等的作品赢得了全国声誉。贵州的刊物也不错,《花溪》《山花》常有好作品出现。

那个时候,我与贵州文坛的关系好,与省文联的关系好,与作协的关系也好,不仅经常坐在一起讨论文学,发表了一批相关的评论文章;偶尔我也去给作家们搞讲座。这还真是一个好风范,作家与学者常坐在一起交流,相互取暖。

或许受到影响,我也尝试着写一点什么。我的三篇小说两篇发表在《花溪》,一篇发表在留学生刊物《神州学人》上。小说发表后,甚至还有学者专门写了评论文章。当时贵州大学中文系主任徐达教授看了我的作品还专门找到我说:"小彭,你可以写小说。"

《巴黎雨》

但谁能想到，我的小说竟然得罪了人。说起来挺可笑。短篇小说《时空皱纹》发表后，有一天系里的一位老教授在校园散步时遇到了我，便拉着我的手说："小彭，你的小说得罪了系里的老师。"我目瞪口呆。小说中的人物全都是虚构的，根本没有具体针对现实生活中的某事某人，怎么就得罪了人？

中国人有一个陋习，喜欢对号入座。古代有，要不然人家曹雪芹怎么能够把小说写得那样揪心："满纸荒唐言，一把辛酸泪！都云作者痴，谁解其中味？"小说内容也是"假作真时真亦假，无为有时有还无"。原来，全都是对付那些喜欢对号入座的人。古代甚至还有文字狱，弄不好要丢脑袋，甚者，株连九族。真是"要命"。

这种陋习也成了传统，文人尤甚。原因是中国的文人基本上属于"御用"，古时并没什么"公共知识分子"之说。相对"御用"有几种可能：一、"被朱批"，受重用，惠泽中华，荫庇后代。二、忤逆、违背旨意，轻则流放，重则加罪。三、"无用武之地"，回乡当乡绅。总之，中国文人舞文弄墨，既可以光照千古，也危机四伏。

对我而言，都不存在上述的条款。写小说原只想在学问研究中换一下文体，体验体验形象思维与抽象思维之间的差异，如此而已。不料竟搞得不爽了。罢了，我也从此再不写了。

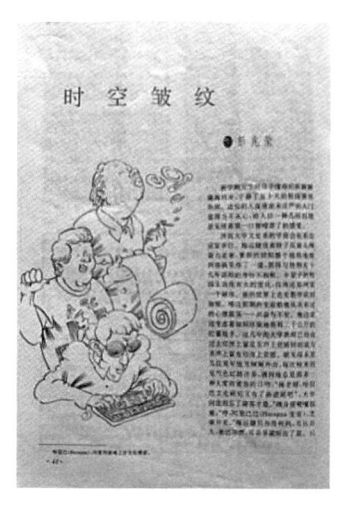

时光皱纹

为了让读者体验一下对号入座的乐趣，我就把这短篇小说抄录一遍。此文发表于《花溪》1993年第10期：

新学期开学的日子像得了疟疾颤颤巍巍地到来。宁静了五十天的校园骤然热闹。进校的人流使原来庄严的大门显得力不从心，给人以一种几经饥饿忽见佳肴第一口便噎着了的感觉。

济民大学文史系的学前会在系会议室举行。梅运捷顶着脖子压着头颅奋力走着，暑假的骄阳整个地将他放到油锅里炸了一通，黑得与他拥有十几年讲师的身份不相称。半辈子的校园生活没有大的变化，住房还是两室一个厨房。他的"世界上古史"教学依旧如恒，唯这假期的变故给他从未有过的心理震荡——兴奋与不安。他边走边考虑着如何尽快地将那三千公斤的红薯脱手。这几年的大学教师已经由过去经济上富足名声上贫困转而成为名声上富有经济上贫困,眼见得系里几位英年俊秀频频外出,每次转来但见气色红润许多,遇到他总是掷来一种大度而宽容的口吻:"梅老师,哈拉巴文化研究又有了新进展吧,大作问世别忘了请客才是。"转向便喷嚏似的:"哼,阿里巴马(Harappa变音),芝麻开花。"①梅运捷只当没听到,天长日久,他已习惯,耳朵早就听出了茧。只是近来物价看长,老小一家生计日见艰难,妻子的呵斥声调比往日提高了许多:"怕是印度人的亡魂知道这里有一个哈拉巴的呆子,都要早些转世!"面对这一切变化,梅运捷惶惑不安。于是,这个假期鬼使神差地跑到弟弟当副乡长的那个锦坡乡弄来一车红薯,星夜从角落里摸出布满灰尘的算盘,横竖上下响一阵,可净赚四百五十元。钱虽然还没到手,这个款项的财政预算早修改过几轮,甚至已经不知多少次地在梦中潇洒过这笔惊心动魄的数字,好像伊索笔下的狐狸,没尝过那串葡萄,竟早品出了酸味。

  这次神不知鬼不觉的地下活动长时间地抚慰着他的想象,可同时又有另一桩事刺痛着良心。几十天忙于运输,荒了研究,昨日里打开抽屉想熟悉一下教案,险些被吓翻在地。他十几年前写的那叠发黄的厚厚讲稿被耗子撕咬成碎纸

---

① 哈拉巴(Harappa),印度河流域上古文化遗迹。

屑当作筑窝下崽的材料，三个粉红色小肉团在抽屉里蠕蠕而动。几袋红薯与一窝耗子便成了逻辑上的因果关系，经久不息地敲打着梅运捷的心扉。

良心折磨蓦地被一个音调打断，"梅老师。"定住思绪，梅运捷认出迎面来的孙英明老师，系里的少壮派，前几年从某重点大学分来的硕士，专门研究魏晋文学。他的硕士论文曾获普遍好评，题目为《论魏晋诗风中酒的物质文化个性》。据说此生好不简单，学业专攻到能稽考当年"因醉而裸，将天地为房屋，房屋为衣裤"的刘伶所饮酒的品种。"是小孙啊，夏天悠哉到哪里去了？""到广州、深圳、海口转一圈。"说着突然向梅运捷靠了靠，"不瞒你说，我还去了香港，这件T恤就是香港买的。"孙英明有意识地在"香港"两个字上加重语气。其实，孙英明的香港之旅统共只几秒钟。那日他在"中英街"徜徉，乘中方警察不注意，贼一般地窜过画在道路中央的白线。这股勇气来自他的一个朋友，听说香港那边的地摊上有《花花公子》《龙虎豹》之类的杂志。遗憾的是，他刚跨过界就被对面躺在大洋伞下的白胖港警发现，一声吶喊"苹果"[①]，早把这英雄变成了龟孙子逃回界内。然而，这一冒险举动却足以让他夸耀一辈子。孙英明还在得意，突然发现新大陆似的嚷："哎呀！老梅，你看上去黑多了，可是天天去行日光浴呀。""没有没有，我只是常

[①] 粤语"哪一个"的发音颇类似普通话的"苹果"。

去游泳。"话即出口,梅运捷顿觉脸上微热,好在棕黑色的皮肤把这一羞色全然给盖住了。

系会议室很旧,几张老沙发尘灰密布,一屁股坐下去便发出咔嚓咔嚓呻吟声,弹簧只管下陷,不负责将智者的臀部送回来。这失了效的东西宛如文史学科本身,近来已没了先前的活力,学生不容易招进来更不容易分出去。师资力量在学校里却最为雄厚,教授并副教授三十又九。课时成了餐桌上的上等菜,大家争相努力。这种僧多粥少带来的唯一妙趣便是闲着互相咬舌头。因此,文史系的矛盾历来名列各系榜首。

常伯儒,这位文史系主任,见人来得差不多了,便宣布开会。此人一头银发,儒雅适度,极具学者风范。任何时候都挂着领带,只可惜那条领带和领结扎法早过了时,使人联想到绞索上的那个死结。传说此公过去是有名的邋遢鬼,自从宣布由他主持文史系工作之日始,他便把那条印有花纹的美丽索带套在脖子上不肯卸下。对于他的上任,学校里风传很多,最可信的理由只有一条,这就是他在任何时候、任何场合的任何观点都不清楚;更可贵的是,不清楚得没有破绽,连让人误会的空隙都找不到。在宣布开会之后,他开始了新学期的第一次发言:"今天是八月三十一号,这是一个具有特殊历史意义的日子。当年古罗马帝国皇帝Augustus登基时,因自己出生在八月,下令将原来的小月改成大月,从别处挪来一天,并以自己的圣名命之。我们系也同今天一样具有悠久的历史,有过辉煌的记录,田域侯、唐一符、高梓等知名学者都是咱们系的杰出教授,在座各位更是我们系未来的荣耀。望各位老师在新的学期里携手并肩,把我们文史系的工作推向前进。至于具体的教学工作安排以及一些教研室领导的人事变动由何副主任负责给大家讲讲。"他似乎从来不屑于此类琐事。施政三年,没有提出过一个具体改进教学的方案和措施,没有公开批评,哪怕是不点名批评过一位老师,他只习惯传达上级文件或者几句开场白宏论和一些人们想忘都忘不了的东西。至于得罪人的事,均由那位情愿当替罪羊的何非之消受去了。

常伯儒性格演变史说来辛酸。传说他在读书时人才一表,风度翩翩,言辞有棱有角;加之他又喜欢欧洲文学史中的浪漫主义思潮,名副其实,将当时的校花刘莉从系里唯一的学生党员方衍手中大大方方地夺来,险些闹出命案。反右运动中他偏偏喜欢上法国浪漫派诗人夏多布里昂,却凑巧没有读到一八八三年十一月三十日马克思给恩格斯的信,[①]在一次读书会上慷慨激昂,把夏氏奉为"浪漫派的旗帜,人类灵魂的导师"被方衍拿下把柄,戴上右派的帽子打发到乡下扛锄头赚工分去了。眼看成为妻子的校花不堪插在牛屎上飘飘而去,传言远嫁香港当人姨太太去了。从此,常伯儒仇恨已作古一百多年的夏多布里昂,更恨自己的嘴,私下里不知

---

① 马克思在信中说他对夏多布里昂"向来是讨厌的"。

扇过多少次曾使己无限风光的白皙面颊。70年代末，他的右派帽子做梦一样被摘了去，他又开始躁动，壮着胆子向最权威的刊物《外国文艺论坛》寄去一篇对西方浪漫派"两分法"（积极与消极之分）的商榷文章，不料一炮打响，被各大报刊广为转载，他顺理成章地回到母校，刚好遇到那次以"解决历史遗留问题"为原则的职称评定，他竟成了教授。现在，他又热衷于夏多布里昂。只可惜，他再也讲不出一句像样的话来。

开会断不是中国人发明的专利，可中国人利用这项专利的效率是世界上最高的。遇上文史系开会则更加不堪，搞文史的人除了嘴的能耐，余者就很不富裕了。因此，每逢开会，只要有资格权力讲话的人决不会放过机会，何况憋了五十多天。何非之一番宏论之后，其他两副主任宣誓般地抢着发言，接着党总支书记的"形势一派大好"炒熟了之类的话。办公室主任、资料组组长……争先恐后。直到下午五点三十分仍没有住嘴的迹象，倒是小小三十多平方米空间弥漫了浓浓的烟雾，雾里看人个个都走了模样。整个开会期间唯送信的葛老头手里拿着一扎信走进会议室引起过一阵骚动。葛老头是系上最受老师们尊重的长老。其实，他的身世大家不甚了了，有的说他曾是矿工，后来矿上出了事故；有的说他是伐木工，腿是被大树压折的；还有人说他腿上留着长征时的子弹。葛老头本人从不谈自己的过去，严格地说，他因舌头不灵巧很少有人听到他说过什么。这在文史系鹦鹉窝里算是鹤立鸡群。老人之所以赢得敬重，并非是他的青鸟使命，而是他素来只知道勤勤恳恳地干活却不知道唠唠叨叨地絮聒，这才是唯一的解释。

葛老头的离去，仿佛是勾魂鬼把大家的魂全盘掳去，剩下只是僵尸。常伯儒料想这会再拖下去便要发酵，为了使沉闷冗长的会在结尾处有一个出其不意的效果，更重要的是，他认定这压轴戏是赋予系主任的特殊权力，在五点五十七分之际，他用手势制止住扩散在时空中的烦恼，"今天的会就开到这里，但是，在散会之前，我要告诉大家一个好消息——"，顿时鸦雀无声，"系里做出决定，中秋节发给全系每一位教职工一斤月饼！"接着率先鼓起掌来。

从习作的角度看，我的三篇小说风格完全不同。《巴黎雨》是以当时的留学生在异国生活为背景，略有些悲剧色彩。《时光皱纹》则完全是调侃式的，我当时喜欢钱锺书，或许因为钱氏作品读多了，有一点"钱氏刻薄"的味道。不过，说心里话，那真不是我的本真。

就是这样一个习作式的短篇，竟然得罪了人。后来听说是因为小说中梅运捷发现自己"发黄的教案"被耗子咬烂的联想，传说同事中真有发生"教案发黄被耗子咬的"——说得有鼻子有眼。我的小说也就固然成了影射作品。

还好，那"影射对象"不是领导，只是同事；换是领导，不定给你的小鞋能让你穿着有多难受。我的父亲就这样被"打成右派"。前车可鉴，我还是跟小说说声"拜拜"吧。

　　重温这个短篇，或许，我那时真的有些无知无畏，年少轻狂；但无论如何也不至于让看官设身处地自寻烦恼。何苦来。

　　生活原本不易，何必自寻烦恼的添加剂。

我与故乡有个约定

对于我,故乡江西泰和,几十年只是一个符号。早年因父亲到外地的大学教书,我在还没有记忆的年岁就被带离了故乡。无数次填表时,在祖籍地、出生地名目下,例行公事般地填写上"江西泰和",仿佛胎记,无关痛痒。记得初中时,父母带着回去过一次,过春节。那是此前对家乡的全部记忆。故乡就这样忽隐忽现地在记忆的老相册里尘封了近五十年。

及至花甲,因调研"耕读传统",我两度返回故乡。或许是因为到了耆艾之年的原因,情感出人意料地汹涌澎湃。或许是苍天有意将人类学田野作业安排到了自己的"老家",怀揣着主客错位的感情挑战着田野作业的"客观原则"。在家乡,我聆听我的老表乡亲的心里话;在家乡,我目睹我的老表乡亲的生活情状;在家乡,我体验到我的老表乡亲依然的质朴。我感受、感慨、感动。我不掩饰,掩饰不住。

故乡的归去来,似乎只是蓦然回首,竟怅怅然有所失,又恍恍然若新生。在家乡，我跟我的乡里乡亲讲家乡话，我们咏诵孩提时晚上睡觉前奶奶在耳畔娓娓呢喃的童谣，韵仄自然，抑扬顿挫。仿佛回到了儿时。几十年的离开却没有陌生感。或因父母都是泰和人，虽身在外地，在家里都讲家乡话。终于知道"乡音"究竟是什么，是相拥，是相吻，是泪目，是无须客套就敞开了的心扉。

乡恋不只是情感的皈依，也包括了舌尖认同，永远不会改变。在故乡，乡亲们知道我喜欢吃"米辣子"——一种只在当地才有的，极其普通的泰和菜，现在已经成为当地的"非遗"——就天天为我做。当他们端上来的时候，我们只需眼神交流：你是我们家乡的教授，我们为家乡的教授做家乡的菜肴。"米辣子"笃定是我此生最喜欢、最忠诚的口味，如刻印在身体上的烙印。

人，总有感情，回到故乡，心存感动，本不足为奇。谁没有故乡？谁没有故乡之情？谁没有乡恋？如果仅仅因此，我必定将这份感情密封在自己的日记中，收藏于内心深处。那属于自己，无须像P了的照片那样拿出来臭美。只是，我的故乡里有非我专属的"你们""大家"，是值得炫耀的中华民族的文明和文化底蕴。

泰和因"地产嘉禾，和气所生"而得名，它是中国水稻的故乡，古时文人绅士也称之为"泰禾"。有一个长着很多很好稻谷的地方，叫泰和。"和"从"禾"，原来中和、和谐、和平都以"禾"为本；原来"地利""人和"都是从"和土"中长出来的；原来"社稷"就是在土地上种粮食。那不就是"泰禾"吗？

中华民族原是农耕文明，麦作—稻作为大体。甲骨文𥝌是象形字，字形像叶子（𣎳）对生的麦子；"来"是"麦"这个字的原貌。麦子是从南欧及西亚引进的作物品种，因此古人将它命名为"外来的"。"稻"却原产于长江中下游，世界公认。稻就产于我的江西老家；1992年，中美两国专门成立了"中美江西稻作起源研究专组"（Sino-American Jiangxi Origin of Rice Project，简称SAJOR），此后数十位不同领域的专家进行过多次调研，发表过多次报告，最有代表性的是江西万年仙人洞遗址中发现的距今一万六千年的当地居民采集的野生稻样本。

故乡就是稻子的原产地。人类学素来是研究乡土、谙悉地方知识的。到老了才悟明白，在中国这个农耕传统的乡土社会里，没有嘉禾的知识，缺少三农的故事，多少有些徒有虚名。回到家乡才知道，"嘉禾"之地曾经出了好多既豪迈又温暖的故事和段子。听着、读着，心就舒旷。我会，你也会。

中国史上第一部稻作农书《禾谱》的作者曾安止是泰和人。

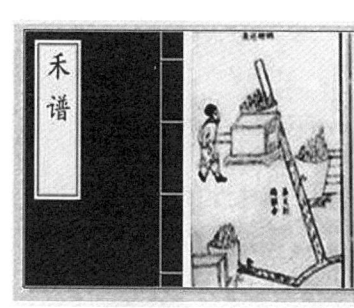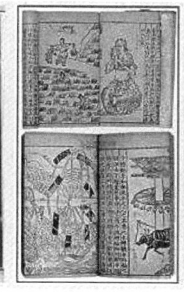

《禾谱》书影

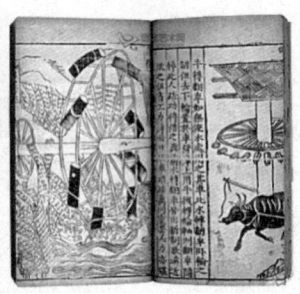

《禾谱》书影

曾氏字移忠，号屠龙翁，熙宁九年（1076年）进士，绍圣年间任彭泽县令。元祐五年（1090年），曾安止因"以目疾而退居泰禾"，授宣德郎。他"周爱咨访，不自倦逸"和"善究其本"，终于完成《禾谱》。农史公认其为继北魏贾思勰《齐民要术》后的又一部重要古代农书。

这是故事。围绕着这个故事，又发生许多延伸、派生的故事：北宋绍圣元年（1094年），五十九岁的苏东坡遭贬，从南康军（今江西星子）起程，过庐山、经湖口、溯赣江而上，到庐陵（今江西吉安地区）属地泰和县，见到了曾安止。后来，苏东坡在《秧马歌（并引）》中回忆这次见面："过庐陵，见宣德郎致仕曾君安止。出所作《禾谱》。文既温雅，事亦详实。"看起来，二人交流甚欢，只是苏轼对《禾谱》中的缺失有感而发："惜其有所缺，不谱农器也。"用白话说就是："《禾谱》中怎么不见农具？"

说是奇事，说奇又不奇。苏轼缺惜之憾，在一百多年之后，由曾安止的侄孙曾之谨续齐了，名之曰《农器谱》。曾家爷孙完

292　生命中的田野

成了中国历史上的第一部合璧之作《禾谱》《农器谱》。后来农史称之"曾氏农书"。一族三世，仿佛歃血誓示；如此"接力"续写、完成里程碑式的系列农书，史上独此一例。

曾之谨续其世家簪缨，进取仕途。《农器谱》写成之后，他请同乡周必大题辞，周必大于嘉泰辛酉（1201年）八月为该书作序。曾之谨还寄赠《禾谱》《农器谱》二书给相识陆游，陆游专此作诗回赠："我今八十归抱来，两编入手喜莫涯。神农之学未可废，坐使末俗惭浮华。"（剑南诗稿卷六十《耒阳令曾君寄〈禾谱〉〈农器谱〉二书求诗》）。

从苏曾相会，到曾家"续谱"，到文人续情，由于农书"二谱"事迹，一大批贤达、文人、士绅围绕着"嘉禾"，演出一个个鲜活的富于历史情境、道德示范、学人情谊的故事。到了故乡才知道，那里原来是古代"耕读传家"的典范。一边种地，一边读书，我们回去看看家谱，哪一个读书人不是这样走出来的？

都知道苏东坡是文人，都知道陆游是诗人，都知道辛弃疾是词人，都知道蒲松龄写"聊斋"，罕有人知他们皆识农、惜农，他们依然是农家；甚至，"聊斋先生"还是"农学家"，他在留下《聊斋志异》的同时，还留给世人《农桑经》。

话说到这里，"人杰地灵"便是随笔尖自然流淌出来的语词。古之庐陵，出了天下第一多的进士和数量众多的状元，地方志曰"一门九进士，父子探花状元，叔侄榜眼探花，隔河两宰相，五里三状元，九子十知州，十里九布政，百步两尚书"的史迹，堪称人文盛景。

我与故乡有个约定　293

常听说"农正","以农为正（政）"——《说文解字》："政，正也"，便知道"社稷"何以指代家国；常听说"耕读传家"，便知道农本何以巢筑"家国事体"；常听说，中国共产党以复兴中华民族为己任，便知道井冈山革命根据地何以选在了"嘉禾之地"。

在"耕读传统"根基深厚的嘉禾之地，出学问家、文人、诗人不新鲜，解缙、汤显祖、欧阳修、周敦颐、陶渊明、杨万里、黄庭坚、曾巩等；出农学家亦属情理，宋应星、曾安止、曾之谨，都是江西庐陵人。家乡泰和既是古代庐陵的属地，也是红色苏区的属地。嘉禾之地能够催生政治家、革命者，古有文天祥，现代更是在革命岁月涌现出了数以百计的将军。

嚯嚯，很自豪！

泰和，我的故乡，我来了，悄悄的，没有荣归故里，只是心的约定。我走了，咏诵着那首儿时吟诵的童谣：

　　月亮公公，挑担水桶，
　　水桶里面一个葱，冲到广东，
　　广东一只鼓，打到吉安府，
　　吉安府一面锣，打到泰和。

故乡，我会再来；再来，为了那片红色的土地；再来，为了你的美丽。

听话听音　看人看相

　　投身人类学，投入于田野，与人打交道的机会比其他学科更多；"参与观察"也让人类学家与现实中人群交流的频率和概率大。

　　有的时候被人认为，有的时候也自诩是"乡镇干部"——你想啊，动辄就走村串寨的，那可不是么？要说起来可能比"乡镇干部"还要厉害，因为我要跑更多的乡镇，其中还有许多少数民族村寨。只是我不是他们的领导而是他们的朋友。不过，我还真的遇到过几回这样的情况，在田野中被当地的民众误以为是"领导"，要向我反映各种各样的问题，然后要我向上级甚至是中央反映。我一再解释也没用，在他们的眼里，我的"面相"就像"领导"。

　　看来我还是有当领导的"面相"。不过，在田野中人家看我，我也看人家。"面相"其实是综合的，除了"面相"外，还有身体特征、声音的表达、饮食习惯、服装特点、地方文化等多方面的信息。

看多了，听多了，地方跑多了，族群了解多了，也就摸索出了一些道道，挺有意思，有时还有点神奇。我也养成了一种听话听音、看人看相的习惯，好玩的故事也就多了。而且我也经常用这些方式"测试"自己。聊举几例：

在《师说人类学》中我记述了与易中天的第一次电话经过：

> 电话的开场："易兄，我是彭兆荣，收到你的大作。我是在厦大收到的。我也调到厦大来了，我们现在是同事了，没想到吧。"
>
> "啊，太好了。我想我这书一定要寄给彭兆荣，你老兄是最有资格指教的。"易兄也很客气。
>
> "你是湖南人吧！"我说。
>
> 对方沉默了几秒钟。
>
> "你怎么知道的？"
>
> "我是人类学家啊。"
>
> 我们在电话里至少聊了半个小时，聊得很投缘，很开心。
>
> 在放下电话之前，对方突然问："彭兄是江西人吧？"
>
> "哎，你怎么知道？"
>
> "我是半个人类学家。"
>
> 电话那头，那腔调很是得意的。
>
> 后来，他告诉我，能一句话猜到他是湖南人，他是根

本没有想到。虽然他讲话的时候有口音，但口音很混杂，他在湖南、新疆、湖北都有过很长时间的生活经历，而湖南与湖北在地缘上是接近的，能够一句话听出他是湖南人的极少。

（见《师说人类学》之"半个人类学家"，上海社科院出版社2021年版）

我在《生存于漂泊之中》一书记述了另一件事情。在曼谷的日子里，有一次我们几位朋友与我的法国老师约定某日早上9点在湄南河畔的一个码头会面。我们提前到了约会地点，在码头发生了这样的故事：

> 我突然意识到离我们不远的地方有一个刚从中国来的青年——我对自己的判断有十分的把握。那个青年人在我们身边踱来踱去，作沉思状，实则在打听我们的交谈。
>
> 这种状态大约持续了二十分钟的样子。陌生人在确认我们系何许人后，慢慢地凑近我们，吃力地嚅动一下嘴唇，随着风吹一般的细细声音，一串话飘飘而出，像是在自言自语。除我之外，在场的其他三位朋友都没听到。他们甚至没有察觉到这个已经在我们身边徘徊良久的陌路人。
>
> "你们是从中国来的？"年轻人并没有正眼看我们，却明白冲着我们发问。
>
> "你是福建长乐人，你姓林吧。"我的回答肯定、明确，

不过口气很友善。

（见《生存于漂泊之中》之"湄南河畔的邂逅"，上海文艺出版社1997年版）

经证实，我的判断和猜测一点不差，完全正确。只是小伙子听罢急得想哭：他把我当成国安局的，怕被遣送回国。

这样的例子在我的田野乃至日常生活中发生过几十次：有的倾听人家说话，有的凝视人家面相，有的打量人家体态，有的注意人家眼光，有的观察人家表情，有的流盼人家打扮，有的关照人家举止，有的辨析人家音频……地方走多了，人接触多了，只要你注意观察，大抵能够发现人的文化特征。任何积累、积淀的文化都会在人身上体现、呈现、表现出来，掩饰不了的。这有点像"文化指纹"。

前些日子，一个傍晚，我与夫人在园子里散步，一个快递小哥骑着电动车从我们面前驶过。昏暗中我们只能看到一个模糊的身影。我说："这小哥是江西人！"夫人疑惑，为了证实，她追上前去询问，那小哥果然是江西人。

我们继续散步，很长时间无语。大概夫人觉得身边这个跟了半辈子的人"有点可怕"。

2021年4月12日,我应邀到福建师范大学文学院讲学。林强教授陪同我去文学院。约莫下午两点二十分的样子,我们走到文学院大楼的楼下,林教授遇到了一位同事,一位老教授,林教授问:"××教授去学院啊。"

老教授回答:"下午开会。"

老教授离开后,我说这位教授是闽南人。

林教授诧异:"他是泉州人。你怎么知道?"

他说"开会"的"会"字与大家不一样,只是闽南人才会这样发音。

老教授总共只说了四个字。

有一次我去云南师范大学讲学,在昆明呈贡的大学城。傍晚弟子刘旭临陪我到大学城逛夜市。那夜市初具规模,不大不小。我努力感受大学城夜市的特色,来到一家烧烤摊,夫妻俩一个正在制作肉串,一个扇着炭火。我上前问了一句:"一串多少钱?"卖烧烤的中年妇女只说了一句什么,我就说你们是贵州的吧。她抬头问你怎么知道,我用贵阳话回她:"我也是贵州的。"

我其实至多算半个贵州人。不过在套近乎时并不需要解释得太细节,那不是写论文提供"事实材料"。

"老乡啊。"

"是嘞。"

我们也就顺便聊了几句。

这下可好,我离开时她硬生生地塞了十串肉给我,我要给她钱,她死活不要。我丢下二十块要走,她硬是追着把钱塞回给我。

"老乡吆,有哪样嘛。"

离开时我边吃边揣着内疚。

倒是弟子旭临豁达,说了一句让我半晌也回不上话的话:

"跟着师父有肉吃。"

我倒不知道弟子是在表扬我还是在揶揄我。

我相信,一个人在文化模式中生长,就像方言一样,一开口就会表现出来,即使刻意要回避和隐瞒也很难。人的口舌、人的身体、人的习惯等会自然地流露出来的。地道的福州成年人无论如何努力讲"普通话"都是要露馅的。看了电视剧《山海情》你会深信不疑,那"舌头"被"文化"塑造得不一样。

20世纪20—40年代,人类学的文化人格(cultural personality)概念很有名,还形成了学派,尤以美国为代表。文化人格派认为,每一种文化在历史的生成过程中会形成特殊性,有的学者称之为"文化模式",并通过人在日常生活中表现出来。一个民族的人格特征则由这种文化模式所决定。

早期的代表是米德的《萨摩亚人的成年》和本尼迪克特的《文化模式》,本尼迪克特还用这一套理论分析大和民族的文化性格,《菊与刀》即为代表。

再比如中国人和日本人都属于蒙古人种,都是黄皮肤、黑眼睛、黑头发。可是,当一个日本人走在中国人中,是很容易辨别出来的。如果说,中国人和日本人的生物性大致相同,而中国和日本的文化性却差别甚殊。重要的是,这些文化特征都会通过人表现出来。

在欧洲留学时,我也对法国人、德国人、意大利人进行细致的观察,有意无意地进行辨析实验,总体上很准确。比如在过斑马线时,这三个国家的人的行为有所不同;在讲话的时候,这三个国家的人的声调是不一样的。

我在想以后智人、机器人什么的,还真要用用人类学的知识、人类学家的"本事",否则那只能是"机器"不是"人"。"机器"是一样的,"人"不一样。

很多人不知道"文化"是什么,好像看不见也摸不着。其实,它既可以看得见,也可以摸得着。重要的是,看你是否"细心—用心—悉心"。

泡池里的童真

2021年6月7日，厦门在持续高温闷热的季节里，突然就来了一个凉快天——一个连招呼都不打就送来的礼物。

我们决定到"日月谷"（厦门的一处温泉）去泡汤，让自己放松一下。

周一，大家都去上班，入园的时候，指示牌上显示园内只有五十人。偌大的园子，三三两两地走过几个人，大多是些老人和小孩。

夏天，温泉的淡季。

在一个水温较低的池子里，我看到一位老者带着一个小女孩在那儿玩耍。那女孩约莫四岁。"可爱极了。"她让我想起了外孙女小麦子。

我靠上前去问："你几岁啦？"

"我四岁。"

"上幼儿园啦？"

"我上小班，9月要上中班了。"

"我五岁，上大班。"我对小女孩说。小女孩的爷爷听了就抿着嘴笑。

我说谎。我说谎的理由只是想更靠近她，有共同的话题。我说谎，态度是真诚的——世界上有"善意的谎言"，我这是"真诚的谎言"——其实，是内疚的托词。

小女孩是那样地纯，眼睛透着清澈的光，充满着童真。

聊了一会儿，我要离开了。

小女孩看着我，她有些着急，那眼光透着期待。

"大哥哥你去哪里？"

她的声音中也流出不舍，她还想跟我多玩一会儿。

"叫爷爷，不是大哥哥。"小女孩的爷爷纠正她。

她不解。

我回过头，向她挥了挥手。

她一直望着"大哥哥"离去。

这一短暂的相遇深深地触动了我——那小女孩的模样，那声音，那眼光和那"大哥哥"弱弱的呼喊声。童真原来如此美丽，如此令人怜惜。

这让我联想起我外孙女的一件事情。

外孙女小麦子快五岁了。前些日子，我女儿在视频中与我们交流，小麦子跑过来跟外公打招呼。

小麦子来到镜头前。女儿告诉她:"外公是妈妈的爸爸。"

小麦子立即表示不同意:"No, he is my friend."

我忍俊不禁,我这个外公什么时候成了她的朋友了?

或许在她回国和在外旅游时,都是我带着她玩,所以就成了"friend"。

老小friend:一起读书(书拿反了),一起打游戏,
一起散步(2020年春节摄于夏威夷大风口)

我突然有了一个感觉,"童真"的形态非常独特,似乎在后来的记忆里都"中断"了。有一点像史前"童话时代"的神话。不同的是,"神话"毕竟还是一种记忆,"童真时代"的记忆却消失了。也就是说,我们在后来的成长过程中几乎失去了童真时代的全部记忆。

童真时代的记忆是独立的吗?

为此,我通过各种搜索器查阅了一些材料,询问人的记忆是从何时开始。得到的答案令人失望,各种各样的说法都有。较为有代表性的"童真"说法是：

> 童年记事大致在三周岁至六周岁之间，最早也不会提早至三周岁以前，大部分人记事都会在四五周岁开始，一般不会晚到六周岁以后。记忆分长时记忆和短时记忆，对一般小孩子来说，二至四岁时属于短时记忆，宝宝可能三岁时能记住二岁时的一些事情，四岁时能记住三岁时的一些事情，但五岁时就未必记得三岁或二岁时发生过什么记忆特别深刻的事了。所以真正的长时记忆应该从五岁左右开始（不排除个体差异及特别事件）。

专家的说法常常因为要"圆满"而"圆滑"。我也是专家，回顾自己一生作文、讲课不也大多如此吗？还美其名曰"自圆其说"。

当然，这里首先要明确我们所说的一般性"记事"，指的是长大之后对"童真时代"留下的记忆，而不是指记事能力本身。

我的感觉告诉我：人们对童真时代的记忆似乎不像成年记忆那样自然延续，二者仿佛是两个记忆系统。所以，童真时代留下的回忆少，并不是因为没有记忆能力，而是"消失"了。这种记忆的"消失"与大人忘事的机制不同。

为了"求证"，我也尝试着努力去回忆幼儿时代的事情，都忘却了，一点也想不起来。我只记得小学时代的事情，七至九岁的经历已经有了记忆，十岁以后特别清晰。许多事情好像还在眼前。事件性记忆很清晰，连续性记忆也很清晰。

只是，小学以前的事情在记忆中几乎完全"消失"。

我认为，人的成长是一个"断裂—连续"的过程。童真时代的记忆"断"了，少年以后才"续"上。两个阶段的记忆如沟壑一般。也就是说，如果童真时代的记忆系统是独立的，随着年岁的增长，特别是进入少年以后，其记忆是从断裂沟壑的另一侧开始的。

如果说人的记忆在"童真时代"与后来的"少年—青年—壮年—老年"岁月是真的断裂的话，但人的"习惯（habit）—惯习（habitus）"却是连续性的。我们在成年时代的那些习惯大多是孩提时代"养成"的，具有明显的连续性。

我的总结是：童真的记忆与少年以后的记忆是"断裂"的；可是人们养成的习惯却是"连续"的。

童真是一种"无瑕美"，它只能闪现于有限的时光中，封存在人类的美好记忆中，如童话一般。

"请多停留一下吧，你是如此美丽。"这是浮士德临终赠言。

普通话不"普通"

2021年7月9日—11日，我应邀到内蒙古呼伦贝尔参加由北京语言大学、内蒙古大学和呼伦贝尔学院共同主办的"第五届边疆语言文化暨第七届中国周边语言文化论坛"，我竟然成为第一场主旨发言的主持及点评专家。

说起来有点窘，我的专业不是语言学，对"语言现象"也没有专门研究，让我去点评语言学"大咖"的主旨演讲实在有些勉为其难。

可是，会议手册上早先就印好了。由于我不用微信，我是在报到时拿到会议手册才知道这样的安排，只好"恭敬不如从命"，硬着头皮上！

我有一个特点，也还算是优点吧：参加任何学术活动，都要认真准备。没有做好准备，我是不会参加相关学术活动的，包括外出讲学。在过去的几十年里，我大概做了近千场的讲学、讲座（不包括在自己单位上课）。每一次外出讲学，我都要详细了解听众的构成，然后确定我的讲座方式。每次讲完，我都会做一个总结，哪些讲得好，哪些讲得不好；哪些多讲了，哪些少讲了；哪些可以删减，哪些需要增加。总之，之前我要做充分的准备，之后我要进行认真的总结。

这一次当然没有例外。面对来自各高校的语言学家，我要做到既可以借此向语言学家们学习，又能够讲出人类学研究语言方面的特点——事实上，人类学四个分支中就有一支语言人类学（linguistic anthropology）。

我了解到论坛背景，对所讨论的专业特点做了一个大致的梳理，主要包括下面几点：一、"边疆语言"与边地民族、族群的关联性。二、不同的族群都有自己的语言，有不少还有文字。三、中华民族共同体统一的语言交流工具是普通话。四、普通话与边疆各民族语言表述之间的话语关系。五、语言是文化的集中体现，"方言"是"文化多样性"的形象表述。

我忽然意识到：普通话不"普通"。

作为一个统一的国家，当然要有统一的语言，世界各国皆然。我国的相关法律有明确规定：

《中华人民共和国宪法》第十九条：国家推广全国通用的普通话。

《中华人民共和国国家通用语言文字法》第三条：国家推广普通话，推行规范汉字。

普通话有什么特点呢？官方表述为：

> 普通话是以北京语言为标准音，以北方官话为基础方言，以典范的现代白话文著作为语法规范的通用语。

我反躬自问：
我会说普通话吗？
回答：会的。
我的普通话说得好吗？
回答：说得不好。
为什么不学好？
回答：学不了。

从常识与学理看，绝大多数人的语言在成年之前都受限于他们生活的地域，也就是说受到特定方言的影响，而且这种影响会表现在发音器官上；定型以后就很难改变。只有极少数人经过特殊的训练可以超越，一般人都做不到。

我出生在江西，但出生后就到福州；福州是我成长的地方。我的语言也就带有"福州腔"，如烙印一般永远地镌刻在我的身上。说起来，我在福州方言群体里普通话还算说得不错，而且我上大学所学专业是中文，只是我的汉语语言学科的成绩最差。我努力过，但没办法。

记忆中我有三件因为普通话说得不好而"出洋相"的事件，

它们令我永生难忘。

第一件，20世纪90年代中期，我认识了闽南籍巨商李引桐。有一次他的家族到云南大理旅游，他约我同行。在洱海上，我们包了一艘豪华游轮。

登船时，在码头上遇到了一群年轻人，他们都处在荷尔蒙高涨期。那个时候，洱海上的游船大多是在岸上与游船之间架一块木板，游客从岸边踏上木板登船。那群年轻人中有一位男生，站上木板的中央，待小姑娘一踏上木板，他就不停地抖动木板，姑娘们发出尖叫声。

那情形是危险的，完全有可能把人抖落到水中。

我见状，对着那小伙子大声喊："上船不要抖，很危险啊！"

那小伙子侧过脸看着我说："哥们，上床要抖才幸福啊！"

他话音刚落，岸上的人全部大笑。

我先是不知道因何而笑，转瞬之间，我突然意识到我把"上船（chuán）"说成了"上床（chuáng）"。

那情形把我臊得无地自容。

我后来一直试图读好"船"与"床"，可是，迄今为止，我仍然无法发好这两个音。

我放弃了。

第二件，有一次我到四川大学文学与新闻学院讲学，讲座中，我提及"民族"作为政治概念的紧张感。之前，我从网络上得知,当时在新加坡如果有人在网上议论"民族问题"有可能要被处以鞭刑。

于是我把这一则消息用在讲座中,我说:"在新加坡,如果有人在网上谈论民族问题,是要被抽鞭子的。"

话音刚落,徐新建教授立即接口:"晚上不能谈民族问题,那就白天谈嘛。"

全场大笑。我知道我把"网上(wǎng shàng)"说成了"晚上(wǎn shàng)"。这没办法,福州方言分不清这些,打死也分不清。

从此以后,当我再说"网上"的时候,我必说成"网络上"。这样人家就不会误解了。

第三件,几年前,人类学家乔健因其祖籍为山西介休,作为当地的名人,介休市政府请乔先生对家乡进行相关的调研。乔先生遂邀四所大学的人类学、地理学专家组成四个团队。我有幸在受邀之列(相关记述见笔者的《师说人类学》)。

我率领我的团队在山西进行了为期两年的调查。在山西时,我遇到了一件令人发窘的事情。

山西是汾酒的故乡。一次团队乘坐出租车出行,我坐在前座,路边的广告如电影一般在眼前掠过,其中一幅巨大的广告牌上有八个大字,由远而近:分久必合,喝酒必汾。这广告的创意绝,以成语谐音"串烧",我为之喝彩。看着眼前的广告,我情不自禁地读了出来:"分久必合,喝酒必疯"——我把那"汾"

普通话不"普通" 311

（fēn）读成了"疯"（fēng）。

旁边的山西司机侧过头来瞄了我一眼。他知道我是教授，也知道这教授的普通话说得不咋地。后来，那司机私下里跟我团队的弟子们说："你们的普通话说得比你们老师的好，你们还好没学你们老师的普通话。"

是啊，把人家山西的名酒读成了"疯酒"，喝了还"必疯"，那哪还有人敢来买，敢去喝？看来普通话说得不好，把人家山西汾酒的生意都弄砸了。

前一段时间，中央台播放电视连续剧《山海情》。故事说的是在精准扶贫政策的实践中，沿海发达地区对口帮扶西部落后地区的事迹。福建与宁夏建立了"帮扶关系"，在宁夏建立了一个新的"搬迁地"，取名为"闽宁村"。

我很难得一集不落地全程看完。我如此关注一部电视剧有个

在山西调研时我也挺"疯"，都是那汾（疯）酒害的

人原因：一则因为这是一部在真实故事基础上改编的电视剧，重要的是里面有大量的福建元素；二是闽宁村的帮扶任务主要由福建农林大学的农业技术专家负责完成，我打小就在福建农大长大，父亲就是农大教授，感觉很亲近；第三个原因，我有一位宁夏弟子的博士论文做的就是闽宁村，我也曾两度前往闽宁村调查。

电视剧出现了好几幕因为"福州普通话"而遭遇误解、令人捧腹的场景。其中有一幕：福建的专家凌一农在前往宁夏的火车上，资料被小偷给偷走了，凌教授的助手到当地派出所报案："老师'自杀'二十年的资料被偷走了……"公安人员听着就纳闷："自杀二十年怎么还没死？！"其实人家说的是"治沙"好不好，拜托。

福建人说普通话真的说不好，我敢保证！自己在福建生活了大半辈子，怎能不知道？无论语言学里将我国的方言分成几种，福建至少占三种：福州方言、闽南方言和莆仙方言。从福州到厦门不到三百公里，竟然横跨三个方言区，而且三种方言"自言自语"，与其他形同外语完全不通。这种情形在中国绝无仅有。

而在"请讲标准普通话"的运动中，福建人是自卑的。他们在"有外人"的公众场合是不怎么说话的，但在"自己人"堆里，声音却很大。他们讲的是乡音。清代的时候，那京城的官员把福建方言比作"鸟语"，因为他们完全是鸭子（北京鸭）听雷。

没办法，要让福建人说好普通话，我的观点：不可能，永远不可能！

问题来了：一个统一的国家不能没有一种统一的语言，这是"世界道理"。但"世界道理"在不同的国家却有着完全不同的境遇。世界上有单一的民族国家，像朝鲜、日本等，大家都操一种语言，无隔膜。中华民族"多元一体"，地方语言不计其数，真真切切的"百家争鸣"。

语言是文化的集中体现。那么，在"政治一统"与"文化多元"方面要如何取得协调，一直是个"世界难题"。

中国更难，因为"文化多元"就像方言一样，在"普通话"（一统）与"方言"（多元）之间很难处理好。

当年秦始皇统一国家之后，实行三公九卿，废除分封制，代以郡县制，还制定"车同轨，书同文，行同伦"制度。

中国的"大一统"是华夏"家国天下"的定制，是伟大的事业。然而，开创伟大事业是要付出大代价的。单就"书同文"一款而言，代价却是"焚书坑儒"。"焚书坑儒"把先秦的许多著作焚毁，我在《生生遗续，代代相承》的著述中将秦始皇开创的"毁前朝"事迹称为"负遗产"，就是指因满足国家的"政治一统"而伤害了"文化多元"。

那么，是否在二者之间无法取得良好的协作关系呢？当然不是。普通话"推广"与方言"保护"之间完全可以并置并行。世界各国也有不少例证。

在我看来，二者的关系至少要形成这样的局面：不能让那些讲不好普通话的地方民众有"自卑感"。其实我们反过来想，地方民众在语言能力方面还要强一些，至少他们会说两种语言：普通话和他们自己的方言。我就可以讲好多种方言：江西泰和话、福州话、闽南话、西南官话，等等。可是尽管如此，我在"北京人儿"面前还是抬不起头来的，原因就是普通话说得不好。

我努力过。

记得1995年6—7月，我们在北京大学参加首届"社会—文化人类学高级研讨班"。有一天中午我与同事石奕龙一起上街买西瓜。面对地摊上卖西瓜的大爷，我努力将那普通话说得像北京人儿一样，把舌头卷得像花卷儿似的，"儿化"一串连一串，还想在闽南人石奕龙面前显摆一下自己的普通话说得比他好。没想到的是，当我说了一大串后，人家老大爷只回一句："你说什么？"那场景把我羞得，只嫌地上没有洞让我钻下去。

从此我再也不做努力了。

不过因为我懂得其中的道理，所以我在生活中仍喋喋不休。

易中天之所以在"百家讲坛"那么受欢迎，少不了他那夹着两湖方言的风格魅力。

在想明白了这件事情之后我反而舒坦了：反正普通话讲不好，讲不好不也挺好吗？那就多种语言一起混着讲。最近一两年我在外讲学时，会时不时操不同的方言来表达，效果还不错。今年4月，我到福建商业学院讲学，两小时里我居然用了六种半语言（英语、法语、普通话、福州话、闽南话、泰和话，还有"半种"——福州普通话）混杂在一起，真挺爽，听众还乐。

　　我的父亲是外语教授，他一生通晓五门外语：英语、俄语、法语、德语、西班牙语。他在去世的前两年开始学"世界语"。看着他那认真的态度和专注的神情，我感动；尽管我不相信会有"世界人民都讲世界语"那一天的到来，但只要父亲快乐，就好。

　　普通话着实不"普通"：如何做到在推广普通话这一"官方语言"与保护各地方言（文化多样性）方面都不偏废，是国家语言政策方面的一件重要事务。

　　反正，我此生是说不好普通话的了。

来而不往非"理"也

人们常说"来而不往非礼也",此语出自《礼记·曲礼上》:"往而不来,非礼也;来而不往,亦非礼也。"这是儒家伦理,也是中国人的一种生活习俗,有来有往,来往有礼。

我把这句话改成"来而不往非'理'也"。

我把这句话的意思也改了,不用于儒家伦理,而用于近代以降我国从西方翻译来的一些概念、名称、品牌等。它们有些是按照"音译"翻译进来,却出现无法"返回"的尴尬;也有"意译"造成了误解、误会,回不到"本义"的情况。

此为我所说的"非理"。

我在过去的"田野经历"中遇到过几个例子:

1993年,我的法国老师李穆安在泰国清迈组织了一个国际瑶族研讨会,我邀请了徐杰舜、宫哲兵、徐新建、夏敏参会。会后,我们一行从清迈前往曼谷旅游。

到了曼谷，宫哲兵说："我老婆要我到曼谷买一种化妆品，这种化妆品叫'雅倩'（arche）。"我们这些大男人都没听说过，我当时以为是一种西方的化妆品，中国没有，所以才要到泰国买。后来才知道，其实那"雅倩"原是我国一家化妆品公司的品名，听上去倒像是"洋名"。我到现在也没搞懂我国自己的产品为什么要到泰国去买。或许是税差吧，听说好像泰国要便宜些。

我们来到曼谷一家巨型百货公司，现在大多叫"Mall"，即大型购物商场。四人鱼贯而入，有点"匪气"。为什么呢？因为宫哲兵！我们经常戏称他为"老公（宫）"，他人高马大，一米九几的个子，而且壮硕，印象中他还有"高干背景"，我们在泰国时，他总走在前面，领头。那气势，一个字：壮！有时是壮胆。

其实人家老宫是大学老师，他当时在武汉的一所大学当教授，后来调到武汉大学去了。这是后话。反正我们只记得"老宫的老婆"让"老公"到泰国买化妆品"雅倩"。

我们来到了百货公司的一个化妆品柜台，老宫冲着柜台里的一个姑娘放声，只一句："雅倩。"

宫哲兵、徐新建、徐杰舜、彭兆荣

老宫那个"匪"

泰国姑娘怯生生地,听完就摇头。

"雅倩。"

泰国姑娘认真听着,还是摇头。

"雅倩!"老宫显得有些不耐烦了。

泰国姑娘开始有些像做错了什么,她边摇头边跑去找一位懂中文的同事——"搬救兵"去了。

那"救兵"显然是小领导,可能属于"现场经理"一类吧,一看就是有经历的。她懂些中文。

"雅倩!"老宫仍是不耐烦,他还用两只手在脸上做了抹脸的动作。

对方大概能猜到这位"老公"是来帮"老婆"买化妆品的,可是也听不出"雅倩"究竟是哪一款。最后那"现场经理"找了一位其他的中国顾客,才算把那"雅倩"给弄明白。

真的好难,反正把"arche"翻成"雅倩",去到了泰国,是会把人弄懵的,再也"返回"不了了。加上那"老公"的气势,是有点吓人的。

我就纳闷,为什么中国的品牌到了泰国人家就听不懂了?

我后来想明白了,那是翻译问题。"arche"如果翻译成"哈欠"似乎还要好些。"雅倩"确实是"雅"了,可是弄得人们都糊涂了。外国人糊涂,中国人也糊涂。

反正我们几个经历了"糊涂"的经历。读者可能会笑话我们这一群迂腐、没用的读书人,怎么连"雅倩"都不知道。

可是那是事实。

来而不往非"理"也

2000年，我又一次到法国，这次与十几年前的那次不一样，是高级访问学者，因为我已经当上教授了。而且，中国人已经不像改革开放初那样"穷"了。

暑假，我携夫人做了一次大的环欧（实为西欧）旅行：我们先到德国，在弟弟那儿玩了些日子，然后从德国杜塞尔多夫出发，到比利时、荷兰、卢森堡转了一圈，又回到巴黎，从巴黎乘TGV（法国高铁）到马赛，先往西班牙，然后折返蓝色海岸，到戛纳体验电影节的场景，重返我曾经留过学的尼斯，再穿摩纳哥，进入意大利，然后到奥地利。

一路上边走边玩，从意大利的威尼斯去奥地利时，已经走了一个月，累到快趴下。当我们途经奥地利的萨尔茨堡时，原计划要待两天的，最后都没停留。后来回想起来真的很后悔，萨尔茨堡可是音乐家莫扎特的故乡，又兼得阿尔卑斯山的绝美景色，被公认为全世界美丽的城市之一。而且，萨尔茨堡还是电影《音乐之声》的拍摄地。

不过这些不是我要刻意描述的，我想讲的是从奥地利首都维也纳到德国杜塞尔多夫的火车上发生的一个让人忍俊不禁的故事。在火车上我们遇到了一对德国小兄弟，哥哥十二三岁，弟弟八九岁的样子。火车车厢很空，兄弟俩跑到我们车厢来玩。我这人类学的"狗皮膏药"本领两下子就与他们混熟。

当他们听说我们来自中国时，那眼睛就放光，一口接一口的"功夫"。那弟弟居然说要跟我去中国学功夫，还一本正经地跑回到隔壁车厢去跟他的父母说。我想断然是"李小龙"看多了。我鼓励他们好好学习，以后长大了到中国去，我在中国等他们。他们那个高兴！

接着我告诉他们我喜欢德国的"拜仁慕尼黑"足球队，我努力把那"拜仁慕尼黑"说得有"外国腔味"，可是无论我怎么讲，如何重复，哥俩愣是听不懂我在说什么。

我就纳闷了，那"拜仁慕尼黑"不也是从德语音译过来的吗？"bài rén mù ní hēi"就是德语"Bayern München"的音译啊，怎么就"回"不去了呢？人家德国小伙子怎么就听不懂了呢？人家说"gōng fu"我马上就听出来，一点误会都没有。

反正无论我如何努力，把那"拜仁慕尼黑"语调翻来又转去，哥俩就是听不明白。他们知道我在说德国的足球俱乐部，可是怎么也听不出我说的是哪一支。弄得他们自己都不好意思了。

"克林斯曼（Klinsmann）！"我忽然说出"拜仁慕尼黑"中一位当时很有名的球员的名字。

"啊，Bayern München。"兄弟俩笑着回答。

从他们兄弟俩的德语发声来比附，更接近的是"拜雅明星"。也不知道是谁把Bayern München翻成了"拜仁慕尼黑"，与"拜雅明星"实在差太远了。难怪人家听不懂我们讲他们足球俱乐部的名字。嗨，以后请翻译大师们在翻译西方的洋文时要做一个测试，看人家老外能不能听得懂。不能只管翻到中国来，而不管能不能"返回"。

2014年，我和几位弟子前往日本参加一系列学术活动。那

来而不往非"理"也　　321

一次我们中没有学日语的弟子，但行程中有去日本大阪民族学博物馆参观的计划。大阪民族学博物馆（Japan National Museum of Ethnology）是日本民族学的专业性博物馆，也是世界上著名的民族学博物馆之一。博物馆位于大阪近郊万国博览会纪念公园内，占地面积四万平方米，建筑面积一万平方米，陈列面积五千七百三十二平方米。创建于1974年，开放于1977年。该馆收藏有关世界各民族历史、语言、宗教、艺术、工艺、家庭结构、住所、织物等文物资料达十一万件。馆内分区域展出展品。可以说学民族学的到日本不去"大阪民博"，是说不过去的。

我们到了那个大园子，可就是找不到民族学博物馆。遇到一位拎包的日本人，那样子像是个学者。我就问他："民族博物馆怎么走？"

我努力把那语调说得像日本人说中国话一样——模仿电视里听到日本人说中国话的调调。

他很认真地想了一下，摇头。

我用力地重复一句"民族"。

他还用力地想一想，还是摇头。

我感到茫然。对于日语我虽说是"白板"，可也知道日语中的"民族"与中文的"民族"读音很像，日语字典标明"民（mín）""族（zú）"，假名みんぞく。所以我想着人家日本学者会知道的，何况那本来就在一个园子里。可是人家就是听不明白。

据学者们研究，现代的"民族"确实是从日本"返还"回中国的。只不过，古代日本人从汉语中借用了"民族"二字，又结合日本的文化，把西文（Nation）翻译成了带有日本文化腔调的"民族"，我国学者又把它翻译回到了中国。这么转来转去，真搞得有点乱。

反正，那位日本人听不懂我说的"民族"。

日本大阪民族学博物馆

看来翻译、借用是一件伟大的事业。特别是近代以降，我们从西洋、东洋翻译了很多东西，我们没有对这些翻译进行重新整理、审核。有些概念我们其实一直都在误译、误读和误解而不自知。"将错就错"或"翻译得不好习惯了就好了"已经成为我国近代的"文化事件"。相关的例子不少。

比如当下的"非物质文化遗产"概念是从 intangible cultural heritage 翻译过来的。这个翻译不好，更准确的翻译应该是"无形文化遗产"。我的理由如下：一、英文 tangible 的本义为"有形的"（形容词），intangible 为"无形的"；二、我们周边国家如日本、韩国在无形文化遗产保护方面做得比我国早，日、韩等国就使用"无形"（比如日本的"无形文化财"）；三、"非物质"在汉语表述上不符合惯习，汉语中的"物质/精神"是一组对应概念，"非"用在"物质"之前让人有似是而非的感觉；四、实际上所谓"非物质文化遗产"中原有大量"物质文化遗产"内容，比如茶、酒、丝绸等，分明都是"物质"，怎么就成了"非物质"

来而不往非"理"也　　323

了？所以我认为这样的翻译不好。前些年学者们就此发出过不同的声音，后来由于权威部门急于要推动"非物质文化遗产"运动，不让再讨论了。慢慢也就"翻译得不好习惯了就好了"。

这可以理解，也应该体谅。如果不停地讨论，行政部门如何下"红头文件"，如何进行统一的部署、指挥和指导？即使是联合国教科文组织在操作上也是如此。学术上的不同意见放在学术范畴就好了，行政部门在操作上是不能"百家争鸣"的。但"非物质文化遗产"译得不好仍是事实，我今天依然这样认为。

我还遇到一件更逗人的事情，有一位学者都已经被冠以"非遗"专家了，他到处讲学，赚了不少讲课费。有一次遇到我居然问："彭教授，'非物质文化遗产'到底是什么意思？"我笑着回他："你都靠'非遗'赚了那么多钱，竟然不知道帮你赚钱的'非遗'是什么？！"双方对视着笑。

类似的事情在生活中还不少，至多只是"瑕疵"。可是近代以来有些翻译译得不对，译得不好，译得让人们发生了误解，造成历史误会。读者千万别误会，我不是学外语的，我的外语，无论是英语还是法语都不好。我也不是苛责之人，从翻译的角度，我完全没有资格质疑。只是有些时候，有些翻译"错"得实在太离谱、太随意，我知道了就说说。

再举一例子：我们现在使用的西方"博物学"是从natural history翻译过来的。这样的译法让人有点迷茫。中国自古有自己的博物学，比如我国古代《山海经》就属于中式博物学范畴，历史上也有张华的《博物志》。西方的natural history属于自然科学，而中国自己传统的博物学则包含了大量人文科学的内容，甚至还有一些现实中没有的东西。比如张华的《博物志》记述了一种叫"精卫"的人面鸟（人变成的鸟），也就是我们成语中"精卫填海"的"精卫"。反正用中国的"博物学"对译西方的"natural history"，好生硬、好勉强。

更麻烦的是，很多人把"博物馆"误解为博物学的延伸，引出了一系列相关问题。我国现在的博物馆工作人员中有一些或会将博物学—博物馆当作"双胞胎"。其实，人家的博物馆（Museum）与博物学（natural history）不仅相去甚远，字面上意思也不相同。西文中的Museum有两个基本的意思：首先，它出自古希腊的缪斯（Muses）——专门掌管诗歌、艺术和科学的女神。在古希腊神话传说中，特别在荷马史诗《奥德修纪》中对她有详细的记述。按照神话传说，缪斯原只是一位歌唱女神，后来成为诗歌、艺术和科学的总管。在古希腊时期，Museum原指缪斯庙，即专门祭祀缪斯的庙宇，也是用于奉献、收藏、展示与女神掌管相关的艺术品的场所。其次，这个概念还与"记忆女神"有关，也与"音乐"（Music）同源。我不知道为什么要把"博物馆"（存放文物之处）与西方特有的形制"缪斯庙"（纪念仪式）"对译"。

我后来在傅华主编的《万物搜寻》中看到了"博物"翻译的溯源：我国近代最早使用"博物院"一词始于王韬。王韬于1867—1870年随英国人理雅各去英国，并游历了欧陆多国，写下

来而不往非"理"也　　325

了《漫游随录》。书中记述所见博物院不下十五处。"博物院"这个译名对以后有很大影响。也就是说,这个概念不是从我国传统的"博物学"继承而来,而是从西洋Museum译介而来。也就是说,我国的博物概念在晚清时期有一个重大的"得失":译用大量来自西方的Museum和natural history知识,同时丢失大量中华民族自己的博物学传统。

这样的"翻译"把我们自己弄"翻"了。这还不仅"回"不去,无论是语音还是语义,甚至把自己有的东西都给弄"翻"了,多少有点黑色幽默的感觉。类似的例子有很多。

今天,中华民族的伟大复兴,需要把近代以降的那些不合适、不适合的译用做一个清理,不仅在"文理"上要通达中华文明的传统根脉,具体在翻译中也要做到来而有返。

毕竟,"来而不往非'理'也"。

我们的下水道"生病"了

2021年的雨多，特别是北方。很多地方发生了城市内涝，河南最严重。据官方报道：2021年8月2日，河南省政府新闻办举行第十场"河南省防汛救灾"新闻发布会。此次河南特大洪涝灾害共造成302人死亡，50人失踪。倒塌房屋30 106户、89 001间；农作物成灾面积872万亩，绝收面积380万亩，直接经济损失1 142.69亿元（央视新闻转播）。

洪水过后，河南又出现新冠肺炎疫情，祸不单行。

今年遭遇洪涝的城市很多。汽车漂浮在水面上，橡皮艇行驶在公路上的景观不少。

洪涝属于"天灾"，是老天爷的事情。老天爷的事情不好乱说，得罪了不得了。

其实，按照气象规律，每到这个季节都要下雨，要是不下雨，那更要命。至于雨下得大一点，小一点；多一点，少一点，有时也是"人类"造的孽。怨不得人老天爷。

反正老天爷咱管不了，但人民生活与我们息息相关。看看许多城市都在闹灾，就忍不住发问：为什么一下大雨，我们的城市就闹灾？原来，我们的城市下水道生病了。一大雨，城市就内涝，这已成了全国城市的"通病"。

我曾两度留学法国，每次都去参观巴黎的下水道，感受是震撼！我当时没有记录具体的信息，但网络上有关巴黎下水道系统的介绍信息很多，我从百度简单摘录一段以飨读者。

巴黎：古老的排水道（世界著名的城市地下排水系统）
作为一个具有悠久历史的欧洲名城，巴黎的下水道系统是一个绝世的伟大工程，这里没有黑水横流的垃圾，也没有臭气熏天的各种腐烂物体。

古老的巴黎下水道系统

据介绍，巴黎经常下雨，从未发现下雨积水导致的交通堵塞。巴黎的下水道均处在巴黎市地面以下50米，水道纵横交错，密如蛛网，总长2 347公里，规模远超巴黎地铁，难怪雨水到了地面便迅速了无踪影。今天，下水道博物馆已成为巴黎除埃菲尔铁塔、卢浮宫、凯旋门外的又一著名旅游项目。

巴黎的下水道博物馆位于塞纳河阿尔玛桥畔，这里没有显眼的建筑，只有一个很不起眼的售票亭，掏3.8欧元购票后即可从旁边狭窄的旋梯进入地下6米的深处，探究巴黎的"五脏六腑"。据介绍，每年来此参观的游客有近10万人。

法国首都巴黎的下水道博物馆从外表看并不特别，就是一个普通的下水道井盖。但是掀开这个井盖进入地下，就仿佛进入了一个地下宫殿。

对于地下的排水工程，本人是十足的外行。可是，现场的亲身观感，让我感叹。

我相信，我国的一些行政领导去过巴黎，也看过巴黎的下水道博物馆。他们一定也感慨，可是他们没有效法。

我可能不小心触及了权力系统中的一个痼疾、顽疾。

我国经济高速发展，城市建设突飞猛进，高楼林立气势磅礴，道路网络四通八达；人工景观，标志工程，高新区域，凡此种种比比皆是……再配合一些城市活动，如"马拉松"项目、夜景工程，等等，航拍起来，那个"派"，那个"范"，旧貌换新颜，简直"人间天堂"。

可是，老天总有下雨时，一下大雨城市就受淹。

末了，仍不改进下水系统。

又一次大雨，又上演一次相同的剧情。

末了，还是不改进下水系统。

眼见着路面上的领导换了一茬又一茬，路面上的高楼建了一幢又一幢，路面下的排水系统还在"带病"吃力地工作，力不从心。

设身处地地为领导想啊想，我好像想明白了。有哪一任行政领导愿意花大气力去修建"伟大的下水道工程"，上级领导看不了；如果花大钱，下大力搞，地面上到处"添堵"，群众还有意见；反正洪涝是"天灾"，怎么也赖不到我的当任领导头上。所以，虽然路面下的排水系统被公认为"良心工程"，却比不上路面上的"面子工程"。所以，没有哪个"傻子"领导愿意去做。更有甚者，那吃力不讨好的"地下工程"还有一个倒霉的效应："前人栽树，后人乘凉"。当任领导看不到效益，除了花钱，除了闹心，还要考虑业绩，考虑面子……

我当然知道"不在其位，不谋其政"的道理。我没有本事、没有能力当领导；何况领导有领导的难，坐在家里发牢骚当然容易。所以，批评之声就此打住。只是，每当遇到这样"城市内涝"的事情，内心总还要纠结。

其实，"发牢骚"并非我的本意。"说得容易做起难"的生活哲理哪个人不知道！

我更想通过"生病的下水道"带出另外一个"社会认知"问

题：城市是"新"好还是"旧"好。这与建设的价值追求有关，也与建设城市排水系统有关。

这问题听上去有点"憨"，不过却很简洁明了。平常人们喜欢把城市建设的成就用一个成语来概括：日新月异。这意思似乎已经很明了："新"好！

"新"的城市景观都在地面上，任何一处新景观都会夺人眼球，赢得点赞。下水道再"新"，人们也看不到。那就让它"旧"吧，只要能应付就好。

我知道，为了配合地面上的新工程，也需要进行地面下的工程建设和改造；我知道，我们也在进行城市下水道系统的一些新的小工程，这是肯定的。只是，相比较而言，领导更关注、更关心地面上的"新业绩""新景观"；更在意地上的"面子工程"，而不在意地下的"里子工程"。连带性的，"新—旧"价值观也在起作用。

对于"新"与"旧"的判断，我也没把握，更不能一概而论。交通工具、交流工具显然是新的好，我这里所指的是"城市景观"。我自己偏向于选择"旧"，或许是老了，做出老人的选择。从个人喜好的角度，每一个人都有自己的角度。

我在欧洲（法国）、北美（美国）都有过留学经历，都有过生活体验。以我本人的感受，还是欧洲更好。

美国人喜欢表面上的城市现代化，美国的城市中心（downtown）都是高楼林立，他们以此为骄傲。相比较而言，欧洲的城

只有一幢高楼的伟大城市

市大多都是矮楼、旧楼，欧洲人以此为骄傲，认为那是"高贵"的标志，具有悠久的文明和丰富的文化遗产。

美国的历史短，属于没文化的"土豪"，连美国人自己都这么说。欧洲的历史长，属于有文化的"贵族"。欧洲的有钱人、有知识的人、有教养的人、有文化的人，大多住在旧的矮楼里；反之，那些移民、外国人、外国来的留学生、劳工族却大多住在高楼里。欧洲的大都市，新的高楼多建在城市外围。以巴黎为例，城市中心唯一的高楼叫蒙巴那斯（Montparnasse），"那厮"很是"萌巴"。

巴黎，是一座世界公认最有魅力、最有文化、最有现代气息、最有吸引力的城市；同时也是一个陈旧的、低矮的、没有新楼的（除了一幢高楼加上一个旧铁塔）伟大"旧"城市。

中国有着五千年文明，拥有灿烂的城市文明遗产，还有多元的地方城市特色，可是现在的中国城市，人们除了看到因为自然形势和格局遗留在城市建设形制上的一点特色外，城市建设几乎千城一面：高楼，新楼。许多旧的、有历史的建筑大多在建设新城时被打上大大的红字"拆"，遭到了"被拆"的命运。我国城市建设似乎在模仿美国风格，拒绝欧洲风格。至少表面的观感是这样的。

追问一句：是谁在制造这样一种"城市价值"？重要的是，这样一种城市价值的直接后果仍然是：不用心、不用力、不用情去修建现代化的城市地下排水系统这一"良心工程"。

未来的日子里，我们也许还会不断地迎接城市内涝，而且我预判，城市内涝的周期会越来越短，因为我们的城市规模越来越大，城市人口越来越多，可是我们的城市排涝体系没有跟上，设备也没有更新。

末了，我瞎想：如果哪一天，我们下决心、费大力、花大钱去修建地下的排水工程，用老百姓的"心碑"刻写"业绩"，就好了。

喀秋莎：超越时空的记忆

2021年7月中旬，因参加由内蒙古呼伦贝尔学院承办的"第五届边疆语言文化暨第七届中国周边语言文化论坛"，我再次来到呼伦贝尔——这个广告上说的"中国最美草原"。

今年呼伦贝尔雨水丰沛，水草特别好。大多数人都只知道"呼伦贝尔"是个地名，到了才知道原来它是两个湖的名称合成：呼伦湖、贝尔湖。

从厦门去往呼伦贝尔，中国东南的角落，到中国东北那旮旯，飞机要飞差不多五个小时。去"那遥远的地方"有一个直接的理由：那里凉快。早些年多次去内蒙古考察，到过两位蒙古族弟子兴安、叶高娃的田野点，还莫名其妙地成了托雷伊金研究会的"顾问"，也因此考察过内蒙古的许多地方，包括呼伦贝尔。

年少时背诵过流传的民歌《敕勒歌》："天苍苍，野茫茫，风吹草低见牛羊。"记忆中这是歌咏北国草原美丽景色脍炙人口的诗句。诗歌要流传，最简单的道理是要"上口"，上不了口的诗流传不了。

"上口"还要加上一条,诗歌中的景色描写能"搬回"到生活中——与生活的一样,如果再加上"传情"就更不得了了。顺一口《诗经》中的"关关雎鸠,在河之洲。窈窕淑女,君子好逑"就能明白。《关雎》无名小诗为什么能够摆上《诗经》的第一篇,享受中国文学史上的特殊尊荣?到河洲去看看那些野鸟求偶的场景就能参悟。"经典"就是被人一直传着的作品,为什么人们要传呢?我总结三点:真实、传情、上口。《敕勒歌》《关雎》都符合。

去了草原深处,情不自禁地咏诵起这些句子。民歌与文人诗词不一样,以前不太想个中的差异,要到草原去放牧就能知道。人类学家与文人不同,属于"两栖人":半是文人半是"他"——人类学家要到对象的现场参与、观察、体验"他文化"。还别说,我真的去草原放过牧,那是好些年前的事了,弟子兴安陪着去,不是旅游,是体验真正的牧民生活。虽然时间短,却是用身心体验的《敕勒歌》。

诗歌的魅力在于真实,却不是真实的全部。诗歌中的场景与现实中的场景有一点不同,现实的草原,蚊子、小虫子很多,有些小虫子叫不上名,当地人给了一个形象的名词:小咬。在海拉尔,当地人傍晚到外面散步什么的,好些人手上有一个简陋的"驱虫物"(小木棒上扎着飘带)不停地摇着。干什么?赶"小咬"。

又一次来到草原深处,看着一望无际的原野,兴致高涨时就朗诵《敕勒歌》,触景生情时就歌唱《呼伦贝尔大草原》,离别忧伤时就低吟《父亲的草原母亲的河》。

呼伦贝尔之行,也再到满洲里。满目的"套娃秀"。建筑有套娃,商品有套娃,旅游纪念品有套娃,反正"套娃"是中国的"俄罗斯标志"。

体验"俄范"旅游的具体程序是:住进一家俄式酒店,吃到一家俄式的卢布里餐厅,听着餐厅里播放苏联老歌《喀秋莎》。想起曾经在北京的一家俄罗斯餐馆,想起曾经在哈尔滨的俄罗斯餐馆,都听到《喀秋莎》《红梅花儿开》《莫斯科郊外的晚上》《三套车》这些苏联老歌,于是就感慨,感慨老歌神奇的穿透力。

到处的"套娃",建筑、商品、玩具等

我了解过,那些老歌,今天的俄罗斯年轻人大多没听过,更不用说唱了。可是在中国的大地上,特别在东北地区,在呼伦贝尔,在满洲里,除了看到俄式建筑,吃俄餐外,耳畔还时不时能飘过那些苏联老歌,特别是一些苏联卫国战争时期的歌曲,深深地、深深地烙在了中国人的记忆中。我试着哼了一下《共青团员之歌》,我吃惊地发现,那歌词我居然全部都能记下来:

听吧！战斗的号角发出警报，穿好军装拿起武器，共青团员们集合起来踏上征途，万众一心保卫国家，我们再见吧亲爱的妈妈，请你吻别你的儿子吧！再见吧，妈妈！别难过，莫悲伤，祝福我们一路平安吧！再见了亲爱的故乡，胜利的星会照耀我们，再见吧，妈妈！别难过，莫悲伤，祝福我们一路平安吧！我们自幼所心爱的一切，宁死也不能让给敌人，共青团员们武装起来踏上征途，万众一心保卫国家，我们再见吧亲爱的妈妈，请你吻别你的儿子吧！再见吧，妈妈！别难过，莫悲伤，祝福我们一路平安吧！再见了亲爱的故乡，胜利的星会照耀我们，再见吧，妈妈！别难过，莫悲伤，祝福我们一路平安吧！再见了亲爱的故乡，胜利的星会照耀我们，再见吧，妈妈！别难过，莫悲伤，祝福我们一路平安吧！

我喜欢唱歌，可是有个毛病：几乎记不了歌词。哪怕再好听、再喜欢的歌曲，我都记不完整。最让我不可理解的是，我的一位中学老师八十大寿在厦门过，我们一群"宣传队的老学生"为他过生日，准备了一台节目。让我唱歌，我选了《当你老了》，还专门练习了几天，居然背不下歌词，到了那天我上台表演时还是忘了歌词。可是我能记下苏联老歌《共青团员之歌》的全部歌词，其中除了年少时的记忆力强与年老时的记忆力差的区别外，是否还有别的因素？肯定有的，毕竟年少时代的许多故事也都遗忘，为什么能够记住"那些"？

于是，一连串问题浮出脑海：何以这些半个多世纪前的苏联老歌在经济高速发展的今天，在中国人的心里能够保持如此经久的魅力？何以当代的俄罗斯年轻人都不记忆那些老歌，却成了中国人民的"怀旧歌曲"？

我的解答只有三个：一、歌曲确实好听，二、歌曲反映了那一代人生活的情感真实，三、人们在歌曲中感受曾经的生命记忆。

历史总不是完全断裂的，记忆成了人们成长经历的"遗产"。记忆其实是一种选择机制，也是一个贮存库，有点像魔方，选择什么历史记忆，除了完全的自由选择外，更多的是因为其在内心存有一隅被感动和被触动的"柔软"。

什么样的歌能够留在人们的记忆中，甚至超越历史时空被自在选择？从艺术角度讲，唯有两个字可以解释：美与情。这或许就是《喀秋莎》能够飘荡在中国，留存在一些地方、一些人心灵的原因吧。

当今之世，"快"让人感到疲惫不堪，堆积如山的信息选择成了人们日常的重要工作，"忘却"也就成了平常事。而那些从老式手风琴拉出来的音符，娓娓诉说着夜下、岸边、河畔的思念和私语，抒发着保卫祖国的坚强决心和赴死信念等，却成了人们心灵深处某个角落的永久记忆。就像白桦树上被镌刻一般的树纹一样：

> 正当梨花开遍了天涯，河上飘着柔曼的轻纱；喀秋莎

站在那竣峭的岸上，歌声好像明媚的春光。姑娘唱着美妙的歌曲，她在歌唱草原的雄鹰；她在歌唱心爱的人儿，她还藏着爱人的书信。啊这歌声姑娘的歌声，跟着光明的太阳飞去吧；去向远方边疆的战士，把喀秋莎的问候传达。驻守边疆年轻的战士，心中怀念遥远的姑娘；勇敢战斗保卫祖国，喀秋莎爱情永远属于他。正当梨花开遍了天涯，河上飘着柔曼的轻纱；喀秋莎站在竣峭的岸上，歌声好像明媚的春光。

我不属于那个年代，却感动、感慨那个时代留下的"喀秋莎"。

喜乐田野

扎西德勒,你好!

藏语"扎西德勒"大家都知道是一句祝愿语,意思是"吉祥如意"。

不过,我遇到了另一种解释:"这是哪里?"这可不是见仁见智的解释,更不是对藏语"扎西德勒"的不恭,恰恰相反,"是表达汉藏人民的深情友好"。

不过,这不是我说的,是厦门大学原副校长潘世墨说的。

故事发生在2007—2008年之间。那个时期,我"游走"于四川的频率高。一日,厦门大学校长办公室给我打来电话,说是有两位"文物专家"表示想与厦门大学合作,因为他们手上有一大批三星堆的文物真品。合作的条件是由厦门大学提供场所让他们的文物可以"永久性展出"。学校领导没有研究考古的,也没有文物鉴定专家,于是找到了我,希望我能够通过四川的相关专家帮助鉴定所说的"三星堆文物"是否为真品。

此事对厦门大学至为重要:不合作,万一是真品,厦门大学因此失去了机会；合作，万一是赝品，厦门大学将被历史耻笑。于是，校长办公会议决定，由副校长潘世墨、我以及校办主任专程前往成都请相关博物馆、文物专家进行鉴定。同时，请厦门大学考古专业的老师负责对"三星堆文物"进行碳14测定。

双管齐下。

这样，我就带着校长、主任前往成都，去找那些我熟悉的专家，或通过介绍的专家进行鉴定工作。因此事与"扎西德勒"无直接关系故省略（后双方合作未成，读者大概能够猜出原委）。

不过，这一事件成了一个引线。那些日子与潘副校长朝夕相处，我们的谈话方式也从原来的"恭敬"变成了"随便"。其实，潘副校长很随和，是可以开玩笑的。他本来也就是一位学者，只是当上了领导。

从成都回来后不久，我便听到这样一个传言，说是教育部在西藏大学举行了一个交流会，潘副校长代表厦门大学参加了会议，并在会上做了一个简短的"震撼性"发言。他为了表达"汉藏友好"的历史，在发言中讲了这样一段"传奇故事"，大致的意思是：

"扎西德勒"在藏语中是吉祥如意的意思，这句话的本来意思是"这是哪里"，现在的闽南话还保留着这个意思。

为什么"扎西德勒"的意思是"这是哪里"呢？这与一段汉藏友好的历史传说有关。大家都知道唐代文成公主与松赞干布和亲的历史故事。文成公主原是李唐远支宗室女，唐太宗贞观十四年（公元640年），太宗李世民封李氏为文成公主。贞观十五年（公元641年）文成公主远嫁吐蕃，成为吐蕃赞普松赞干布的王后。

当年文成公主离开长安远行，每天都会问随行人员："扎西德勒？"就是问我们到了哪里。文成公主远嫁，日日思念，所到之处，她都会问"扎西德勒"。她每天回望故土，表达思念家乡之情。

松赞干布在接到文成公主时，便问随行人员，公主在旅途中最常说的是什么，扈从回答："扎西德勒。"松赞干布认为公主的意思就是美好的祝愿，于是"扎西德勒"成了"吉祥如意"的由来。

据说，潘副校长的发言引起在座教育界代表的一阵骚动，藏族学者更是面面相觑。说这话的毕竟是一所重点大学的副校长，而且出于美意，大家也不好说什么，只是觉得如此解说"扎西德勒"着实不好接受。据说当时就有人提出疑问：那唐代的长安话怎么也与闽南话相差十万八千里啊？

这样的质疑可是拦不住我们潘校长的，他从容地继续：

这你就不知道了，古代的中原语言因为历史上大的变故太多，留下的已经不多。古语也变得面目全非。中原人南下，停驻闽南，闽南语中反而留下了大量的中原古音和古汉

扎西德勒，你好！ 345

语表达习俗。

这样的观点在闽南的方言学研究中倒确实很有代表性。吾虽不习语言学,但在闽南待久了,也常听到这样的表述。闽南话确实与现代汉语在语法上、用词上有明显的不同。

由于我并不在现场,这故事只是在厦大听说的。为了证实其真实性,有一次我在学校里遇到潘副校长,我专此核实,他说确有此事,并仍然坚持自己的观点,振振有辞。

这就行了,故事梗概在,想是那些细节怕是潘副校长本人也忘得差不多了。

重要的是,把那"吉祥如意"活生生地改成了"这是哪里"好像有点突兀,有些怪异。可历史万一真的与此有关联呢?这样的解说怕是"知识考古学"也"考"不出来。

反正都是美好——无论是词义还是故事,只要美好就好!

故事没完,歪歪扭扭地走着。

2020年我应苏州大学郑丽虹教授的邀请,到苏州大学艺术学院讲学。讲学前在郑教授的工作室闲谈,不知是什么话题引导,我又把这个故事翻抖出来,大家听着只是乐。

不料,郑教授的工作室就有一位来自福建泉州的女研究生,名叫苏怡嘉。我当众问她:"闽南话'这是哪里'怎么讲?"

"扎西德勒。"姑娘回答。

大家又是一阵乐。

讲学时的合影

看来这还真不是空穴来风。

其实,历史与故事,神话与真实,究竟什么才是"原真"(authenticity)没有人能够回答清楚。人们选择历史故事,总会根据当时的情况(学术界喜欢用"历史语境")——赋予某种价值。比如,为什么中国历史总是围绕着帝王将相来编故事?我们的历史教科书也大多围着他们的故事来讲。看一看司马迁的《史记》的体例就清楚了:本纪、表、书、世家、列传五部分,以本纪和列传为主体,以历史上的帝王等为历史主线。电视连续剧也附和这样的叙事,中国历史仿佛成了帝王史。

与苏州大学艺术学院研究生泉州人苏怡嘉合影

扎西德勒,你好! 347

于是大家都认为那就是历史了。"秦皇汉武，唐宗宋祖"，如此如此。

我后来就瞎想了，为什么中国人既"英雄"又"奴性"，原来一直就受这样的历史教育。

我不研究历史，不敢狂言。人类学讲历史一般不这样讲。人类学擅长做田野，听到的大多是"野史"。"正史—野史"不好分辨，真真假假。"假作真时真亦假，无为有处有还无"。

顺便一说，我还真走过"传说"是当年文成公主远嫁的一段线路：唐蕃古道青海段。

既然"真"难求，那就求"善"、求"美"吧。

自己讲了一大通，倒把自己说得有些乱。于是转来安慰自己：无论"扎西德勒"是什么，都是美好的。这就够了！

"扎西德勒"！

小幺教我"摸摸哒"

到现在为止,我也弄不清楚"摸摸哒"的准确意思,知道这是一个曾经时髦的用语,一段时间大家都在热用,尤其小青年们特别爱用。我后来专门到网络上去查,好像有不同的解释,有一点像"飞吻"?反正像我这把年纪的人是搞不太明白的。

可就是这搞不明白的"摸摸哒"让我此生着实献了一回丑。现在回想起来还臊。

故事要做一个铺垫。

那一年,或许是2015年的样子。那时,我还当厦大人文学院的副院长,经常要到学院开会什么的。

有一天,我去学院,在楼道里看到前面有一位身材高挑的小姑娘,走起路来款款婀娜。

我当时就纳闷,怎么人类学系还会有这样的学生,她应该去走T台。

未曾想,走上前,她折过脸就冲我笑。我更是纳闷。

她居然开口问:"你是彭老师吧?"

我回:"是"。

"我名叫孙可梦,是人类学的硕士研究生,我要选你当我的导师。"

"我不带硕士,只带博士。"

"可是我的老师让我来跟你。"

"你的老师是谁?"

"龚坚。"

这下明白了。

龚坚是我的弟子,辈分挺高的,博士毕业后去了肇庆学院。孙可梦就是肇庆学院龚坚的学生。龚坚让她来考厦门大学人类学系,让她来跟我学人类学。

这下可好。我已经有十几年都没带硕士研究生了。可是,既然是弟子的弟子,我就破个例吧。

就这样,我答应了,她也就成了我的"编外弟子"。

因为年纪小,辈分低,在门里是"小幺"。

大家也拿她当小幺。

如果在家里排名小幺,通常父母会最疼。一般来说,家里如果有兄弟姐妹,老大和小幺都受宠。

在彭门可没有这个规矩,都是我的弟子,各自管好自己就好。

哎,人家小幺也不管这些,那"范"还是足得很的。

那些年,弟子龚坚在肇庆学院表现优异,成了当地的"非遗"专家。她的师父那一阵子也搞"非遗",她就请师父去肇庆讲学,顺便对西江流域做一个调查。龚坚还顺便邀请了几位同门子弟一并去,这就成了一个小团队。

到了肇庆,"小幺"就责无旁贷地成了"导游"。刚去的那天,她带着我们在校园里参观。她边走边说,怎么就拐到了"摸摸哒"。我问"摸摸哒"是什么意思。她看着我,一副很不屑的样子,让我觉着好像不知道"摸摸哒"就很out了。

"师父连'摸摸哒'都不知道啊,真的还假的?"

"真的,真不知道。"我有点像学生做错了什么似的。

"'摸摸哒'就是'你好'的意思。人家现在不说'你好',都说'摸摸哒'。"

她的神情很严肃认真。

"噢,知道了。"我笑笑回答,心里想涨了知识了。

那天晚上,我在肇庆学院做了一场规模很大的讲座,上台一开口就来了个"摸摸哒"。原以为自己很时尚,结果全场鸦雀无声。弟子们在台下也面面相觑:"师父今天这是怎么了?"他们也闹不明白,师父以前从不这样开场的,这么严肃的场合!

一会儿,就听到有人窃窃私语。然后全场大笑,鼓掌。

我也没觉察到什么,还以为人家真的为"摸摸哒"叫好。其实,人家是宽容。现在想起来,或许听众把我当作个"轻佻学者"。

讲座结束后,弟子们纷纷上前问:"师父,你今天怎么开场就说'摸摸哒'?"

"'摸摸哒'不是'你好'的意思吗?"

"谁说的?"

"可梦啊。"

"师父,'摸摸哒'不是'你好',是'飞吻'的意思!"

"啊!"这下惊出我一身冷汗。

我火了,回过头找小幺,她不知道溜到哪里躲起来了。

后来找到她,狠狠地批评了她。她倒像没事一样,淡定从容,一如既往。

那神情中有委屈也有申辩:"我逗师父,跟师父开玩笑,谁让师父把'摸摸哒'也搬上台?"

那也是,人家不是小幺吗,私底下,特别是在田野中总是可以闹的,哪里有什么都往台上搬的。

从她的眼神中我似乎也能看到委屈。

我倒真是服了她了。

真想抽她,又下不了这个手。

这事也启动了我的思考:为什么活在当下的我竟然不知道"摸摸哒"。我想来想去,除了个人因素外,还有三个原因:

其一,代沟扩大。像"摸摸哒"这样的词汇是很难进入老年社会的,多在年轻人中散布。现在还有一些语汇在年轻人中传播,老年人一般接触不到。人类社会是分层的,年龄段是分层的一个重要指标。我们如果把当年的许多"红色词汇",诸如"老三篇""斗私批修"讲给年轻人听,他们必定也一头雾水。何况,社会语言原本就有年龄段，这很正常，这也成为代沟的一个指标："你说的我听不懂，我说的你听不懂。"任何社会、任何时代都有代沟问题，美国著名女人类学家玛格丽特·米德曾写过《代沟》一书，专门研究此类问题。虽然代沟现象在过去任何时代都存在，但我要说，今天不同年龄段之间的沟壑正在加速扩大。代沟与交流有关，当然，现在社会有些老年人也很时髦，与时俱进，或许有些知道"摸摸哒"，反正像我这样连微信都不会用的人，注定是老年人中的孤独者，也属于outer。

其二，一旦网络成为新式的知识传递方式，"选择知识"的权利也扩大了。以前我们在当学生的时候，获取知识的渠道主要是教材、课本、家庭、课堂，那些方式往往带有"强制性"，我们的接受也是"被动"的。今天的形势发生了逆转，网络将获取知识和信息的权利交给了个人。虽然我们知道网络也是由人掌控的，但总挡不住如洪水奔腾般的信息。相比较的差异是：过去的知识选择权虽然是"被迫"的，但可以相对保证其"正统""经典"；今天的网络知识杂乱多样，信息"爆炸"，"流量"加速，结果却是知识"多样""庸俗"。

其三，忘却加速。今天的社会变迁空前的加速，对于人民的生活来说，知识爆炸，信息压迫已经成灾。今天的交流方式正以"多媒体加速度"在扩张，不知道一天之内人们要因此耗费多少"流量"。加上"网络词汇"与日俱增，昨天还是"神马都是浮云""元芳，你怎么看"，今天的"摸摸哒"已经开始out了，据说现在兴什么"内卷""躺平"之类的，还不知道明天会有什么。

"网络红人"瞬间就成"明日黄花",人们甚至连名字都记不起。如此变迁的后果是:加速忘却!

一直没敢忘记"忘记过去就意味着背叛"。可是,今天的情势真免不了人人都"背叛"。不是有心要背叛,是形势逼人,脑子记不了那么多。

"摸摸哒事故"触动了我的胡乱思考。

出于弟子龚坚的缘故,我后来不止一次去肇庆。印象中去过三次。肇庆学院的党委书记都成了我的朋友,连同他的儿子——在广东一所大学里当老师,也成了我的"粉条"。

我们到西江流域做调查,了解西江疍民的历史。所谓疍民,宽泛地说就是"水上人家",历史上指那些曾经住在船上的船家。传统中他们终生漂泊在水上,以船为家,形成了许多独特的习俗。我国南方的一些江河,历史上都有疍民,比如福建闽江流域的疍民就很有名。

西江流域也曾经有疍民,随着陆居生活,疍民已经大多消失,但我们仍然寻觅到一些水上人家的痕迹与习俗。

人类学的田野作业虽然是对现时的民众生活进行调查,但传统人类学主要关注的对象是那些原始部族、部落人民的生活,也就是说,人类学调查的对象原本就是"过去的现在"。"过去"主要指对象所具有的像"化石"一样的原始性,"现在"指民众的现实生活。所以人类学家对"传统的过去"有着一种固然的执着。今天的社会发展太快,丢失的"过去"太多,丢失的"记

在肇庆开会

调查疍民　　　　　　　　帮着渔民挑鱼

忆"太多,多到连"背叛"都不顾了。

到西江流域,我就希望在现代化的快速进程中,能够多留下一些"曾经的过去"。

毕竟,那是人类自己成长的年轮。

只是,我要送给疍民"摸摸哒";我知道,疍民现象也会和"摸摸哒"一样退出历史的舞台。

厦门版的"马拉松"

2018年,那是冬日里的一天,我从田野归来。

到厦门是接近中午的样子,身体的疲惫,伴着飞机上酣睡后的半清醒状态。我下了飞机,上了一辆出租车:"厦大学生公寓。"话音刚落,车子就启动了。

我坐在副驾驶座上,脑子还留着田野中的残片。

车子走了一程突然就停了下来,把我从回忆中抽回到现实。抬眼望去,前面的道路被临时路障封了,警察、交警堵在那儿,人和车的堆积,宛如下水道不通——堵上了。

我问司机:"是哪个中央领导到厦门来?"

司机没有马上回复,而是用很轻蔑的眼神打量了我一下。

"马拉松。"

然后续了一句:

"你不知道啊?"

"噢。"我漫不经心地回复。

又是一阵沉默。显然司机刚才的眼光让我感到不舒服。

厦门国际马拉松很有名，作为厦门市民，我自然是知道的。而且，印象中每一次都是来自非洲的选手，尤其是男子组赢得冠军奖金，说明中非关系特别好。

只是今天刚从外地回来，没有想起这个日子，至于用那种眼光打量吗？好像我不知道"马拉松"就是白痴、白板似的。

那我也逗他一下，干脆我就装出个"白痴、白板"模样来。

我突然想起一件逸事，这是贵州的弟子告诉我的，说是在什么城市也搞了一次马拉松，有一位山里来的少数民族，进城看到那么多的人围着，到处都贴挂着标语什么的，上面写着"马拉松"。那老乡就问旁边的人："咋没看到马呢？"

是啊，分明是"马拉松"，"马"拉着"松"呀：要不怎么叫"马拉松"？反正字面上是那样的，那还能错？

嗨，也不知道当年是谁把Marathon翻译成了"马拉松"，多少中国人望文生义，闹出了笑话。

马拉松起源于公元前490年9月12日的一场战役。这场战役发生在波斯与希腊之间（史称波希战争），在离雅典不远的马拉松，最终以希腊人的胜利告终。为了把胜利的消息传回雅典，将军让一位名叫斐迪庇第斯（Pheidippides）的士兵跑去报信。士兵一口气跑了26英里385码，折合为42.195公里（也有说法为42.193公里），最后将胜利的消息告诉了雅典同胞后力竭身亡。后来，人们为了纪念这位士兵，在第一届雅典奥林匹克运动会上增设了马拉松项目，此后一直沿袭至今。

我也逗逗这司机小哥。

"哎,'马拉松',我怎么没看到马?"我努力模仿着山民的口吻。

那哥儿瞥了我一眼,眼光很是不屑,眉头向上挑了一下。

"你真不知道啊?"

"什么?"

"马拉松。"

"不就是马拉着松跑吗?"

这下可把这位兄弟给"抖擞"起来了。他真的想教育一下坐在旁边这位"白痴+白板"。

"我告诉你,以前是马拉着松跑,现在搞生态保护,不能砍树了,就人来跑了。"

司机小哥对他的解释很得意。

谁说不是啊,这解释的逻辑没有一点缝隙,紧紧的。

"这样啊。"我表现出很佩服的样子,仿佛知识长了一大截。

小哥更加得意。

沉默了几分钟,我实在憋不住,就把那马拉松的典故完整地告诉了他。

他听完有一点蔫,神情有一点儿恍惚。

"这样的啊。"

"是嘞。"我做出一派很认真的样子。

接下来是很长一段时间的沉默。

又过了一会儿，道路放行，我们接着走。来到了厦门大学教师住宅小区——海韵北区，车停了下来。

我从钱包里掏出一张一百元面额的纸币。他没接，而是狠狠地把副驾驶座前的遮阳镜翻下来，显露出了一个二维码。

"这是什么？"

"这你也不知道啊？"

"不知道。"

"这叫二维码。"

"干什么的？"

"扫码付钱。"

"我不给你钱了吗？"

"找不开！"接着追了一句，"现在谁还用现金！"

话语是狠的。

"怎么扫？我不会。"

"支付宝。"

"没有支付宝，有大宝。"

他又瞥了我一眼。

"微信？"

"没有。"

看样子他真的找不开那一百块钱。

"我让我太太下来付吧。"我说。

我打电话给夫人，让她下来付钱。

在等待的时间里，他还没忘记反唇相讥：

"我看你年纪也没有那么大,你是大学老师吧。"他流露出揶揄的神情。

"教授。"我回。

"当教授你怎么教你的学生,连扫码也不会,赶快去学。"

"好的。"我认真回答。

还他一个胜仗,这样我们也算打了个平手,扯平了。我窃想。

生活本身可以也可能充满快乐,只是看你如何去制造、营造。一次邂逅,一个小品的段子,多好。小品、相声的奥秘就是相互逗趣,然后——给人欢乐。

小哥逗我,我也逗他。最后,我传递了知识,他教育了大学教授。

然后,他高高兴兴开车去工作——还不知道他是怎么给他的司机朋友讲述这一段故事呢。

我,多了一段快乐的田野段子,常在朋友、弟子中显摆。反正,大家都高兴就好。

看着远去的出租车,我在心里说:"再见,出租小哥。"

后续说明:新冠肺炎疫情到来,我换了个手机,因为外出要用健康码;我也终于学会扫码付钱了,但我坚持不用微信。

"给这哑巴来碗面"

人类学者在田野中，特别是短期调研，经常被人当成各种各样的人。我在过去的几十年田野中，有时被当作中央派来的、省里派来的领导，有时被当成是报社记者，有时被当成监察部门的，有时被当成当地领导派去的，有时被当成了解市场行情的。遇到这些情况时会让你感到"无言无语"，有时让你感到"哭笑不得"。

"被当成"什么人其实反衬着一个特殊历史语境的"互视关系"。我在田野中观察你，你也在观察我，这种"互视关系"所形成的视觉形象非常值得分析。我们往深处想想，人与人的关系难道不都是"互视"的结果吗？什么叫"印象"？印象其实是指接触过的人和事在头脑里留下的迹象。人与人在接触中少不了相互观察，人们常说的"第一印象"就是证明。只不过人类学者在田野中的"第一印象"有时很有趣，有时很窘，有时笑得喷饭，有时笑得洒泪；却不妨碍人类学者获得了解异文化的现场感。

记得20世纪80年代末,我第一次到贵州省的黔南布依族苗族自治州荔波县茂兰区瑶麓乡调查。那是一个深山里的族群,后来去过多次,田野日志《寂静与躁动》后来由浙江人民出版社于2000年出版。

第一次是去考察,记忆中是贵州的瑶族学者黄海陪同前往。黄海曾经在当地做过干部,我们去一个偏远的村寨,记得当时有一位村干部陪着我们。进那个村寨之前,村干部讲了一个故事:说是前些年公路刚修到村寨时,两辆车(一辆大车、一辆小车)停在村口,寨老领着寨子里的乡亲们出来迎接。那寨老从未见过汽车,竟然把它当成了"狗"(瑶人以盘瓠为祖先,盘瓠的形象是神犬)。他先是在汽车周围转悠了半天,煞有介事打量了汽车,还把头埋到了车底,看到了车底部那圆形部件,就向老乡宣布,那是两只"公狗"。人家寨老把那底部的圆形部件当成了雄性的睾丸。真是服了他!

车上的司机按了一下喇叭,把大伙都吓了一跳,那寨老说:"咦哎,这狗叫起来还骇人唉!"

那村干部的故事或许有点夸张,但"故事梗概"大致不虚。我后来证实了。

田野中类似的故事很多。随便就可以掏出一大把。我也顺便再讲一个故事吧,故事名曰"我居然被人当成了'哑巴'"。

那是好些年前的事了——应该在一九九几年,忘了是哪一年。但事情是记住的,连场景都历历在目,因为太喜乐。

记得也是在贵州做田野。一天中午,大概到了一点的样子,在寨子里调查结束后回到乡镇。又累又饿,还困;加上我有点低血糖,超过吃饭的时间太久,会有瘫痪的感觉。

看到一家街边的面馆。那个年代的乡镇,面馆简陋,面馆卖面,除了面以外并没有其他什么可以选择。

我进去,搬一张小凳子坐下。

来了一位小伙子,伙计。

我用食指对着墙上的名目横指了一下,然后,再把手指竖了一下。

本来是想说什么来着,还来不及开口,小伙子便提着嗓子向里喊:

"给这哑巴来一碗面。"

那贵州方言喊起来朗朗上口,很"小品"的味道。

只是,他把我当作哑巴,我暗自发笑。心想此生被人当作聋子倒有可能,毕竟我的耳力不太好,可从来也没被人当作哑巴。另说了,一个当老师的,口才还这么好,居然被人当成个哑巴。何等的冤枉!

既然如此,那我就配合他,装一回哑巴吧。

小伙子哪里知道,我只是又累又饿又困,没力气,懒得说话呢。

吃完一碗,好像没饱,我又把食指竖了一下。

小伙子折过头又是一声嘹亮:

"再给哑巴来碗面。"

喊完他嘀咕了一句:"这哑巴话不会说,倒是会吃。"

他以为我是听不到。其实,哼,我可听得真切。

只是听着他的嘀咕,我整个差一点笑喷。心想,怎么说你对面坐着的人"撑撑透透"("撑透",贵州方言,长得"帅"的意思——那年头我还有点帅,那不年轻嘛),还是大学副教授,至于被看作、当作哑巴吗?

你什么眼力啊。我在心里自言自语。

没事,姑且当作个喜剧段子吧。田野本来就是造就、制造人生喜乐的地方,冷不丁就会有一个好玩的段子跳出来。

留下的都是喜乐。

我吃完后让他结账,他用手比划着,意思是说两碗一共10元。

我给了他,说:"谢谢了哇。"

"你会说话是噢?"他看着我。

"会说的嘛。"

我看着他,他看着我,我们看着都想笑。

人生常常如此。当一个"表象"呈现的时候,可能与"本相"相去甚远,只是人们认识一个人却只能从那些不同的"表象"进行辨析和判断。常言道"日久见人心",那意思是说人是不容易认识的,要像人类学家做田野一样,不仅要"长时间",还要"很深入"。这就很难了。何况,人是会变的,就像文化会变一样。当你自以为认识一个人的时候,"他/她"又变了。人如此,文化亦然。

好在生活中还有另外一种景象:一眼见到"底"。这不,中国有一个成语:司马昭之心,路人皆知。大意是说连傻子都看得明白。

这下可好,又说"日久见人心",又说"司马昭之心,路人皆知",这到底"人心"是容易发现还是难以透彻?

反正我是越到老,越想不明白了。

罢了,放弃对人心做"海底捞"式的努力,太费劲。但求人生开心、暖和。

这下想明白了,偶尔被人当一回"哑巴"是一件多么喜乐的事情。田野中的许多事我都忘了,被人当"哑巴"的事却没忘,而且每当想起就会发笑。多好!至少,那小伙子的"印象"便烙在了我的脑海里了。

美好印象真好!

"逆风尿三丈"

民间常说:"逆风尿三丈,顺风尿湿鞋。"前一句是说青春男儿,铮铮铁汉,血性冲天;后一句形容人之将老,风烛残年,情何以堪。

你想啊,当一个男儿顶着风尿尿都要飞冲三丈远,那是什么样的强势!

你再想,当一个男人顺着风尿尿都会把鞋给弄潮,那是什么样的颓势!

以这样的表述形容岁月在人身体上的生命迹象,俗是俗的,但是"至理"。

面对这样的形势演义,医生可能会这样说:这是随着年龄增长,男人的前列腺增大,尿道受到挤压,膀胱的收缩能力降低所出现的生理和身体现象。

医生说的咱普通人也不怎么听得懂。再说了,医生说的都是普遍的道理,就像我们当老师的给学生说的那一套套大道理一样，对于某一个人经常没有用。这不我们常说"具体问题要具体分析"吗？

人老了，身体体征出现了衰退，拉屎撒尿就会出现问题。我有一位中学同学，现在是著名的男性外科专家，他私底下自称"修枪的"——专门做前列腺手术。

医生好厉害，居然"枪"坏了都能修！

其实，生命衰老、身体衰弱的道理人们都是知道的，至少老人们都知道。可是，这种衰老的"迹象"现在的体检却经常"检"不出来。

我每年都做一次VIP体检，每年的数据都差不多，十几年来在数据上看不出有什么大的变化。每年让医生看结果给建议，医生都给我一个相同的说法："你的身体总的来说很好，但如果再瘦一些就更好。"

可是医生不知道，我是运动员身体，从小学三年级（十岁）开始打篮球，一直打到六十岁，打了整整五十年。退休前是厦门大学教授篮球队主力。现在每隔两天下海游泳一次，从4月一直到11月，只要我在厦门。

然而，要"再瘦一点"，我做不到，因为有一点低血糖，饿不得。所以，未来几年，大概医生也都会对我说同样的话。因为体检数据都差不多。

然而，我的身体体征是在变化的，每年的表现都是不一样。衰老的迹象非常明显，那些皱纹，那些老年斑，那些白发，那些体态，那些力不从心，那些"老小"心态变化，那些食量下降，那些耳背眼花，那些……可是，身体体征的变化在VIP体检的数据上却看不怎么出来。

反正"大数据"都差不多。

然而，"尿尿"却可以发现人的生命衰老的状态。除了"逆风尿三丈，顺风尿湿鞋"的"远近"的图像外，"尿尿"还有"柱状—散状"的变化轨迹，以及"尿尿"的"干净程度"等也是测量指标。而这些是每一个人自己最清楚的表征。

像"逆风尿三丈，顺风尿湿鞋"这样的不严肃传言只表现在民间，在我看来属于"民间智慧"。人类学家总喜欢提醒人们要重视"民间智慧"，我记得有这样一个故事，这个故事也让我在过去和现在有了不同的生命感悟。

故事发生在二十多年前的一次学术会议吧，记不清是哪年了，但事情经过却记忆犹新。我与费孝通先生的弟子惠海鸣同住一个房间。

惠海鸣何许人也？他在江苏的根基很厚。

惠海鸣与做过江苏省省长的惠浴宇是亲戚。据说费、惠两家关系好，虽然有一点"八卦"，但民间是这样传的。后来惠海鸣成了费孝通的学生，也是费孝通先生的英文著作 China's Gentry（《中国绅士》）的中译本译者。

但我不能随便"搬弄"，我需要确认。2021年12月12日—14日在海南大学举办的"新文科建设与艺术人类学研究高端论坛"上，我见到了国务院参事室社会调查中心副秘书长张喆先生，他是费孝通先生的孙女婿。这给了我机会,我专门向他咨询了费、惠两家的历史渊源关系,他向我确认了两家的"友好关系"。

2021年12月13日于海南大学,笔者与张喆合影

海鸣虽是一个性情中人,却从来不炫耀这些关系。或许因为他有医学的家道,养生道理更是讲究。与海鸣"同居"的那几天,有一件事情我是永远也忘不了的。

有一天,海鸣说:"小彭,我们一起去尿尿,比比看谁尿得远!"

我当时对他的提议非常诧异。心想作为一个学者居然能提出这样的"馊主意",而且要怎么比,洗手间不好比,要到野外?我没有往下问,因为我那个时候的态度很拒绝。我不能想象这样的场景。

我当然没有跟他去比,当时想着那样的"比试"我就"臊"。不过人家海鸣倒也没有在意我的拒绝,他很直爽,也很可乐。可能他也觉着有一点过分。

时过境迁。特别是随着年龄的增长,我倏地意识到人类学家在"底边社会"(乔健先生一部书的书名)、民间社会调查,会发现这种表述很正常,道理也深刻。民间"斗法"并不总是使用"科学知识",他们有自己一套,久了就成了"民间智慧"。人类学的田野作业就经常遇到这样的事情，因为这些是民众重要的知识源头，而且知行合一。现在想起来，海鸣当时或许是拉我去"验证"民间智慧，只是他想采用的"民间方法"我们不习惯而已。

这一个故事就这样定格在了我的脑海里。越到后来，越是了解了许多乡土知识，也就越发珍惜流传和流落在民间那些生命感悟和身体感受的"民间智慧。"

近百年来，我们都相信，"科学"在进入中国——即近代以降我们从西方引入两位"先生"：德先生（Democracy）、赛先生（Science）之前，中华民族是不用"科学"这两个字的。

于是我就在想，难道中国几千年就没有"赛先生"吗？当然有的。那是什么？我们除了要请来穿西装的"赛先生"，同样要迎回穿长衫的"赛先生"。可是这一点我们做得很是不够。

有一件事情曾经令我感慨很久，那与"民间智慧"有关。

大家知道，屠呦呦是第一位，也是迄今为止唯一获诺贝尔科学奖项的中国本土科学家。她获奖的理由是发现了青蒿素。这种药可以有效降低疟疾患者的死亡率。可以说，屠呦呦和她的团队发明的中医药挽救了世界上许多人的生命，尤其是非洲和亚洲。

屠呦呦在获奖演讲时用中文说道："当年我面临研究困境时，又重新温习中医古籍，进一步思考东晋葛洪《肘后备急方》有关'青蒿一握，以水二升渍，绞取汁，尽服之'的截疟记载。这使我联想到提取过程可能需要避免高温,由此改用低沸点溶剂的提取方法。"

也就是说,屠呦呦在自己的医道生涯中正是汲取了半仙、半神、半医的"葛洪偏方"而取得成功。

或许屠呦呦的成功在于她并不忌讳使用"民间技术",作为"三无教授"(没有博士学位、没有留洋经历、非两院院士)竟然转投"迷信色彩"很浓的葛洪。如果要以"科学"量身,葛洪可是算不上的。葛洪的医学与仙道、方术甚至炼丹术多有聚合,他本人的故事就像"仙人"。

顺便说一下葛洪与罗浮山的关系。葛洪生前曾经游历过很多地方,最后选择"宝山"罗浮山,并在那里设炉炼丹。自从葛洪把炉搬到罗浮山之后,他隐居冲虚观,潜心炼丹、著书。葛洪著述丰富,其中不仅有《肘后备急方》《抱朴子(内外篇)》《金匮药方》,也有《神仙传》。他的"药方"有不少属于来自民间的"偏方"和修炼的"仙方",他本人最后也在罗浮山"仙逝"。据传,葛洪身死,面色如生,身体柔而不硬,入殓后,棺材很轻,就像只装了衣服一样。所以人们都说,葛洪尸解升仙而去。

我专程去过惠州的罗浮山,那里不仅有葛洪《肘后备急方》中的历史故事和现场,现在又多出了一个现代中医药博物馆。但我不喜欢博物馆里将葛洪"追认"为化学家、物理学家。葛洪就是一个仙道方士。为什么道家方士就不可以支撑中医药"门面"?一定要戴上那些化学家、物理学家的帽子?

中医药从来就是中华民族历史上各种认知、知识、经验、方法的结晶。

其实，西方在历史演变中，科学与宗教原来也搅在一起，科学知识是从宗教中分离出来的。欧洲的近代大学形制来自宗教。中世纪大学主要教授神学、法学、医学与文艺通识（liberal arts，即素质教育）。后来大学教育逐渐从宗教中分离，大学的形制也逐渐独立自主，成为专门提供高等教育的机构。但是，西方的大学确实是从宗教来的，这一点毋庸置疑，这也是欧洲的老牌大学有许多都是教堂的原因。到法国去看看巴黎拉丁区的巴黎大学（索邦），去英国看看牛津、剑桥就会明白。

中国没有这样一段宗教与科学分离的历史。中国的传统一直追求"天人合一""道法自然"，这里的"道"包括道教、方术、仙法、修身、养性等道理与手段。在我看来，中国的"仙道"正是"天人合一"的形象解释。"仙"，从人，从䙴，本义为长生不老，升天而去。《说文》："仙，长生仙去。"也就是"迁居"到天上去了。所以民间把人的自然死（老死）说成"仙逝"，就是升到天上去了。正如葛洪《抱朴子》所记："玄者，自然之始祖，而万殊之大宗也。"意思是说，玄妙的道理，是自然之始祖，万物之本原。他的《抱朴子》不仅讲人道，也讲仙道，还讲仙药。在我的眼里，《抱朴子》既是天书、道书、仙书，也是医书，还有炼丹术。

这一故事告诉我们，我们并没有公正地评价中国历史上的"赛先生"，原因是我国的医学传统经常以"科学"为圭臬被打了"折扣"。试想，如果屠呦呦也忌讳，或无法成就"诺奖大业"。

我一直觉着,中国传统的"民间智慧"丢失太多。我当然不会因此诋毁、降低近代以降从西方引进"赛先生"的功绩,只是认为我国传统的,包裹着"科学"因由、因素、因子的乡土知识与民间智慧同样需要珍视。

在这方面,屠呦呦给了我们一个启示和示范。

读者或许会认为我有一点做作,"逆风尿三丈,顺风尿湿鞋"与中西医哪儿有半毛钱的关系?那样的联想也太离奇些了吧。

但我确实联想到了,体悟到了。这是事实。

我要说,"乡土知识、民间智慧"在中国值得大书特书。"中国的道理"中国人最知道,事实上,"科学"是用于证明"道理"的,而不是相反。

"当你老了",这是一首歌的歌名,内容却在诉说一个道理,老的道理只有到老才知道,"尿远近"的道理也在其中,只是体检没有这一项。说与不说它都在。

如果哪一天海鸣兄看到我的这篇小文,那我们就会心地挥挥手。

"反走"的妙趣

学术上的"误读"经常不可避免,却也经常成为一种新阐释,有了新的意思和意义。生活中有的时候无意之间或是误会什么的,把话反着说,把字反着读,却有意外的喜乐效果。这种事情在生活中总不免要发生,常引人发笑。

我曾经经历过一串事情,虽然已经过去了二十多年,还总忘不了,而且一想起来还忍不住想笑。

我的研究生阶段是在贵州大学度过的。在"读研"期间,我几乎天天下午都要到球场上打篮球。

去年(2020年)我作为贵州大学的"杰出校友"重返母校,讲学之余,自然会到自己学习、工作、生活过十年的地方走走看看,怀旧。

那天,傍晚时分,弟子罗正副教授——他的名字中有"正"也有"副",经常闹误会的,现在弟子罗正副是正教授,不是一个叫作"罗正"的副教授——陪着我在校园里散步。我也想看看是否有机会撞到当年的领导、同事、邻居什么的。毕竟那个老校园不算大，傍晚大家都是要出来散步、遛狗的，特别是老人。

可是，我绕了一大圈也没有遇到我曾经熟悉的领导、同事、邻居，倒是见到一位我一眼就认出他来，他也一眼就认出我来的球友。他指着我笑，说："你是打篮球的那个。"他的贵州方言说得挺顺溜。他老了，我也老了，还都认得。

我用贵州话回他："是嘞。"双方会心地微笑。

如果没有记错的话，他是贵州大学印刷厂的工人，那时候我们经常在球场上打球，所以熟。我很高兴，竟然见到了一位老相识；他不是领导，不是同事，不是邻居，是一位工友、一位球友。

因为只是在球场上打过球，他不知道我是贵州大学的老师，只知道我是"打球的"。这倒不错。他把我的业余爱好当成了我的正业——因为人家只在球场上认识你。人家钟南山也爱篮球，但没有人会说他是"打球的"，人们都知道他是一位伟大的医生，他已经没有机会被误解了。

我们见面好亲切，因为误解。

更有趣的是，另一个"误解"接踵而至。当时在贵州大学打篮球，就有一些球衣。那年代，穷，一般只是在质量很差的背心上印上几个字，红的、白的都有。记得我有一件白背心上面印着两个红字："贵大"。后来一段时间我到了四川大学，在球场上也还经常穿着那件印有"贵大"的背心。只是在川大的球场上，我把那背心反着穿——效果出来了："贵大"成了"大贵"。人们看

"反走"的妙趣　　375

到的是有一个人穿着一件"大贵"的背心在球场上打球。

我当然明白这"反穿衣"的误读效应一定是可笑的,可是总不能把那衣服给扔了吧。反正人家又不认识我,"大贵"就大贵吧。乡下的孩子不经常都取这样的名字?至多被人当成"乡下的孩子",没关系的。

有一天,有一位球场上邂逅的"球友"很热情友好,想是他也憋了很久吧,就问:"你为什么要印一个'大贵'啊,那是你的名字吗?"他的疑问中明显夹着一个好奇:是不是我之前有一个兄弟"夭折"了,所以家里给起了一个"大贵"的名字,让这个孩子好养一些?我不知道这样理解是否符合他的意思,不过他的眼光明显"流露"出那样的意思。

我回答他:"我还有一件,上面印着'大福'。'大福大贵'两件换着穿。"他的疑惑愈发凝聚了。

心想,反正路上见到一个多嘴的人,我也就胡说一通。或许那"哥儿"这一辈子都把这个故事当成笑话传扬呢。

那多好,生活无意之中就多了一份喜乐。其实,他是没有认真看,那背心虽是白的,质量也差,仔细辨认是可以看出我把那背心穿反了的。但是,如果他看出来,也就不会有这意外的效果了。这是"反穿衣"的效果!

上面两件事情让我认识到,生活中经常会出现认识上的偏差、误差,意思上的误解、误读。我喜欢喜剧小品,不少小品段子真都是因为误读、误解才产生了喜乐。

我就告诉自己，尽量要把误读、误解转变成喜乐，不要让它往反方向发展。生活中也有一些因误会、误解闹出人命的。我近一段时间经常会在晚上十点左右看天津电视台的《爱情保卫战》，其中真有不少夫妻、情侣因小小的误会闹得翻脸、分手、离婚的。

作为生活常识，"正—反"就像一条道路的两个方向，往相反的方向走会产生截然相反的结果。选学科、做学术不也是这样吗？我突然意识到，人类学研究不也就是"反走"吗？如果我当年选择了研究"中华帝国史"，那会走到哪里去呢？

社会的"正统"，历史的"正史"都是自上而下的。如果做那样的选择，我现在可能还窝在"国家图书馆""故宫博物院"查看资料吧。

我想，那样的材料读多了，了解多了，可能就成为一副"严肃的面孔"。原因是"正统"大多是一种腔调，一种格式，一种表述，一种讲法，而且据说笑起来不能"露齿"。那好难啊。

相反，人类学的研究是自下而上的，与大历史研究正好"反走"。去的主要不是"国家图书馆""故宫博物院"，而是民间乡野，边远村寨。

田野中听到的都是百姓的故事、人民的心声、民间的表述、乡土的智慧，是何等的"大福大贵"，何等的开心啊！

确实，它们是"土"的，它们是"俗"的，可是又有谁脱得了那"土俗"呢？那些帝王世家、贵胄家世毕竟只是少数。反过来看看历史，那些"土俗故事"何尝不是历史的一种讲法？又何尝不是一种对历史的理解呢？

说"历史是人民创造的"有点虚伪，翻开任何一本历史书，哪一本不都是帝王将相。

说"历史是英雄创造的"有点狂妄，世界上有哪一个人胆敢说他创造了历史？找打！

说"历史是英雄依靠人民创造的"，这才算对了，也符合历史道理。

那么，中国的历史是什么，中国的历史本来就是从"土地生长出来的"，不是总说中华文明是农耕文明吗？中国是"社稷"国家吗？"土俗"不正是历史的真正表达吗？

反正人类学家都要做田野，反正人类学家听到的都是这些来自底层的声音，反正人类学也都近乎于"土俗"。

人类学家眼中的历史才接近"人民的历史"。反正我是这样看的，这样想的。

"反走"的延伸：

我刚写完这一则小故事，就起身出发去重庆，时间是2021年5月27日。我有一个国家艺术类重点课题要结题，因为是以四川美术学院的名义申报的，所以结题会议选择在重庆武隆。四川美术学院在重庆，武隆又有一批来自世界的艺术家留下的艺术作品。

我邀请了一批学者参加我的结题会，他们中有不少是艺术理论家和艺术家，其中苏州大学艺术学院的郑丽虹、范炜焱也在受邀之列。

那天，他们俩因飞机晚飞，在机场的候机厅等了三个小时。他们皆与我熟，尤其是丽虹。也不知道是何原因，郑教授就把我发给她的那段"反走"小故事拎出来读，俩人读着读着就读出了心得。他们俩都擅长艺术创意，范炜焱更是高手。于是，闲着没事，就把那"反走"的故事创意成了落地的产品。

他们就在机场的候机大厅里掏出了电脑，摆出了阵式，腾出了创意：硬生生把我反穿的"大福大贵"设计成了"品牌"！而且，而且，还加上了我的名字。

他们立即就让上海的一家公司制作成了T恤衫。当我们从武隆回到重庆大学城的时候，衣服已经到了酒店的前台！

就这样，我居然穿上了前有"大福"，后有"大贵"的品牌服装。

2021年6月4日，我在重庆工商大学讲学，我就穿着"我的品牌"上台了。那样子看起来真的挺"福贵"。我一本正经的，心想"大福大贵"就是要端坐——真的好土俗的样子。

不得了了，我居然就有了品牌。这做梦都想把学问做出"品牌"，做梦都想着自己有一副"大智大慧"的模样，不料结果却成了"大福

"反走"的妙趣　379

大贵"土俗样。真是的，难怪古人总把"智者"比喻成"愚者"，这不古来就有"大智若愚"的说法吗？

不过，"大福大贵"不是"大智若愚"。我提醒自己，别自以为是，别臭美。

不过，这样的"反走"效果倒是出其不意、"屎尿未急"（始料未及）——福建人的普通话说得不好，一着急就"跑偏了"。

误解了，误读了。

"杀鸡给人看"

"杀鸡给猴看"是成语"杀鸡儆猴"的俗说,用来比喻以惩罚一个人的办法来警告众人。典故出自《易经·师》。

我记录的"杀鸡给人看"没有警示意义,只是生活中一桩具体的事情。没有象征,没有隐喻,非常直白。

故事发生在很久以前,虽然时过境迁,情节竟然还鲜活。那些重要的细节有点像"抖音",还在眼前"发抖",原因是其中所包含的文化差异一直让我感到好奇。

1989年,我在法国尼斯大学人类学系留学。当时的中国留学生少,但大家关系处得特别好,周末总是要聚会。我国的大使馆为留学生专门租了一处聚会地点——给人一种"他乡有家"的感觉。

当时在尼斯留学生中有一对年轻的夫妻,丈夫来自浙江大学,妻子出来陪读。在法期间,他们生了一个孩子。那个时代,父母是不容易出去的，于是我们的"理工男"丈夫亲自为妻子"坐月子"。

一个周末聚会，他告诉我们他为妻子"坐月子"的生动故事。大家听了又是发笑，又是发酸；又是思乡，又是念土；完全是一个"喜剧+悲剧+正剧+荒诞剧+历史剧"的情节。

大家知道，中国的"坐月子"是民俗中的重要事项，挺复杂。我们这些男人大致是搞不清楚的，反正"坐月子"大抵是女人的事情。

可是我们这位留学生哥们的母亲、岳母不在身边，他只好撸起袖子自己干。那个年代到发达国家留学很不易，那个年代我们都是"穷留洋"。

依照传统规矩，"坐月子"工程中有一件必做的事情：炖鸡——那鸡是要活的，要现杀，横着一刀下去，血从脖子里流出来，流到碗里。反正鸡要在手里"扑通扑通"地咽气，碗里的鸡血凝固，然后给鸡褪毛，然后开膛破肚，然后……一气呵成。这样炖出来的鸡最香，也"补"。这几乎是全中国人民的"基础知识"，电视剧中那样，日常生活也如此践行，古今皆然。

如果那鸡是死的，冰的，那是绝对不行的。一定要活的，一定要现杀，最好要土鸡。有的地方坐月子有婆婆给儿媳炖老母鸡汤的习俗，也有些地方的民俗讲究"月子"内一周要喝公鸡汤，又因为公鸡所含脂肪较母鸡少，产妇吃了不容易发胖，婴儿也不会因为乳汁中脂肪含量多而引起消化不良、腹泻。这似乎是最接近"科学"的民俗了。

反正，这些事我们男人搞不懂。只知道"坐月子"要吃鸡，鸡要活的。

在中国做这些事，那是简单得再简单不过了，随时到农贸市场拎一只土鸡回来，现杀现炖。

可是在法国，不要说找土鸡，就是弄一只活鸡，弄一只完整的鸡都费劲。人家法国人吃鸡是吃"洋鸡"，吃鸡是吃"死鸡"，吃鸡是吃"鸡部位"——直接到超市冰柜里去拿。鸡的部位都分开的：只有"分尸"没有"全尸"。听起来有点瘆人。

这可让我们这位留学生犯难了。按照今天的说法，他是个"学霸"，可要让他给妻子"坐月子"，特别是弄几只活鸡，那比深奥的数学题难得多。

在法国弄不到土鸡，人家都是洋鸡，但至少要是活的吧。哪儿有呢？大型养鸡场。可怜我们这位兄弟，到处打探、四周打听。

终于让他问到了，只是养鸡场很远。再远也得去！对他来说，弄几只活鸡跟卫星上天、"嫦娥奔月"一样——一个伟大的工程。

"攻略"做得是很到位的，他所打探到的那个大型养鸡场是"在那遥远的地方"，他又是要乘公交，又是要乘郊外的快捷铁路，来回要换几次车。

那天早上天才刚亮，我们这位"哥们"就按照头一天电话联系的业务，头一天规划的详细的线路，出发了！

费了半天的工夫，他终于拎着几只大公鸡赶往回家的路。我不知道为什么没有弄到母鸡，也许他的家乡的"坐月子"习俗是要公鸡以"长活力"，也许法国的养鸡场要让母鸡下蛋。这我没问，反正那哥儿拎的是公鸡。

　　法国的公鸡个头很大，我们这哥们个头很小。那小个子的中国男人拎着几只大个头的法国公鸡，定然是很喜乐的景观。

　　他在回家的路上就有了他之前完全没有想到、没有做好准备的遭遇。我们这位留学生是学数学的，对法兰西文化也不太熟悉。我在这里先简单"戏说"一下公鸡与法国的历史渊源。

　　公鸡（高卢鸡，lecoqgaulois）是法国的象征，是法兰西最古老的原产动物之一，其渊源可上溯至两千多年前的古罗马时代；它是法国的国鸟，代表着法兰西民族的战斗精神，当然也是傲慢自大的代名词。由于语义上的巧合，拉丁词"gallus"既有"公鸡"之意，又可指代"高卢人"。"高卢人"就是法国人的旧时称谓，公鸡也被视为法兰西先祖的图腾，是法国的象征。所以，以

高卢鸡（法国高卢鸡图标）

前法国国家足球队在进行比赛之前会把公鸡赶到场上，以此激励队员们的斗志。

这下可好，我们这位哥们就这样拎着"高卢鸡"又是上车，又是下车；又是公交，又是快捷铁路。所遇到的法国人都睁大眼睛望着他。法国人倒是豁达，他们并不因为公鸡是法国的象征，就觉得你一个中国小个子拎着就有"不尊敬法兰西"的意味。他们只是觉得拎着活鸡煞是不解，完全不知道干什么。有的甚至问他是否在训练公鸡，误以为是马戏团的工作，以这种方式训练鸡的耐力！

文化的差异经常导致这样的窘境：有些法国人的行为在中国人的眼里也是奇异的（我在《师说人类学》里曾经描述我的法国老师给小猪洗澡的奇异故事），有些中国人的行为在法国人的眼里也是奇异的。反正在法国人看来，一个中国的小个子小伙子，拎着几只大公鸡上上下下地挤车，就很奇异。

在一趟公交车上，一位法国老太太就问我们这哥们："你这鸡弄去干什么？"

"杀给老婆吃。"这说法太"实"，反正如果换作我，我是不会那样说的。到底人家是学数学的，一是一，二是二。

这下可好，这一"实话实说"，把整车的人都惊得目瞪口呆！

"你会杀鸡？！"老太太接着问。

"会的。"全车的人都把"好奇"集结了过来，连公交车司机都把头折过来。

"为什么要杀鸡给老婆吃？你得罪她了？"

"没有,她刚生孩子。"中国哥们老实地回答。

"老婆生孩子要丈夫亲自杀鸡?"

"那倒不是,只是在我们中国老婆生孩子是要吃鸡的。"

"那还不简单,到超市买就行了,还要亲自杀。"法国老太太的问题完全属于不依不饶、打破砂锅式的追问。

这一连串的追问,把我们中国重点大学的数学博士问到词穷。我想,如果换作我,就不至于那样。我会好好地给法国人上一堂"月子课"——吹吧!

想着他是被追问到下车。那场景好可笑,好可怜。

回想起来,类似的事情看上去很平常,很简单,但确实并不容易回答,尤其针对两个完全不同文化系统。比如为什么"坐月子"一定要吃活的、现杀的鸡,而不能到超市去买冰冻的鸡?这涉及中国文化与法国文化的差异,涉及中国民俗和法国民俗的差异,涉及中国人和法国人在生育观上的差异,甚至还涉及中国人和法国人舌尖认同与味蕾记忆的差异,还真挺复杂的。

这一故事带出了许多值得深入探讨的话题。

比如一,生态—生命观。对于生物,尤其对人而言,生命的价值都被重视,可是生命在文明和文化中的表现却大不相同。生命首先是一种自然关系,物种的生物现象原本是自然和生态的产物,无论原生还是进化。从这个意义上说,人类都是"同类"(man-kind),都是一样的。这是人类学所说的"生物性"。但是,人类又是不同的社会群体,生活在特殊和特定群体的价值体系之中。人是文化的产物,是生活在不同文化价值观之中的。从这个意义上说,人类又是不同的。这是社会和文化决定的。中国人和法国人都是"人",生物上属于"同类";可是中华文化与法兰西文化则完全不同。法国女人生孩子没有"坐月子"的习俗,不需要杀活鸡,死鸡也不一定要吃。但中国人不同,中国女人"坐月子"必须要吃鸡,要活鸡。

中国女人和法国女人都要生孩子,属于"生物性";中国女人和法国女人生孩子吃鸡与不吃鸡,属于"文化性"。

比如二,生育——生养观。中国人养育孩子是大事。中文"养"的繁体为"養":上为"羊",下为"食"。"羊"在中华传统表示美好,我国文字中凡带有"羊"字的大多也带着好意:美、義、羨、祥等。"食"为"养"之重者。在中国传统的教育理念中,"育"有生育的意思。育的本义为孕妇生子,《广雅》释:"育,生也。"在中国,家族——宗族主义是继嗣的主脉,女人生孩子关系到家族的兴盛繁荣。所以,妇女生育并不只是女人的事情,更是家族的大事。这是法国传统文化中完全没有的部分,这也是那法国老太太如此好奇的缘故。

中国女人生孩子是家族的事情,有农耕文明"小农大家"的背景;法国女人生孩子是个人自己的事情,属于"个体小家"范畴。

比如三,生性——生机观。这无意之中带出了另一个话题:饮食。中国和法国都是有饮食传统的"大国",但中国人和法国人的生理和身体在对待饮食上是否不同?我认为是不同的。中国人在饮食上讲求"活(鲜活)"以求"活力",这种巫术中的"相似律"一直深深地影响着中国人的饮食习惯。我生活在厦门,海产品很多,人们讲求"生猛海鲜"——鲜活的才生猛,有活力,死了就不行了。更有甚者,许多厦门人是可能"吃出"活的和死的在口感上的差异的。同理,"活鸡"与"死鸡"那完全是不一样的食物:不同质量、不同等级、不同待遇、不同价格,还有不同"味道"。中国人精明,表现在饮食上更是细腻。人们常形容饮食的美味为"鲜","鲜"就是"活"的异称。反正,在中国人的味蕾记忆中,活鸡与冰冻鸡的味道就是不一样,那没办法。而法国人吃不出来,虽然法国人也很有"活力",但不体现在饮食上,而表现在足球场上——比如。

中国的传统饮食赋予"活力"于"生猛",且讲究细腻的味道;法国人却把鲜活的弄死冰冻起来,法国人的舌尖品尝与法式大餐相吻合。

哦,奇异的"坐月子"。

后　记

留驻美好

现代生活有一个特点，那些创新的科技产品不断让人们的时间"提速""加速"。人们除了快节奏地工作和生活外，每天还要通过手机"吞噬"大量的信息。有一天，我在机场候机，发现除我以外的所有旅客全都埋着头看手机。我感到迷茫，感到迷惑，人们在看什么？我也试着划着手机，也努力着想与大家一样读点什么、看点什么，可是我很快感到索然寡味。我想，无论如何手机里的总不如眼前活生生的来的生动吧。索性我把那场景变成了：他们看手机，我看他们。

我想，人们如此忙碌于手机的后果是什么？是疏远的亲情，是退却的记忆。一天傍晚，我在昆明的住宅小区"荷塘月色"散步，我在湖边看到一家人为一位老人举行寿宴。因为那蛋糕说明了一切。可是我看到所有成年人都在各自看手机，老人在发呆，小孩自己在玩。看到这样的场景,我感到"冷"。现在的人究竟怎么啦。每天要看的东西那么多,把记忆的仓库全都塞满了。那些亲情、人情变得越来越冷,那些事情、事理停留的时间越来越短,那些美好的记忆消失得越来越快。

我不认可这样的所谓"越来越好的生活"。我告诉自己尽可能不看、少看手机,拒绝那些无聊的、与自己无关的信息,为了获得"点赞"而奋力刷存在感的"流量"。我要让那些值得记忆的美好在自己的脑海里留得久一些,更久一些。我也把那些美好的故事奉献给读者,因为,它们与手机里绝大多数"用手指划出"的内容不同;因为,那是我生命的故事。

读者可能会说,谁没有自己的经历和经验?谁没有自己的故事和记忆?如果只是把那些生活中的细枝末节撷取下来,那定然无趣、无味又无益。我要告诉读者,如果那些生活小事中包含着某种哲理、道理和义理,读了给人以启发和启示,那又何尝不是一种生命、生活情理的分享,又何尝不是一件令人快乐的事情呢?

《生命中的田野》收集的都是我经历的故事,都是小事,但其中不乏哲理。有"回忆录"的意思,却完全没有一般回忆录的刻意,没有时间的线索。

人类学家做田野少不了观察、记录那些深沉的历史和浮华的现实;体验那些令人感动的、感慨的人和事。早年写的田野日记体散文《寂静与躁动》二十多年前就已经出版,远去的田野记忆如旧书一般已经泛黄。

新冠肺炎疫情，不能外出做田野作业，干脆就闭门写田野故事。写完《师说人类学》仍觉着有所缺失。"师说"以我、老师与人类学为线索，却把自己生命中的田野大多给落下了。我这一生大半在田野中，落下了我的田野也就落下了我的生命。有人说田野是我的"泡菜坛子"，大半生都泡在里面，酸甜苦辣咸全都有，这一次总算把"五味"都给补齐。

特别说明的是，我在本书所用的照片，由我自己、我的夫人、我的朋友、我的弟子们所拍摄。由于时间过去久矣，我无法一一注明，在此一并致谢。特别感谢四川美术学院庞茂琨院长为拙作绘制的速描。

让我们把生命中的美好留得更久一些！

彭兆荣

2022年5月4日

图书在版编目(CIP)数据

生命中的田野 / 彭兆荣著 . — 上海：上海社会科学院出版社，2022
　ISBN 978-7-5520-3918-4

　Ⅰ.①生… Ⅱ.①彭… Ⅲ.①散文集—中国—当代 Ⅳ.①I267

中国版本图书馆CIP数据核字(2022)第140831号

生命中的田野

著　　者：彭兆荣
责任编辑：王　睿
封面设计：夏艺堂艺术设计 xytang@vip.sina.com
出版发行：上海社会科学院出版社
　　　　　上海顺昌路622号　邮编200025
　　　　　电话总机021-63315947　销售热线021-53063735
　　　　　http://www.sassp.cn　E-mail: sassp@sassp.cn
排　　版：南京展望文化发展有限公司
印　　刷：上海万卷印刷股份有限公司
开　　本：890毫米×1240毫米　1/32
印　　张：12.625
字　　数：271千
版　　次：2022年11月第1版　2022年11月第1次印刷

ISBN 978-7-5520-3918-4/I・461　　　　　定价：68.00元

版权所有　翻印必究